HEYNE
BUCHER

SCIENCE FICTION

Herausgegeben
von Wolfgang Jeschke

Von demselben Autor erschienen in der Reihe
HEYNE SCIENCE FICTION & FANTASY folgende Titel:

Wanderer im Universum · Band 3096
in ungekürzter Ausgabe · Band 3628
Schwerter und Teufelei · Band 3307
Schwerter gegen den Tod · Band 3315
Schwerter im Nebel · Band 3323
Schwerter gegen Zauberei · Band 3331
Die Schwerter von Lankhmar · Band 3339
Ein Gespenst sucht Texas heim · Band 3409
Schwerter im Kampf · Band 3501
Das grüne Millennium · Band 3611

FRITZ LEIBER

HERRIN DER DUNKELHEIT

Fantasy-Roman

Deutsche Erstveröffentlichung

Mit einem Interview des Autors

WILHELM HEYNE VERLAG
MÜNCHEN

HEYNE-BUCH Nr. 3775
im Wilhelm Heyne Verlag, München

Titel der amerikanischen Originalausgabe
OUR LADY OF DARKNESS
Deutsche Übersetzung von Hans Maeter
Das Interview mit dem Autor übersetzte Marcel Bieger
Die Textillustrationen zeichnete John Stewart

Redaktion: Wolfgang Jeschke
Copyright © 1976 by Fritz Leiber
Copyright © 1980 der deutschen Übersetzung by Wilhelm Heyne Verlag, München
Copyright © 1978 des Interviews mit Fritz Leiber by Paul Walker
Copyright © 1980 der deutschen Übersetzung des Interviews
by Wilhelm Heyne Verlag, München
Das Zitat aus Thomas de Quinceys »Bekenntnisse eines englischen Opiumessers«
auf Seite 6 ist der Ausgabe im Goverts Verlag, Stuttgart 1962,
in der Übersetzung von Walter Schmiele, entnommen,
mit freundlicher Genehmigung des Goverts Verlags, Frankfurt a. M.
Printed in Germany 1980
Umschlagbild: Ballestar/Norma
Umschlaggestaltung: Atelier Heinrichs & Schütz, München
Gesamtherstellung: Mohndruck Graphische Betriebe GmbH, Gütersloh

ISBN 3-453-30676-7

Mater Tenebrarum

Von der dritten der Schwester, die auch die jüngste ist, sprecht nur im Flüsterton! Ihr Reich ist nicht groß, unter ihrer Herrschaft welkt alles Fleisch dahin, doch wo ihr Reich ist, da gehört alle Macht ihr. Wie das Haupt der Kybele ist ihr Haupt von Türmen gekrönt, und ihre Stirn ragt jenseits der Sichtweite. Niemals senkt sie ihr Haupt, immer sind ihre Augen nach oben gerichtet, doch die Entfernung *könnte* sie dir verbergen. Und dennoch nimmst du sie wahr, denn sie sind, was sie sind: durch den dreifachen Kreppschleier, den sie trägt, kannst du das wilde Licht sehen, das Flackern des Schmerzes, das niemals zur Ruhe kommt, weder morgens noch abends, weder mittags noch um Mitternacht, weder bei Ebbe noch bei Flut. Sie rebelliert gegen Gott. Sie ist die Mutter des Wahnsinns und die Verführerin zum Selbstmord. Tief liegen die Wurzeln ihrer Macht, doch ihre Herrschaftsräume sind klein. Denn nur denen kann sie sich nähern, deren seelische Abgründe durch heftige Erschütterungen in Aufruhr versetzt wurden. Wo unter dem Zusammenfluß innerer und äußerer Stürme Herz und Hirn zittern – dort findet sie Gehorsam. Die Madonna geht mit zaghaften Schritten, schnell und auch langsam, aber immer mit tragischer Anmut. Die Mutter der Seufzer schleicht schüchtern und verstohlen dahin. Aber die jüngste der Schwestern bewegt sich unberechenbar, sie geht in Sprüngen – in Tigersprüngen. Einen Schlüssel besitzt sie nicht. Wenngleich sie selten unter Menschen tritt, Türen nimmt sie im Sturm. Ihr Name ist *Mater Tenebrarum* – Mutter der Finsternis, Herrin der Dunkelheit.

> Aus: Thomas de Quincey, *Levana oder Die Mütter der Schmerzen* in: *Suspira de Profundis* (1845); zitiert nach der deutschen Ausgabe *Bekenntnisse eines englischen Opiumessers und andere Schriften*, Stuttgart (Goverts) 1962, in der Übersetzung von Walter Schmiele.

Der alleinstehende, steile Berg, der Corona Heights genannt wurde, war schwarz wie Pech und totenstill, wie das Herz des Unbekannten. Er blickte nach Nordosten hinab, auf die nervösen, hellen Lichter der City von San Francisco, als ob er ein riesiges Raubtier wäre, das im Dunkel der Nacht sein Territorium überblickte, in geduldigem Lauern auf Beute.

Der zunehmende Mond war untergegangen, und die Sterne schimmerten wie Diamanten am schwarzen Himmel. Im Westen lag eine lange, schmale Nebelbank. Aber im Osten, hinter dem Geschäftsviertel der Stadt und der nebelverhangenen Bay, lag der schmale, geisterhafte Streifen der ersten Dämmerung über den flachen Hügeln hinter Berkeley, Oakland und Almeda, und hinter dem noch weiter entfernten Teufelsberg – Mount Diabolo.

Von allen Seiten wurden die Corona Heights von hell erleuchteten Häusern und den Straßenlichtern umschlossen, als ob der Berg ein gefährliches Tier wäre. Doch auf dem Berg selbst leuchtete nicht ein einziges Licht. Ein an seinem Fuß stehender Beobachter wäre kaum in der Lage gewesen, den gezackten Grat und die unheimlichen Schründe an seiner Spitze (die selbst von den Möwen gemieden wurden) zu erkennen, die bizarren Klippen, die da und dort aus seinen kahlen Flanken wuchsen, die zwar hin und wieder vom Nebel berührt wurden, das Prasseln von Regen jedoch seit Monaten nicht mehr gefühlt hatten.

Eines Tages würde man den Berg mit Bulldozern abtragen, wenn die Gier der Menschen noch größer geworden war als schon heute, und die Ehrfurcht vor der unberührten Natur noch geringer, doch jetzt konnte er noch Panik und Terror hervorrufen.

Zu wild und zu unheimlich, um als Park gelten zu können, hatte man ihn etwas abwegig als ›Freizeitgelände‹ bezeichnet. Zugegeben, es befanden sich einige Tennisplätze und begrenzte Grasflächen, kleine Gebäude und schüttere Kiefernhaine an seinem Fuß, aber oberhalb von ihnen erhob sich roher, nackter Fels, in distanzierter Arroganz.

Und jetzt schien sich in dem massierten Dunkel etwas zu regen. (Schwer zu sagen, was.) Vielleicht einer oder mehrere der wilden Hunde der Stadt, seit Generationen heimatlos, doch soweit angepaßt, um als zahm gelten zu können. (Wenn man in einer großen Stadt einen Hund sieht, der sich allein um seine eigenen Angelegenheiten kümmert, der niemanden bedroht, niemanden umschmeichelt – der sich, mit anderen Worten, wie ein guter Bürger benimmt, der eine Arbeit zu erledigen und keine Zeit für Spielereien hat – und wenn dieser Hund keine Marke und kein Halsband trägt, kann man ziemlich sicher sein, daß er nicht von seinem Herrn vernachlässigt wird, sondern wild ist – und angepaßt.) Vielleicht aber war es ein noch wilderes und geheimnisvolleres Tier, das sich niemals der Herrschaft des Menschen unterworfen hatte und doch unerkannt und unbemerkt mitten unter den Menschen lebte. Vielleicht, durchaus vorstellbar, war es ein Mann (oder eine Frau), so tief in Wildheit oder Psychose versunken, daß er (oder sie) kein Licht brauchte. Oder vielleicht nur der Wind.

Und jetzt färbte sich der helle Streifen im Osten dunkelrot, der ganze Himmel wurde von Ost nach West von Licht überzogen, die Sterne verblaßten, und Corona Heights begann seine rohe, trockene, fahlbraune Flanke zu zeigen.

Doch es blieb der Eindruck, als sei der Berg unruhig geworden, als ob er sich für sein Opfer entschieden hätte.

2

Zwei Stunden später blickte Franz Westen aus dem offenen Fenster seiner Wohnung zum eintausend Fuß hohen Fernsehturm hinüber, der sich hellrot und weiß aus dem Nebel, der noch immer Sutro Crest und die drei Meilen entfernten Twin Peaks einhüllte, ins helle Licht der Sonne erhob. Der Fernsehturm – San Franciscos Eiffel, wie ihn einige Menschen nannten – war breitschulterig, schlankhüftig und langbeinig, wie eine schöne und elegante Frau – oder Halbgöttin. Er war in diesen Tagen ein Vermittler zwischen Franz und dem Universum, genau wie der Mensch dazu aufgerufen ist, zwischen den Atomen und den Sternen zu vermitteln. Ihn anzublicken, zu bewundern, fast anzubeten, war sein alltäglicher Morgengruß an das Universum, seine Affirmation, daß sie sich miteinander im Einklang befanden, bevor er Kaffee machte und sich mit Notizblock und Kugelschreiber wieder ins Bett zurückzog, um sich an sein Tagewerk zu machen, das darin bestand, übersinnliche Horror-Geschichten zu schreiben und vor allem (sein Brot *und* seine Butter) die Folgen der Fernseh-Serie ›Unheimlicher Untergrund‹ in Romanform zu bringen, damit der Mob der Zuschauer diese *mélange* von Hexerei, Watergate und infantiler Liebe, die er auf dem Bildschirm verfolgte, auch lesen konnte, falls jemand Lust dazu hatte. Vor etwa einem Jahr hätte er um diese Stunde nach innen geblickt, sich auf seine Misere konzentriert und sich Sorgen über den ersten

Drink dieses Tages gemacht: ob noch einer da war, oder ob er in der vergangenen Nacht alles leergetrunken hatte. Aber das war Vergangenheit, eine andere Sache.

Leise, traurig klingende Nebelhörner warnten einander auf dem Wasser der Bay. Franz' Gedanken zogen für ein paar Sekunden zwei Meilen weiter, zu der Bay von San Francisco, über der noch dichterer Nebel lag, aus dem nur die oberen Enden der vier ersten Streben der nach Oakland führenden Brücke ragten. Unter dieser frostig wirkenden Decke bewegten sich lange Bänder von qualmenden, ungeduldigen Wagen, stampfenden Schiffen, und darunter, tief in der Erde, unter dem Wasser und dem Schlamm der Bucht, doch gehört von den Fischern in ihren kleinen Booten, ertönte das unheimliche Donnern der BART*-Züge, die durch die tiefliegenden Tunnelröhren schossen und den größten Teil der Pendler zur Arbeit brachten.

Auf der Seeluft tanzten die fröhlichen, süßen Klänge eines Telemann-Menuetts zu seinem Fenster herauf, gespielt von Cal, die zwei Stockwerke tiefer wohnte, auf ihrem Recorder. Sie spielte es für ihn, sagte er sich, obwohl er zwanzig Jahre älter war als sie. Er blickte das Ölporträt seiner verstorbenen Frau Daisy an, das über dem Studiobett hing, neben einer Zeichnung des Fernsehturms – spinnenartige, schwarze Linien auf einem großen, rechteckigen, fluoreszierenden, roten Karton – und er empfand keinerlei Schuldgefühl. Drei Jahre alkoholisierter Trauer – eine Rekordzeit! – hatten das alles abgetragen, und fast genau vor einem Jahr war es vorbei gewesen.

Er senkte den Blick auf das Studiobett, zur Hälfte ungemacht. Auf der nichtbenutzten Hälfte, entlang der Wand, waren unordentliche Stapel von Magazinen, Zeitschriften, Science Fiction-Taschenbüchern, ein paar Kriminalromanen, einer Anzahl farbiger Servietten, die er aus verschiedenen Restaurants mitgenommen hatte, und einem halben Dutzend dieser kleinen, bunten Broschüren der Ratgeber-Reihen *Golden Guides* und *Knowledge Through Color* – seine Unterhaltungslektüre, der Ausgleich zu seinem Arbeitsmaterial und Nachschlagewerken, die nebeneinander auf dem Kaffeetisch neben dem Bett aufgereiht waren. Während der drei Jahre, die er in alkoholisiertem Stupor auf dem Bett gelegen und in die Glotze gestarrt hatte, waren sie seine wichtigsten – seine einzigen – Gefährten gewesen; ständig hatte er in ihnen geblättert und von

---

* Bay Area Rapid Transit

Zeit zu Zeit ihre hellen, mit leicht faßlichen Texten bedruckten Seiten gelesen. Erst vor einem Monat war ihm aufgefallen, daß die wie zufällig wirkende Unordnung dieser Bücher und Broschüren auf der anderen Hälfte des Bettes an die Gestalt einer Frau erinnerte, die in gelöster Haltung auf der zugedeckten Hälfte des Bettes lag – und das war der Grund, warum er sie nie auf den Boden gelegt hatte, warum er sich mit einer Hälfte des Bettes begnügt hatte; warum er sie unbewußt in der Form eines Frauenkörpers arrangiert hatte, eines Frauenkörpers mit langen, langen Beinen. Diese Sammlung war ein ›Studentenliebchen‹, eine ›Scholar's Mistreß‹, erkannte er in Analogie zu dem ›Dutch Wife‹, jenem langen, schlanken Kissen, das Schläfer in tropischen Ländern zwischen ihre Beine klemmen, um den Schweiß aufzusaugen – ein verschwiegener Spielgefährte, ein bezauberndes, aber belesenes Call-Girl, eine schlanke, inzestuöse Schwester, ein ständiger Kamerad seiner schriftstellerischen Arbeiten.

Mit einem liebevollen Blick auf das Ölporträt seiner toten Frau und einem erwartungsvollen Gedanken an Cal, die noch immer die pirouettierenden Töne des Menuetts zu ihm heraufsandte, sagte er leise und mit einem konspirativen Lächeln zu der schlanken, kubistischen Gestalt, die eine ganze Hälfte des Bettes einnahm: »Keine Angst, Darling, du wirst immer mein bestes Mädchen bleiben, auch wenn wir es vor allen anderen streng geheim halten müssen.« Mit diesen Worten wandte er sich wieder dem Fenster zu.

Es war der Fernsehturm, der so modern-schlank auf der Sutro Crest stand, seine drei langen Beine tief im Nebel versunken, der ihn nach seiner langen Flucht in die alkoholische Traumwelt wieder in die Realität zurückgeholt hatte. Anfangs war ihm der Turm unsagbar kitschig und billig vorgekommen, ein Eindringling, schlimmer als die Hochhäuser in der ehemals romantischsten aller Städte, eine obszöne Personifizierung der aufdringlichen Welt von Verkauf und Werbung – selbst mit seinen großen rot-weißen Gliedern gegen den blauen Himmel (und jetzt aus dem Nebel aufragend) war er eine grobe Nachahmung der amerikanischen Flagge in ihren schlechtesten Aspekten: Barbierpfahl-Streifen: fett, grell, mit reglementierten Sternen. Doch dann hatte der Turm mit seinen blinkenden Lichtern ihn – gegen seinen Willen – zu beeindrucken begonnen; so viele Lichter! Neunzehn Stück hatte er gezählt, dreizehn, die regelmäßig brannten, und sechs Blinker. Und dann hatte der Turm sein Interesse allmählich und unmerklich in die anderen Fernen der City-Landschaft gelenkt, und auf die wirklichen Sterne, die so weit entfernt am Himmel blinkten, und in glücklichen Nächten auch auf den

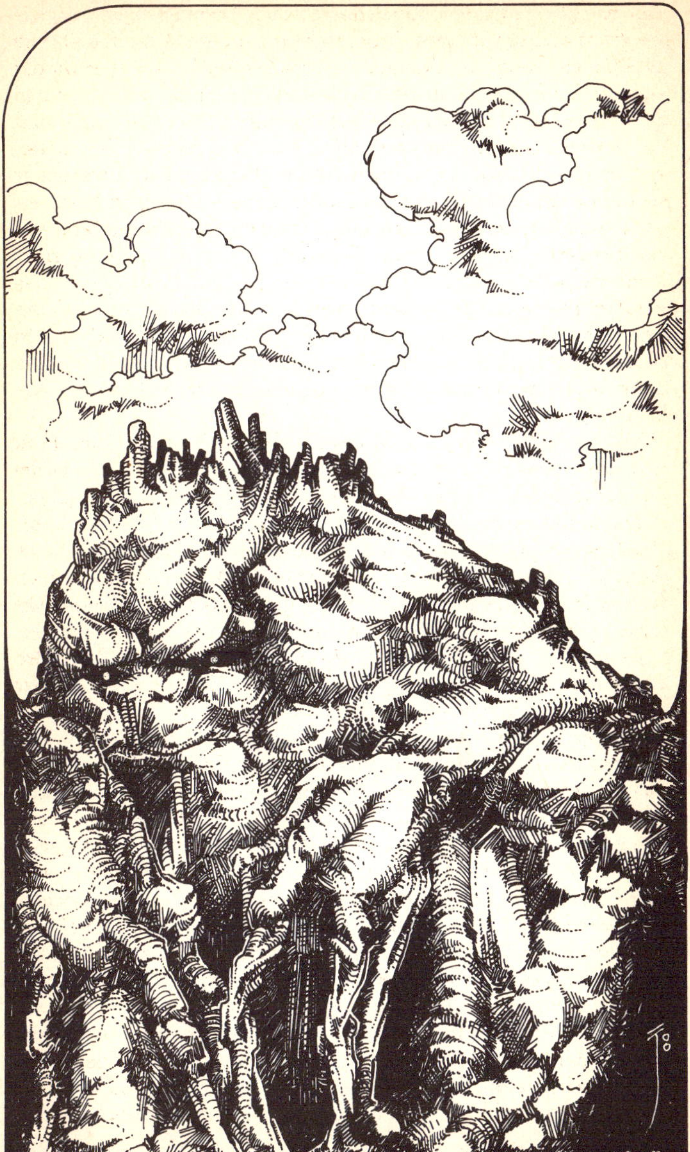
1·80·3

Mond, bis er sich eines Tages wieder leidenschaftlich für alles zu interessieren begann, was um ihn herum vorging. Und dieser Prozeß hatte bis heute angedauert, dauerte noch immer an, so daß Saul ihm – erst vor wenigen Tagen – sagte: »Ich weiß nicht, ob es gut ist, jede neue Realität willkommen zu heißen. Du könntest eines Tages auf einen faulen Kunden treffen.«

»Eine schöne Auffassung für einen Pfleger in der psychiatrischen Abteilung eines Krankenhauses«, hatte Gunnar gesagt, und Franz hatte sofort eingeworfen: »Ist doch kein Wunder. Konzentrationslager. Pestbazillen.«

»So etwas habe ich nicht gemeint«, hatte Saul gesagt. »Ich glaube, ich habe mehr an die Sachen gedacht, die meinen Jungens im Krankenhaus so passieren.«

»Aber das sind doch nur Halluzinationen, Projektionen, Archetypen, und so weiter, oder?« hatte Franz etwas verwundert bemerkt.

»Teile einer *inneren* Realität natürlich.«

»Manchmal bin ich da nicht so sicher«, hatte Saul nachdenklich gesagt. »Wer weiß schon, was Wirklichkeit ist und was nicht, wenn ein Verrückter behauptet, er habe gerade einen Geist gesehen? Innere oder äußere Realität? Wer kann das sagen? Was würdest du tun, Gunnar, wenn einer deiner Computer Dinge ausdruckt, die er nicht ausdrucken sollte?«

»Ich würde annehmen, daß er überhitzt ist«, hatte Gunnar mit Überzeugung geantwortet. »Ihr müßt daran denken, daß meine Computer normale Menschen sind, keine Verrückten und Psychopathen wie deine Leute.«

»Normal – was ist das?« hatte Saul erwidert.

Franz hatte lächelnd von einem seiner Freunde zum anderen geblickt, die zwei Apartments in dem zwischen dem seinen und Cals gelegenen Stockwerk bewohnten. Cal hatte auch gelächelt, aber nicht so wie er.

Jetzt sah er wieder aus dem Fenster, in die sechs Stockwerke tiefe Schlucht, die an Cals Fenster vorbeiführte – ein enger Schacht zwischen diesem Gebäude und dem nächsten, dessen Flachdach auf gleicher Höhe mit seinem Fenster lag. Unmittelbar hinter ihm, den Blick zu beiden Seiten wie ein Rahmen einfassend, waren die knochenweißen, regenfleckigen Rückfronten zweier Hochhäuser.

Sein Ausblick war der schmale Spalt zwischen diesen Hochhäusern, doch er war breit genug, um all die Realität zu sehen, die er benötigte, um seinen Kontakt mit der Welt aufrechtzuerhalten. Und wenn er mehr wollte, konnte er jederzeit zwei Stockwerke höher auf das Dach steigen, was er in diesen Tagen und Nächten häufig tat.

Von diesem Gebäude aus, das am unteren Hang des Nob Hills lag, erstreckte sich das Meer der Dächer bis in die Tiefe des Tals, und dann an der Flanke eines anderen Hügels hinauf, in der Ferne perspektivisch winzig, bis zu der Nebelbank, die jetzt den dunkelgrünen Hang von Sutro Crest und die langen Beine des Fernsehturms verhüllte. Doch in mittlerer Entfernung erhob sich eine Formation, die wie ein geduckt sitzendes Tier wirkte, fahlbraun im Licht der Morgensonne, aus dem Meer der Dächer. Auf der Karte wurde sie als Corona Heights bezeichnet. Sie hatte seit einigen Wochen Franz' Neugier erregt. Jetzt richtete er die Objektive seines kleinen Feldstechers auf die kahlen Flanken und den krummen Rücken des Berges, der sich scharf gegen den weißen Nebel abhob. Er fragte sich, warum er noch nicht erschlossen und bebaut worden war. Große Städte besaßen häufig solche seltsamen Fremdkörper. Dieser war eine Erinnerung an das Erdbeben von 1906, sagte er sich und lächelte über seine unwissenschaftliche Fantasie. Ob sie ihn Corona Heights genannt hatten wegen der Krone unregelmäßig geformter Felsen und Klippen auf seinem Gipfel? fragte er sich, während er sein Glas schärfer einstellte, bis sie deutlich und klar vor der Nebelwand zu erkennen waren.

Ein ziemlich schmaler, fahlbrauner Felsen trennte sich von den anderen und winkte ihm zu. Verdammt, warum zuckte das Fernglas so mit seinem Herzschlag! Ein Mensch, der erwartete, ein klares, ruhiges Bild zu sehen, hatte noch nie ein Fernglas benutzt. Oder ob es eine Sehstörung war, ein mikroskopisch kleines Staubkorn in seiner Augenflüssigkeit? Nein, jetzt sah er es wieder! Genau wie er es zu erkennen geglaubt hatte, es war ein hochgewachsener Mensch in einem Regenmantel oder einer fahlbraunen Robe, der sich mit langsamen, tänzerisch wirkenden Gesten bewegte. Auf eine Entfernung von zwei Meilen konnte man keine menschliche Gestalt im Detail erkennen, selbst nicht durch ein Fernglas mit siebenfacher Vergrößerung; man erhielt nur einen generellen Eindruck von Bewegung und Haltung, eine Simplifizierung. Diese hagere Gestalt auf dem Gipfel von Corona Heights bewegte sich langsam im Kreis, die Arme über den Kopf erhoben, als ob sie tanze, doch das war alles, was man feststellen konnte.

Als er das Fernglas sinken ließ, lächelte er amüsiert bei der Vorstellung, daß irgendein Hippie die Morgensonne mit einem rituellen Tanz auf dem Gipfel eines mitten in einer Großstadt gelegenen Hügels begrüßte, der gerade aus dem Nebel aufgetaucht war. Wahrscheinlich sang er auch dabei – irgendwelche unerträglichen, jammernden Ululationen, die so klangen wie die schrille Sirene, die er jetzt aus der Ferne hörte. Ein voll Drogen gepumpter Priester eines modernen Sonnengottes, der um ein zufällig geschaffenes, hochgelegenes Stonehenge herumhüpfte. Im ersten Augenblick hatte der Anblick ihn erschreckt, doch jetzt fand er ihn nur noch amüsant.

Ein plötzlicher Windstoß fuhr herein. Sollte er das Fenster schließen? Nein, die Luft war wieder ruhig. Es war nur eine kleine Bö gewesen.

Er stellte den Feldstecher auf seinen Schreibtisch, neben zwei dünne, alte Bücher. Das obere, in schmutziggraues Leinen gebunden, war aufgeschlagen. Die Titelseite zeigte in der altmodischen Schreibweise und dem gedankenlosen Layout, die es als ein Werk des vergangenen Jahrhunderts kennzeichneten – die schluderige Arbeit eines schluderigen Druckers, der keinerlei künstlerischen Ehrgeiz besaß – die Worte: *Megapolisomancy: Eine neue Wissenschaft der Städte* – von Thibaut de Castries.

Das war wirklich ein seltsamer Zufall! Er fragte sich, ob ein drogenbesessener Priester in einer erdfarbenen Robe – ein tanzender Felsen, genaugenommen! – von diesem Irren, der das Buch verfaßt hatte, als eines der ›geheimen Vorkommnisse‹ erkannt worden wäre, die er in seinem um 1890 mit trockener Ernsthaftigkeit geschriebenen Buch für die Großstädte der Erde vorausgesagt hatte. Franz sagte sich, daß er dieses Buch genauer lesen sollte, und auch das andere.

Aber jetzt, beschloß er plötzlich, mit einem Blick auf den Kaffeetisch, auf dem neben einem bereits frankierten und an seinen New Yorker Agenten adressierten, braunen Umschlag das Manuskript seiner letzten Romanfassung der Fernsehserie lag – *Unheimlicher Untergrund, Folge 7: Die Türme des Verrats* – fertig und versandbereit bis auf eine letzte, deskriptive Szene, die er noch recherchieren und anfügen wollte, würde er diese Arbeit zu Ende bringen; er hatte immer den Ehrgeiz, genau zu sein und seine Leser zu informieren, obwohl diese Serie billigste Unterhaltungslektüre war.

Doch dann entschied er, daß er diesmal seine Romanfassung ohne diesen akribischen letzten Schliff abschicken und den heutigen Tag zu einem Feiertag erklären würde. Er wußte auch schon, was er mit ihm anfangen würde. Er hatte nur mäßige Gewissensbisse darüber, daß er seine Leser um ein winziges Detail betrog, zog sich an und machte eine Kanne Kaffee, die er zu Cal hinuntertragen wollte. Im Hinausgehen klemmte er sich die beiden alten Bücher

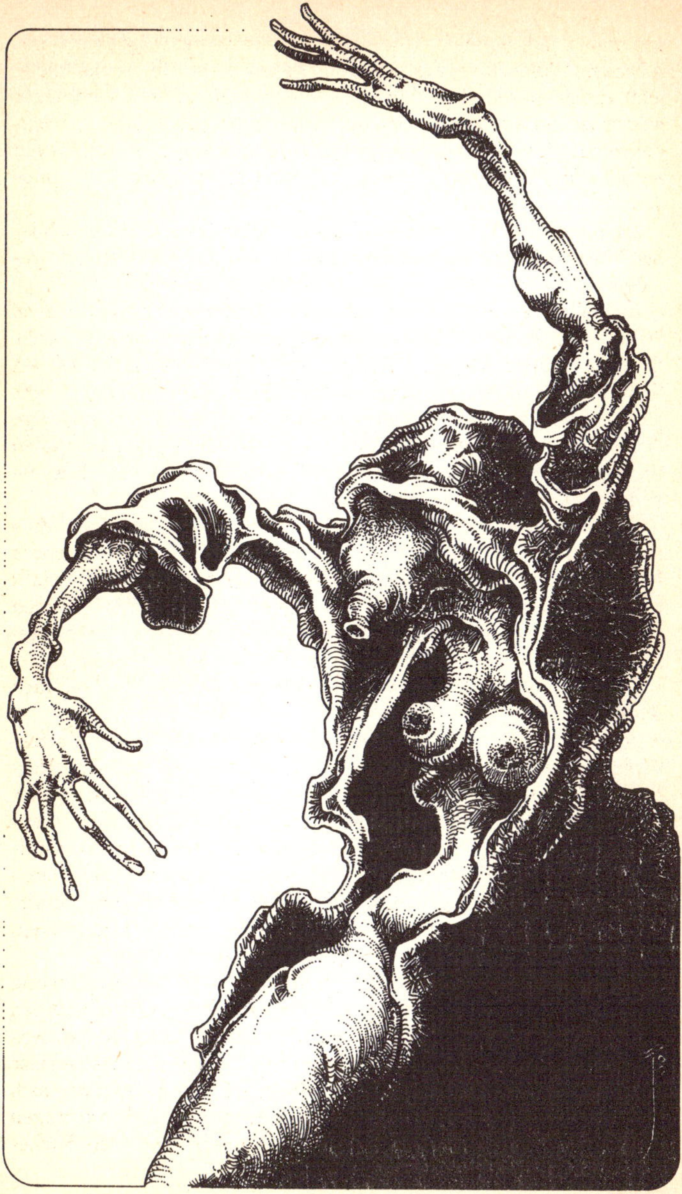

1·8°3

unter den Arm (er wollte sie Cal zeigen) und steckte den Feldstecher in die Jackentasche – nur für den Fall, daß er in Versuchung geraten sollte, sich Corona Heights und seinen ausgeflippten Felsen-Gott noch einmal anzusehen.

3

Im Korridor ging Franz an der schwarzen, drückerlosen Tür des früheren Besenschranks vorbei, und an einer kleineren, die durch ein Vorhängeschloß gesichert war und vor langer Zeit einmal Zugang eines Müllschluckers oder Speiseaufzugs gewesen sein mochte (niemand konnte sich an ihren Verwendungszweck erinnern), und an der großen, vergoldeten Tür des Lifts, neben der sich ein seltsames, schwarzes Fenster befand. Er stieg die mit einem roten Läufer bedeckte Treppe hinab, die in Abschnitten von sechs, drei und noch einmal sechs Stufen pro Stockwerk um einen schmalen, rechteckigen Treppenschacht verlief, der von dem winzigen Oberlicht im Dach des Gebäudes nur einen Bruchteil des Lichts erhielt, das man gebraucht hätte, um wirklich sehen zu können. Er hielt sich nicht im fünften Stockwerk auf, wo Gunnar und Saul wohnten, warf jedoch einen raschen Blick auf ihre Wohnungstüren, die einander diagonal gegenüberlagen, bevor er zum vierten Stockwerk weiterging.

In beiden Etagen sah er die seltsamen, schwarzen Fenster neben der Lifttür, Fenster, die nicht geöffnet werden konnten, und mehrere der schwarzen, drückerlosen Türen. Es war komisch, daß es in allen alten Gebäuden irgendwelche geheime Räume gab, die nicht verborgen waren, jedoch von niemandem bemerkt wurden; wie die fünf Luftschächte dieses Gebäudes zum Beispiel, deren Fenster schwarz übermalt worden waren, um ihre winzigen Ausmaße zu verbergen, und die nicht mehr benutzten Besenschränke, die durch die steigenden Kosten für Reinigungspersonal überflüssig geworden waren, und in den Wänden der Korridore die mit Kappen verschlossenen Anschlüsse des Staubsaugersystems, die sicher seit mehreren Jahrzehnten nicht mehr benutzt worden waren. Er bezweifelte, daß irgendeiner der Bewohner dieses Gebäudes sie jemals bewußt wahrgenommen hatte, außer ihm, der durch den Fernsehturm und alles andere erneut zur Realität erweckt worden war. Heute erinnerte sie ihn für einen kurzen Moment an die alten Zeiten, als dieses Gebäude wahrscheinlich ein mittelgroßes Hotel gewesen war, mit affengesichtigen Pagen, und mit Zimmermädchen, die sich seine Fantasie als Französinnen vorstellte, die kurze Röcke trugen und aufreizend lachten (wahrscheinlich waren sie mürrische, fette Trullen gewesen, korrigierte seine Logik). Er klopfte an die Tür von 407.

Es war einer dieser Tage, an denen Cal wie ein ernsthaftes, siebzehnjähriges Schulmädchen aussah, das sich fest in seine Träume versponnen hatte, und nicht zehn Jahre älter, wie sie es war. Lange, dunkle Haare, blaue Augen, ein ruhiges Lächeln. Sie hatten zweimal miteinander geschlafen, doch jetzt küßten sie sich nicht – er wollte nicht aufdringlich sein –, und sie bot es ihm nicht an – und außerdem war er sich nicht darüber im klaren, wie weit er sich binden wollte. Sie lud ihn zu dem Frühstück ein, das sie gerade vorbereitete. Obwohl das Zimmer genauso ausgelegt war wie das seine, wirkte es doch viel hübscher – zu hübsch für das alte Gebäude –, sie hatte es unter Mithilfe von Saul und Gunnar vollständig renoviert und neu eingerichtet. Aber es hatte keinen Ausblick. Beim Fenster standen ein Notenpult und ein elektronisches Klavier, das im Grunde genommen nur aus einer Tastatur und einer schwarzen Lautsprecherbox bestand und mit einem Kopfhörer ausgestattet war, so daß man darauf üben konnte, ohne seinen Nachbarn lästig zu fallen.

»Ich bin heruntergekommen, weil ich dich das Menuett von Telemann spielen hörte«, sagte Franz.

»Vielleicht habe ich es gespielt, um dich herzulocken«, antwortete Cal, ohne sich umzudrehen. Sie stand vor der Kochplatte und dem Toaster und bereitete das Frühstück vor. »Es liegt ein Zauber in Musik, weißt du.«

»Denkst du an *Die Zauberflöte*?« fragte er. »Dein Recorder klingt wie eine Zauberflöte.«

»In allen Holzblasinstrumenten liegt ein Zauber«, versicherte sie ihm. »Es wird behauptet, daß Mozart das Arrangement seiner Zauberflöte von der Mitte an verändert habe, damit es nicht allzu sehr dem einer anderen, zeitgenössischen Oper gliche; *Das verzauberte Fagott*.«

Er lachte. »Noten haben zumindest eine übernatürliche Kraft. Sie haben die Fähigkeit der Levitation, die können sich in die Luft erheben und fliegen. Das können Worte natürlich auch, aber längst nicht so gut.«

»Wie kommst du darauf?« fragte sie über die Schulter.

»Durch Cartoons und Comics«, sagte er ihr. »Worte brauchen Blasen, um sie festzuhalten, aber Noten kommen einfach aus dem Klavier oder irgendeinem anderen Instrument geflogen.«

»Noten haben diese kleinen, schwarzen Flügel«, sagte sie, »zumindest die Achtelnoten und die noch kürzeren. Aber du hast recht. Musik kann fliegen – sie ist reine Befreiung – und sie hat die Macht, auch andere Dinge zu befreien und fliegen und wirbeln zu lassen.«

Er nickte. »Ich wünschte, du würdest auch die Töne dieses Klaviers befreien und sie fliegen und wirbeln lassen, wenn du übst«, sagte er mit einem Blick auf das elektronische Instrument, »anstatt sie in deinem Kopfhörer gefangenzuhalten.«

»Du würdest der einzige sein, der Freude daran hat«, erklärte sie ihm.

»Außer Gun und Saul«, sagte er.

»Ihre Wohnungen liegen nicht an diesem Luftschacht. Außerdem sind meine Tonleitern und Arpeggios selbst dir zuviel geworden.«

»Da bin ich nicht so sicher.« Und dann, scherzhaft: »Vielleicht klingt das Ding zu scheppernd, um einen Zauber hervorzurufen.«

»Ich hasse dieses Wort«, sagte sie. »Und außerdem hast du unrecht. Auch scheppernde Klänge können einen Zauber bewirken. Denke an Papagenos Glocken – es gibt mehr als nur eine Art von Musik in der Zauberflöte.«

Sie aßen Toast und Eier und tranken Fruchtsaft. Franz berichtete Cal von seinem Entschluß, das Manuskript von *Türme des Verrats* so, wie es war, abzuschicken. »Also werden meine Leser nicht erfahren, was für ein Geräusch eine Aktenvernichtungsmaschine macht – na und? Ich habe diese Folge selbst auf dem Bildschirm gesehen, aber als der satanische Magier die Runenschriften in die Maschine schob, ließen sie sie qualmen – und das ist natürlich Unsinn.«

»Wie schön, daß du zu dieser Erkenntnis gekommen bist«, sagte sie scharf. »Du machst dir viel zu viel Mühe, dieses alberne Programm zu rationalisieren.« Ihre Stimme und ihr Gesichtsausdruck wurden weicher. »Trotzdem – ich weiß nicht recht – es liegt wohl daran, daß du immer versuchst, dein Bestes zu geben, ganz egal, was du tust, und deshalb sehe ich dich als einen Profi.« Sie lächelte.

Er hatte wieder einen Anflug von schlechtem Gewissen, konnte ihn jedoch leicht unterdrücken.

Während sie ihm Kaffee eingoß, sagte er: »Ich habe eine wunderbare Idee. Laß uns heute auf Corona Heights steigen. Ich denke, daß man von dort oben aus einen herrlichen Ausblick auf die City und die Innere Bay hat. Wir könnten den größten Teil der Strecke mit der Muni fahren und brauchen sicher nicht viel zu klettern.«

»Du vergißt, daß ich für das Konzert morgen abend üben muß, und außerdem darf ich meine Hände nicht gefährden«, sagte sie mit leichtem Vorwurf. »Aber laß dich dadurch nicht aufhalten«, setzte sie mit einem um Verzeihung bittenden Lächeln hinzu. »Warum fragst du nicht Gun oder Saul, ob sie mitgehen wollen? Ich glaube, sie haben heute frei. Gun ist ein guter Kletterer. Wo sind eigentlich diese Corona Heights?«

Er sagte es ihr und erinnerte sich, daß ihr Interesse an San Francisco weder so neu noch so engagiert war wie das seine – er besaß den Eifer eines Konvertiten.

»Das muß in der Nähe des Buena Vista Parks sein«, sagte Cal. »Verlaufe dich nur nicht in diese Gegend. Es sind da kürzlich ein paar Morde gewesen. Im Zusammenhang mit Drogen.«

»Ich habe nicht die geringste Absicht dazu«, sagte er. »Aber vielleicht machst du dir etwas zu große Sorgen. Es ist in den letzten Jahren sehr viel ruhiger geworden. Neulich habe ich dort diese beiden Bücher gekauft, in einem dieser herrlichen Trödelläden.«

»Ach ja, du wolltest sie mir einmal zeigen«, sagte sie.

Er reichte ihr den Band, der aufgeschlagen war und sagte: »Es ist vielleicht das faszinierendste pseudowissenschaftliche Buch, das ich jemals gesehen habe – eine Mischung von echten Erkenntnissen und Einsichten und ausgesprochenem Blödsinn. Keine Jahresangabe im Impressum, aber ich denke, daß es so um 1900 herum gedruckt worden ist.«

»Megapolisomancy...«, las sie den Titel des Buches. »Und was soll das sein? Eine Zukunftsvoraussage – für Städte?«

»Für *große* Städte«, sagte er nickend.

»Ja, natürlich, das *Mega*.«

»Eine Voraussage der Zukunft und aller möglichen anderen Dinge«, fuhr er fort. »Anscheinend auch magischer Dinge. Obwohl de Castries es eine ›Neue Wissenschaft‹ nennt, als ob er ein zweiter Galilei wäre. Auf jeden Fall ist dieser de Castries äußerst besorgt über die ›riesigen Mengen‹ von Stahl und Papier, die in diesen großen Städten angehäuft werden. Und von Kerosin, er schreibt ›Kohleöl‹, und natürlichem Gas. Und auch von Elektrizität, ob du es glaubst oder nicht – er hat sehr sorgfältig berechnet, wieviel Elektrizität in so und so vielen tausend Meilen Kabeldraht gespeichert sind, wieviel Leuchtgas sich in den Gasometern befindet, wieviel Stahl bei den damals neuen Wolkenkratzern verbaut wird, wieviel Papier die Behörden und die Zeitungsverlage verbrauchen, und so weiter.«

»Mein Gott«, kommentierte Cal, »was müßte dieser Mensch denken, wenn er heute leben würde.«

»Daß seine schlimmsten Befürchtungen sich bewahrheitet haben, ohne Zweifel. Er *hat* die wachsende Bedrohung durch das Automobil und das Benzin in seine Spekulationen einbezogen, aber noch gefährlicher erschienen ihm die Elektromobile, die elektrische Energie in ihren Batterien mit sich führen. Er kam unserer modernen Sorge um die Verschmutzung der Umwelt verdammt nahe – er schreibt sogar von ›den riesigen Ansammlungen gigantischer, qualmender Schmelzbottiche‹, den Wolken von Schwefelsäure, die für die Herstellung von Stahl benötigt wird. Aber am meisten regte er sich über die psychologische oder spirituelle – er nennt sie ›paramentale‹ – Wirkung von all dem Zeug auf, das sich in den Großstädten ansammelt, über seine reine flüssige oder feste Masse.«

»Ein richtiger Proto-Hippie«, fand Cal. »Was für ein Mensch war er? Wo hat er gelebt? Was hat er sonst noch getan?«

»Darüber gibt es in diesem Buch nicht die geringsten Hinweise«, sagte Franz, »und ich habe auch sonst nichts über ihn finden können. In diesem Buch erwähnt er recht häufig New England und das östliche Kanada, einige Male auch New York, aber ohne direkten Bezug. Er spricht auch von Paris – er haßte den Eiffelturm – und von Ägypten.«

Cal nickte. »Was ist mit dem anderen Buch?«

»Ich finde es auch sehr interessant.« Franz reichte es ihr. »Wie du siehst, ist es eigentlich kein Buch, sondern ein Journal mit Blättern aus Reispapier, so dünn wie Zwiebelschalen, fast durchsichtig, in Rohseide gebunden, die wohl einst teerosenfarben gewesen sein dürfte, bevor sie verblich. Die Eintragungen, mit violetter Tinte und einer sehr feinen Feder geschrieben, reichen kaum über ein Viertel der Seiten. Der Rest ist leer. Als ich diese beiden Bücher kaufte, waren sie mit einem alten Bindfaden zusammengeschnürt. Es sah aus, als ob sie seit Jahrzehnten so miteinander verbunden gewesen wären – hier kannst du noch immer die Eindrücke der Verschnürung sehen.«

»Stimmt«, gab Cal zu. »Seit 1900 oder so? Ein sehr hübsches Tagebuch – so eins würde ich auch gerne haben.«

»Das kann ich mir vorstellen. Nein, sie sind erst 1928 oder später miteinander verschnürt worden. Ein paar der Eintragungen sind datiert, und sie scheinen alle im Laufe weniger Wochen gemacht worden zu sein.«

»War er ein Dichter?« fragte Cal. »Ich sehe Zeilengruppen, die wie Verse aussehen. Wer war er? Der alte de Castries?«

»Nein, nicht de Castries, aber jemand, der sein Buch gelesen hatte und ihn kannte. Doch ich glaube nicht, daß er ein Dichter gewesen ist. Ich glaube sogar, daß ich weiß, wer der Tagebuchschreiber ist, obwohl es sehr schwierig sein dürfte, dies zu beweisen, da er keine

Eintragungen unterzeichnet hat und sich auch sonst nirgends ein Hinweis auf seine Identität findet. Aber ich glaube, daß es Clark Ashton Smith war.«

»Ich habe den Namen schon gehört«, sagte Cal.

»Wahrscheinlich von mir«, sagte Franz. »Er war auch ein Autor übersinnlicher Horror-Geschichten. Sehr gute, unheilgeladene Stories: Tausendundeine-Nacht-Chinoiserie. Eine Stimmung wie in Beddoes *Death's Jest-Book*. Er hat in der Nähe von San Francisco gelebt und die alte Künstlerkolonie gekannt. Er hat George Stirling in Carmel besucht, und es ist durchaus möglich, daß er seine besten Geschichten hier in San Francisco schrieb. Ich habe Jaime Donaldus Byers eine Fotokopie dieses Journals gegeben; er ist eine Koryphäe, was Smith betrifft, und wohnt hier in der Beaver Street, und er ist sicher, daß Smith der Verfasser ist. Eine zweite Fotokopie habe ich Roy Squires gegeben, der sicher ist, daß es sich auf keinen Fall um Smith handeln kann. So ganz sicher ist Byers allerdings auch nicht. Er sagt, es gibt keinerlei Beweise dafür, daß Smith sich längere Zeit in San Francisco aufgehalten hat, und obwohl die Handschrift die Smiths zu sein scheint, wirkt sie fahriger und erregter, als er sie jemals gesehen hat. Aber ich habe Grund zu der Annahme, daß Smith seinen Trip geheimgehalten hat, und er hatte eine Menge Gründe, um aufs höchste erregt zu sein.«

»Wahrhaftig«, sagte Cal, »du hast dir darüber eine Menge Mühen und Gedanken gemacht. Aber ich begreife, warum du es getan hast. Es ist schon *très romantique*, nur diese ausgebleichte Rohseide und das Reispapier zu fühlen.«

»Ich habe eine besondere Beziehung zu diesem Buch«, sagte Franz und ließ seine Stimme, ohne sich dessen bewußt zu werden, ein wenig sinken. »Ich habe es vor vier Jahren gekauft, mußt du wissen, bevor ich in dieses Haus eingezogen bin, und sehr oft darin gelesen. Der Mensch mit der violetten Tinte (*ich* denke, daß es Smith ist) schreibt immer wieder über einen ›Besuch bei Tiberius in 607 Rhodes‹. Im Grunde genommen ist das Tagebuch – zum größten Teil jedenfalls – ein Bericht über eine ganze Reihe solcher Besuche. Dieses ›607 Rhodes‹ blieb in meinem Gedächtnis haften, und als ich mir eines Tages eine billigere Bleibe suchte und man mir hier das Apartment zeigte...«

»Natürlich das, in dem du jetzt wohnst, Nummer 607«, unterbrach Cal.

Franz nickte. »Ich hatte das Gefühl, als ob es auf irgendeine geheimnisvolle Weise vorbestimmt oder vorbereitet worden sei. Als ob ich nach ›607 Rhodes‹ hätte suchen *müssen* und es nun gefunden hatte. In jenen Tagen hatte ich eine Menge mysteriöser Ideen. Ich wußte nicht immer, was ich tat, oder wo ich war: zum Beispiel habe ich völlig vergessen, wo sich dieser fabelhafte Laden befand, in dem ich diese beiden Bücher gekauft habe, und auch seinen Namen, falls er einen haben sollte. Tatsache ist, daß ich damals fast immer betrunken war. Punkt.«

»Das kann man wohl sagen«, stimmte Cal ihm zu, »aber auf eine stille, ruhige Art. Saul, Gun und ich haben uns damals eine Menge Gedanken über dich gemacht und Dorotea Luque und Bonita ausgequetscht.« Sie meinte damit die peruanische Hausverwalterin und ihre dreizehnjährige Tochter. »Doch selbst damals bist du uns nicht als ein gewöhnlicher, haltloser Säufer erschienen. Dorotea erklärte uns, du schriebest ›ficcion‹, die Angst einjagt, über *espectros y fantasmas de los muertos y las muertas*‹, und daß sie dich trotzdem für einen Gentleman hielte.«

Franz lachte. »Erscheinungen und Phantome von toten Männern und Frauen. Typisch spanisch! Trotzdem hast du bestimmt niemals vorausgesehen...« Er brach den angefangenen Satz ab.

»Daß ich eines Tages mit dir schlafen würde?« brachte Cal ihn zu Ende. »Da würde ich an deiner Stelle nicht zu sicher sein. Ich habe schon immer erotische Fantasien über ältere Männer gehabt. Aber sage mir, wie hat dein damaliger alkoholisierter Verstand in diese ›607 Rhodes‹-Sache hineingepaßt?«

»Überhaupt nicht«, gab Franz unumwunden zu. »Obwohl ich damals wie heute glaube, daß dieser Mensch mit der violetten Tinte damit einen ganz bestimmten Ort meinte. Außerdem war da die klar erkennbare Verbindung zu Tiberius' Verbannung auf die Insel Rhodos durch Augustus, wo der zukünftige römische Kaiser die Kunst der Rhetorik studierte und sich nebenbei mit sexuellen Perversionen und Hexerei befaßte. Der Mensch mit der violetten Tinte nennt nicht immer den Namen Tiberius, mußt du wissen. Manchmal ist es Tybalt, manchmal Theobald, und einmal Thrasyllus, das war der Name von Tiberius' persönlichem Wahrsager und Magier. Aber immer wieder kommt dieses ›607 Rhodes‹ vor. Und einmal ist es Theudebaldo, und einmal Dietbold, doch dreimal Thibaut, und das macht mich sicher – neben mehreren anderen Dingen –, daß es de Castries gewesen sein muß, den Smith fast täglich besucht hat und auf den sich seine Tagebucheintragungen beziehen.«

»Franz«, sagte Cal, »ich finde das alles sehr interessant, aber jetzt muß ich mich wirklich auf das Konzert vorbereiten. Es ist schon schwer genug, den Harfenpart auf einem scheppernden elektronischen Klavier üben zu müssen, und morgen bringen wir noch dazu ein ziemlich schwieriges Stück: das fünfte Brandenburgische Konzert.«

»Ich weiß. Entschuldige, daß ich dich aufgehalten habe. Es war sehr gedankenlos von mir. Ich bin eben ein *male chauvinist*...« Franz stand auf.

»Nimm's nicht so schwer«, sagte Cal lächelnd. »Ich habe jede Minute genossen, wirklich; aber jetzt muß ich arbeiten. Hier, nimm deine Kaffeekanne – und diese Bücher, um alles in der Welt, sonst werde ich noch versucht, sie zu lesen, wo ich doch üben muß. – Und Franz«, rief sie ihm nach, als er zur Tür ging.

Er wandte sich um.

»Sei vorsichtig, wenn du in die Gegend von Buena Vista und Beaver Street kommen solltest. Nimm Gun oder Saul mit. Und denke daran...« Anstatt ihm zu sagen, an was er denken sollte, küßte sie zwei Finger ihrer rechten Hand, streckte sie ihm entgegen und blickte ihn ernst an.

Er lächelte, nickte zweimal und fühlte sich glücklich und erregt, als er die Wohnung verließ. Aber als er die Tür hinter sich zudrückte, beschloß er, auf gar keinen Fall die beiden Männer im fünften Stock aufzufordern, ihn zu begleiten – es war eine Frage seines Muts, oder zumindest seiner Unabhängigkeit. Nein, heute würde das Abenteuer ihm allein gehören.

Wer schert sich um die Torpedos? Volle Kraft voraus!

4

Der Korridor vor Cals Apartment sah genauso aus wie der auf Franz' Etage: schwarzüberstrichene Luftschachtfenster, drückerlose Türen zu den nicht mehr benutzten Besenschränken, die fahlgoldene Lifttür, und im unteren Teil der Wand die mit Kappen verschlossenen Staubsaugeranschlüsse, ein Relikt der Tage, als sich der Motor für das Staubsaugersystem des Gebäudes im Keller befand und die Putzfrauen nur einen Schlauch mit einer Bürste in die Anschlüsse steckten. Doch noch bevor Franz das Treppenhaus erreichte, hörte er ein intimes, leises Lachen, und dann ein paar Worte einer Männerstimme: leise, rasch und scherzend. Sauls Stimme? Dann wieder das mädchenhafte Lachen, lauter und etwas explosiver, fast so, als ob sie von jemandem gekitzelt würde. Dann das Geräusch von raschen Schritten, die die Treppe herabkamen.

Franz erreichte das Treppenhaus gerade rechtzeitig, um eine schlanke Gestalt um die unter ihm gelegene Ecke verschwinden zu sehen: nur eine flüchtige Vision von schwarzem Haar, einem farbigen Kleid und schlanker, weißer Handgelenke und Knöchel, alles in rascher Bewegung. Er beugte sich über das Geländer und starrte in die kleine rechteckige Schlucht des Treppenhauses; er war beeindruckt von dem Anblick der untereinanderliegenden Treppen und Treppenabsätze, die wie eine Serie von Reflektionen wirkten, als ob man zwischen zwei Spiegeln stehen würde. Die raschen Schritte verklangen in der Tiefe des Treppenhauses, doch das Mädchen, das sie verursachte, hielt sich an den Außenwänden und kam nie nahe genug an das Geländer der Innenseite, daß er es hätte noch einmal sehen können.

Während er so in die tiefe Schlucht des Treppenhauses starrte, die durch das kleine Oberlicht im Dach des Gebäudes nur unzureichend beleuchtet wurde, und noch immer an das Mädchen und sein Lachen dachte, stieg in seinem Gehirn eine verschwommene Erinnerung auf und nahm ihn für ein paar Sekunden völlig gefangen. Obwohl sie nicht ganz klar wurde, packte sie ihn mit der Gewalt eines unangenehmen Traumes oder eines besinnungslosen Rausches. Er stand aufrecht in einem dunklen, klaustrophobisch engen, überfüllten, muffig riechenden Raum. Durch den Stoff seiner Hose fühlte er, wie eine kleine Hand an seine Genitalien griff, und hörte ein leises, aufreizendes Lachen. Er blickte hinab und sah das kleine, geisterhafte, ausdruckslose Oval eines Gesichtes, und das Lachen klang jetzt höhnisch. Irgendwie schien es ihm, als ob von allen Seiten schwarze Tentakel nach ihm griffen. Er fühlte den Druck krankhafter Erregung, und Schuld, und – beinahe – von Angst.

Die verschwommene Erinnerung verschwand, als Franz einfiel, daß die Gestalt im Treppenhaus Bonita Luque gewesen war, die den geblümten Pyjama und die schwarzen Hausschuhe von ihrer Mutter getragen hatte, die ihr bereits zu klein geworden waren, die sie jedoch hin und wieder noch trug, wenn ihre Mutter sie am Morgen auf Botengänge durch das Gebäude schickte. Er lächelte ein wenig bei dem Gedanken, daß es ihm beinahe leid tat (nicht wirklich), nicht mehr betrunken zu sein, um sich an verschiedenen abseitigen Fantasien und Vorstellungen erregen zu können.

Er begann die Treppe hinaufzusteigen, blieb jedoch sofort stehen, als er die Stimmen von Gun und Saul aus dem oberen Stockwerk hörte. Er wollte jetzt keinen der beiden sehen, ursprünglich, weil er keine Lust hatte, die Pläne und die Stimmung dieses Tages mit irgend jemand außer Cal zu teilen, doch als er dem Dialog der immer schärfer werdenden Stimmen zuhörte, wurde sein Motiv erheblich komplizierter.

Gun fragte: »Was war eigentlich los?«

Saul antwortete: »Ihre Mutter hat das Kind heraufgeschickt, um zu fragen, ob einer von uns einen Kassetten-Recorder vermißt. Sie glaubt, daß ihre Kleptomanin im zweiten Stock einen hat, der ihr nicht gehört.«

»Kleptomanin«, sagte Gun höhnisch, »das ist ein ziemlich kompliziertes Wort für Mrs. Luque.«

»Oh, ich glaube, sie hat ›Stehlerin‹ gesagt. Auf jeden Fall habe ich dem Mädchen versichert, daß ich meinen Kassetten-Recorder noch habe.«

»Und warum hat Bonita nicht auch mich gefragt?« sagte Gun.

»Weil ich ihr gesagt habe, daß du keinen Kassetten-Recorder besitzt«, erwiderte Saul. »Was ist denn los? Fühlst du dich ausgeschlossen?«

»Nein!«

Guns Stimme war während dieses Wortwechsels zunehmend schärfer geworden, Sauls zunehmend kühler und sarkastischer. Franz hatte mehrmals milde Spekulationen über den Grad der Homosexualität in der Verbindung zwischen den beiden jungen Männern gehört, doch dies war das erstemal, daß er sich selbst ernsthaft danach fragte. Nein, entschied er schließlich, jetzt würde er sich da bestimmt nicht einmischen.

»Was hast du dann?« fragte Saul. »Verdammt, Gun, du weißt doch, daß ich immer ein bißchen Spaß mit Bonny mache.«

»Ich weiß, ich bin ein puritanisierter Nordeuropäer«, sagte Gun beinahe beleidigt, »aber ich möchte doch wissen, wie weit die Befreiung von angelsächsischen Körperkontakt-Tabus zu gehen hat.«

Sauls Stimme war fast aufreizend, als er erwiderte: »Was für eine Frage. So weit, wie beide es für richtig halten, denke ich.«

Franz hörte das nachdrückliche Schließen einer Tür. Dann knallte eine zweite zu. Dann war Stille. Franz atmete erleichtert auf und stieg lautlos weiter die Stufen hinauf – und als er auf den Korridor des fünften Stockwerks trat, stand er plötzlich Gun gegenüber, der an der verschlossenen Tür seines Apartments lehnte und zu Sauls Tür hinüberstarrte. Auf dem Boden neben ihm stand ein etwa kniehohes, rechteckiges Gerät mit einem Tragegriff aus Chrom, der aus seiner Segeltuchhülle ragte.

Gunnar Nordgren war ein großer, schlanker Mann, aschblond und blauäugig; eine Wikinger-Gestalt. Jetzt hatte er den Kopf gewandt und sah Franz so verlegen an, wie der sich fühlte. Doch plötzlich kehrte der gewohnte, liebenswürdige Ausdruck in sein

Gesicht zurück, und er sagte: »Freut mich, daß du vorbeikommst. Vor zwei Tagen hast du mich noch nach Aktenvernichtungsmaschinen gefragt. Hier ist so eine. Ich habe sie mir im Büro über Nacht ausgeliehen.«

Er riß die graue Schutzabdeckung herunter, und ein Kasten in Blau und Silber kam zum Vorschein. Er hatte einen fußbreiten Rachen und einen roten Knopf auf seiner Oberseite. Der Rachen führte in einen tiefen Auffangkorb, der, wie Franz sehen konnte, etwa zu einem Drittel mit quadratischen, konfettiartigen Papierschnipseln von weniger als einem Viertelzoll Größe gefüllt war.

Die Bedrückung, die er noch eben gespürt hatte, war verflogen. Franz blickte auf und sagte: »Ich weiß, daß du zur Arbeit mußt und keine Zeit hast, aber könnte ich ihn einmal in Betrieb sehen?«

»Natürlich.« Gun schloß die Tür auf, vor der er stand, und führte Franz in einen sparsam möblierten Raum. Das erste, was einem hier ins Auge fiel, waren große astronomische Fotos und eine Skiausrüstung. Während Gun das Anschlußkabel ausrollte und den Stecker in die Dose steckte, sagte er: »Dies ist ein ›Shredbasket‹ der Firma Destroysit. Sehr zutreffende Namen, nicht wahr? Kostet nur fünfhundert Dollar oder so, größere Modelle bis zu zweitausend. Ein Satz rotierender Rundmesser zerschneidet das Papier zu schmalen Streifen, und ein zweiter Messersatz zerteilt diese Streifen dann quer. Ob du es glaubst oder nicht, diese Geräte sind aus den Maschinen entwickelt worden, mit denen Konfetti hergestellt wird. Mir gefällt die Vorstellung: sie beweist, daß die Menschheit zuerst an frivole Dinge denkt und sie erst später für ernsthafte Zwecke umfunktioniert – falls man so etwas ernsthaft nennen kann. Spiel vor Schuld.«

Die Worte sprudelten in einem solchen Übermaß an Erregung oder Erleichterung aus ihm heraus, daß Franz sich nicht länger darüber wunderte, warum Gun dieses Gerät mit nach Hause gebracht hatte – was er mit ihm vernichtet haben mochte.

Gun fuhr fort: »Die einfallsreichen Italiener – wie hat Shakespeare sie genannt? Supersubtile Venetianer? – sind führend in der Herstellung von Maschinen für Vergnügen und Nahrungsmittel: Eismaschinen, Spaghetti- und Nudelmaschinen, Geräte zur Produktion von Zimmer-Feuerwerk – und Konfetti. Na, dann wollen wir mal.«

Franz hatte ein kleines Notizbuch und einen Kugelschreiber aus der Tasche gezogen. Als Guns Finger auf den roten Knopf drückte, beugte er sich vor, etwas vorsichtig, da er ein ziemlich lautes Geräusch erwartete.

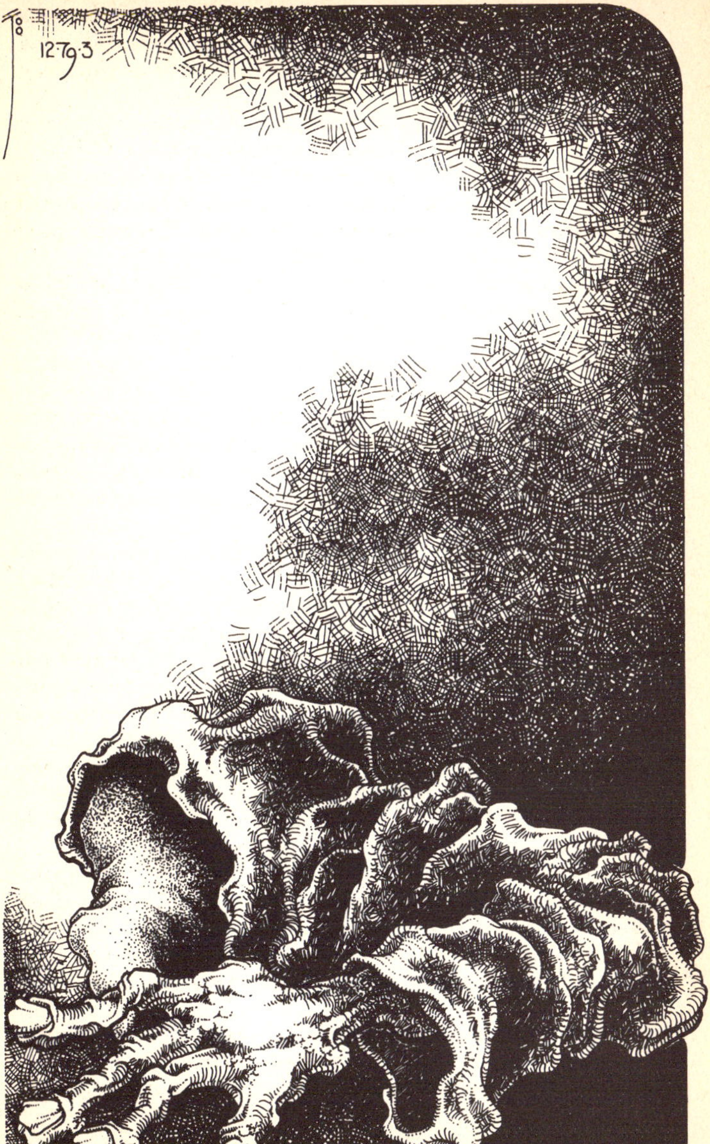
12·79·3

Statt dessen aber kam nur ein leises, ein wenig heiser klingendes Surren aus dem Kasten, als ob die Zeit sich räusperte.

Glücklich über diese Parallele notierte Franz sie auf seinem Block. Gun schob ein pastellfarbenes Blatt Papier in den breiten Schlitz. Fahlblauer Schnee rieselte auf das schmutzigweiße Konfetti im Auffangkorb. Das Geräusch wurde nur wenig lauter.

Franz bedankte sich bei Gun und verließ sein Apartment. Er ging zum Treppenhaus zurück und stieg die Stufen hinauf, vorbei an seinem Stockwerk und dem siebenten bis zum Dach. Er fühlte sich zufrieden. Daß er diese kleine informative Erfahrung machen konnte, war der glückliche Umstand, den er brauchte, um diesem Tag einen perfekten Start zu geben.

5

Der kubische Raum, in dem der Lift-Motor untergebracht war, wirkte wie die Klause eines Zauberers auf der Spitze eines Turms: das Oberlicht war mit einer dicken, grauen Schmutzschicht bedeckt, der Elektromotor sah aus wie ein breitschulteriger Zwerg in einem öligen, grünen Panzer, altmodische Relais in der Form von acht gußeisernen Armen zuckten und zitterten, wenn sie aktiviert wurden, wie die Glieder einer riesigen, angeketteten Spinne – und große Kupferschalter klickten laut, wenn sie sich öffneten oder schlossen, sobald unten ein Knopf gedrückt wurde, wie die Kiefer einer Spinne.

Franz trat ins Sonnenlicht hinaus, auf das flache, von einer niedrigen Balustrade eingefaßte Dach des Gebäudes. In eine Teerschicht eingebetteter Kies knirschte leise unter seinen Schritten. Die kühle Brise, die hier oben wehte, war eine willkommene Erfrischung.

Im Norden und Osten blockierten die riesigen Gebäude der City den Blick auf die Bay, und Franz fragte sich, was der alte Thibaut zu der gigantischen Transamerika-Pyramide und dem purpurbraunen Monster der Bank of America gesagt haben würde. Selbst das neue Hilton oder die St.-Francis-Türme hätten ihn zu Stürmen der Entrüstung provoziert. Ihm fiel ein Ausspruch ein: ›Die alten Ägypter haben Menschen in ihren Pyramiden nur begraben. Wir leben in den unseren.‹ Wo hatte er das gelesen? In *Megapolisomancy* natürlich. Wie zutreffend! Und gab es in den modernen Pyramiden auch geheime Inschriften oder Markierungen, welche die Zukunft voraussagten, und Krypten für Zauberer?

Er ging an den von niedrigen Mauern eingefaßten, rechteckigen Öffnungen der sparsam ausgelegten Luftschächte vorbei zur anderen Seite des Daches und blickte zwischen zwei Hochhäusern (die sich neben denen der City bescheiden ausnahmen) hindurch zum Fernsehturm und den Corona Heights. Der Nebel hatte sich aufgelöst, doch der fahlbraune, bizarre Bergrücken hob sich auch jetzt scharf gegen das Licht der Morgensonne ab. Er blickte durch den Feldstecher, ohne viel Hoffnung, aber – bei Gott! – dort war wieder die Gestalt dieses verrückten, mit einer erdbraunen Robe bekleideten Sonnenanbeters, oder was immer er sein mochte, wie vorher seinem seltsamen Ritual hingegeben.

Wenn der Feldstecher nur nicht so wackeln würde! Jetzt war dieser Bursche zu einem etwas tiefer gelegenen Felsen herabgesprungen und schien verstohlen hinter ihm hervorzulugen. Franz versuchte, seine Blickrichtung festzustellen, und entdeckte sofort das wahrscheinliche Objekt seines Interesses: zwei Menschen, die den Hang hinauf zum Gipfel emporstiegen. Wegen ihrer farbigen Shorts und Hemden waren sie leicht auszumachen. Aber trotz der auffälligen Kleidung kamen sie Franz irgendwie seriöser vor als der Mann, der dort oben auf dem Gipfel lauerte. Er fragte sich, was passieren mochte, wenn sie dort oben aufeinanderstoßen würden. Ob der braunrobige Hierophant versuchen würde, sie zu konvertieren? Oder sie feierlich aus seiner Domäne zu verbannen? Oder ob er sie aufhalten würde, um ihnen eine schauerliche Geschichte mit einer Moral vorzutragen? Franz blickte wieder zum Gipfel, doch jetzt war der Mann (es konnte genausogut auch eine Frau sein) verschwunden. Ein scheuer Typ, folgerte er, als er durch das Glas die Felsen absuchte, um festzustellen, wo er sich jetzt versteckte. Er folgte sogar den beiden auffällig gekleideten Männern, bis sie den Gipfel erreicht hatten und auf der anderen Seite des Berges verschwanden, immer in der Hoffnung auf ein überraschendes Zusammentreffen, doch es kam nicht zustande.

Als er das Fernglas in die Tasche schob, stand sein Entschluß fest: er würde heute auf den Gipfel der Corona Heights steigen. Es war ein zu schöner Tag, um zu Hause zu bleiben.

»Wenn du nicht zu mir kommen willst, komme ich eben zu dir«, sagte er und dachte dabei sowohl an Corona Heights als auch an den Menschen, der auf dem Gipfel lauerte. Der Berg war zu Mohammed gekommen, dachte er, aber dem hatten auch seine Dschinns geholfen.

6

Eine Stunde später ging Franz die steile Beaver Street hinauf. Er atmete tief durch, um später keinen Luftmangel zu bekommen. Er hatte den Satz über die Zeit, die sich räusperte, dem Manuskript von *Unheimlicher Untergrund*, Nr. 7 hinzugefügt, das Kuvert verschlossen und in einen Postkasten gesteckt. Als er aufgebrochen war, hatte er sich das Fernglas um den Hals gehängt, wie ein Bilderbuch-Abenteurer, so daß Dorotea Luque, die mit einigen älteren Mietern in der Eingangshalle stand und auf den Briefträger wartete, grinsend bemerkt hatte: »Du gehst jetzt auf Suche nach schrecklichen Dingen, für schreiben Geschichten darüber, ja?« Und er hatte geantwortet: »*Si, Señora Luque. Espectros y fantasmas.*« Aber später, nachdem er den Muni-Car bei der Market Street verlassen hatte, hielt er es doch für richtiger, das Glas in die Tasche zu stekken. Die Gegend wirkte ruhig und sicher, aber trotzdem war es besser, seinen Reichtum nicht so demonstrativ zur Schau zu stellen, und das schien ihm bei einem Feldstecher noch mehr der Fall als bei einer Kamera. Es war traurig, daß die großen Städte so unsicher und gefährlich geworden waren. Er hatte Cal einmal zurechtgewiesen, daß sie eine solche Angst vor Muggers und Verrückten hatte, und jetzt benahm er sich genauso wie sie. Aber er war froh, daß er allein gekommen war. Die Erforschung von Orten, die er zuerst von seinem Fenster aus beobachtet hatte, war eine natürliche, neue Phase seines Wirklichkeits-Trips, und eine sehr persönliche.

An diesem Morgen waren nur sehr wenige Menschen auf den Straßen. Im Augenblick konnte er nicht einen einzigen entdecken. Er spielte ein paar Sekunden lang mit der Vorstellung einer großen, modernen Stadt, die plötzlich von allen Bewohnern verlassen worden war, wie die *Marie Celeste*, oder das Luxushotel in dem beunruhigend brillanten Film *Letztes Jahr in Marienbad*.

Von hier aus konnte er Corona Heights überhaupt nicht sehen. Der Berg wurde von den Häusern dieser Straße verdeckt (und auch von dem Fernsehturm). Auffällig aus der Ferne – in Market Street und Duboce Street hatte er einen guten Ausblick auf den Gipfel gehabt – hatte er sich bei seiner Annäherung versteckt, wie ein fahlbrauner Tiger. Franz zog seine Straßenkarte heraus, um sich zu überzeugen, daß er nicht den Weg verfehlt hatte.

Hinter der Castro Street wurden die Straßen noch steiler, und er mußte zweimal stehenbleiben, um seinen Atem zu beruhigen.

Schließlich erreichte er, am Ende einer kurzen Straße, eine T-Kreuzung. An der linken Abzweigung erhoben sich mehrere neue

Wohnblocks, auf der anderen parkte ein Wagen, in dem zwei Menschen saßen – dann erkannte er, daß er die Kopfstützen der Vordersitze mit Köpfen verwechselt hatte. Sie sahen wirklich wie kleine, dunkle Grabsteine aus!

Hier standen keine Gebäude mehr. Grüne und braune Terrassen führten zu einem gezackten Hügelkamm hinauf, der sich scharf gegen den blauen Himmel abhob. Er hatte endlich Corona Heights erreicht.

Nach einer ausgedehnten Zigarettenpause begann er den Aufstieg, vorbei an mehreren Tennisplätzen und Rasenflächen zu einem auf beiden Seiten mit Drahtzäunen eingefaßten Weg. Er fühlte sich wohl in der frischen Luft. Als er einmal stehenblieb und zurückblickte, sah er den Fernsehturm weniger als eine Meile entfernt. Er wirkte gigantisch (und ästhetischer als jemals zuvor), und irgendwie in der richtigen Perspektive. Nach einer Weile fiel ihm ein, daß er ihn von hier aus in derselben Größe sah, wie durch das vergrößernde Objektiv seines Feldstechers von seinem Fenster aus.

Nach einer halben Meile oder so kam er an einem langgestreckten, einstöckigen Gebäude vorbei, das er als Josephine Randall Junior-Museum identifizierte. Auf der großzügigen Parkfläche vor diesem Bau stand ein Kastenwagen mit der Aufschrift ›Gehsteig-Astronom‹. Er erinnerte sich, daß Dorotea Luques Tochter Bonita ihm einmal erzählt hatte, hier könnten Kinder ihre zahmen Eichhörnchen und Schlangen und japanischen Ratten (oder waren es Fledermäuse?) abgeben, wenn sie sie aus irgendeinem Grund nicht mehr behalten wollten oder konnten. Er erinnerte sich auch, daß er das flache, langgestreckte Dach von seinem Fenster aus gesehen hatte.

Jenseits dieses Gebäudes wurde aus dem befahrbaren Weg ein schmaler Pfad, der zum Gipfel hinaufführte, und auf der anderen Seite des Berges lag der Ostteil San Franciscos, und hinter ihm die Bay.

Entschlossen nahm Franz dieses letzte Wegstück in Angriff und begann den Aufstieg zum Gipfel. Der schmale Kiespfad wurde zunehmend steiler; er mußte immer wieder Pausen einlegen, um wieder zu Atem zu kommen, und der rutschige Kies zwang ihn, langsam und vorsichtig zu gehen.

Als er die Stelle erreichte, an der er die beiden farbenfreudig gekleideten Männer gesehen hatte, bemerkte er, daß er von einer geradezu kindischen Angst erfüllt war. Er wünschte jetzt beinahe, Gun oder Saul mitgenommen zu haben oder auf andere Menschen gestoßen zu sein, die ebenfalls zum Gipfel hinaufsteigen wollten, Menschen der normalen, bürgerlichen Sorte, ganz egal, wie farbenfroh sie gekleidet waren oder wie laut und aufdringlich sie sein mochten. Im Augenblick hätte er nicht einmal etwas gegen ein quäkendes Transistorradio einzuwenden gehabt. Er blieb wieder stehen, nicht so sehr, um seinen Atem zu beruhigen, als um die Klippen und Felsgruppen, an denen er vorbei mußte, sorgfältig zu mustern. Wer konnte wissen, was für einem Gesicht oder Nicht-Gesicht er gegenüberstehen mochte, wenn er zu vertrauensvoll hinter sie blickte?

Er benahm sich wirklich kindisch, wies er sich sofort zurecht. War er nicht hergekommen, um diesen Typ auf dem Berggipfel zu treffen und festzustellen, was für eine Art Spinner er war? Eine harmlose, freundliche Seele, wahrscheinlich, nach seiner bescheidenen, unauffälligen Robe zu urteilen, seinem scheuen Benehmen und seiner Vorliebe für die Einsamkeit. Aber wahrscheinlich war er inzwischen längst verschwunden.

Trotzdem beobachtete Franz auch weiterhin das vor ihm liegende Gelände genau und aufmerksam, als er die Kuppe erreichte, auf der die Steigung weniger steil war.

Die Felsen auf dem Gipfel des Berges (die Corona? die Krone?) waren massiger und höher als die anderen. Nachdem er noch einmal eine kurze Pause eingelegt hatte – um die leichteste Route festzulegen, redete er sich ein –, stieg er die drei Terrassenstufen hinauf, die zum Gipfel führten, und kurz darauf stand er auf dem höchsten Punkt des Berges (etwas unsicher, mit weit gegrätschten Beinen, da hier oben ein scharfer Wind vom Pazifik wehte), und das ganze Massiv der Corona Heights lag zu seinen Füßen.

Langsam drehte er sich um die eigene Achse, blickte zu dem weiten Horizont hinüber, behielt jedoch gleichzeitig alle Klippen und Felsgruppen im Auge, alle grünen und braunen Hänge, die sich von seinem Standpunkt aus nach allen Seiten bis zum Häusermeer der Stadt erstreckten, um sich in seiner neuen Umgebung zu orientieren, und auch, um sich zu versichern, daß sich nicht noch jemand anderer irgendwo auf den Corona Heights befand.

Dann stieg er wieder zwei Terrassen hinab, setzte sich und lehnte seinen Rücken gegen einen Felsen, der ihn vor dem scharfen Wind schützte. Er fühlte sich wohl und völlig sicher auf diesen Horst, besonders, weil sich hinter ihm der riesige Fernsehturm wie eine schützende Göttin erhob. Während er in aller Ruhe eine Zigarette rauchte, blickte er, ohne das Glas zu benutzen, auf die weite Fläche der Stadt hinab, auf die Wasser der Bay mit den spielzeugklein wirkenden Schiffen, von den fahlgrünen Smog-Kissen über San Jose im Süden zu der im Dunst verschwimmenden, kleinen Pyramide des Mount Diabolo jenseits von Berkeley, und weiter zu den roten Türmen der Golden Gate Bridge im Norden, hinter denen er Mount Tamalpais erkennen konnte. Es war interessant, wie sehr sich diese Landmarken von diesem Standpunkt aus verändert hatten. Verglichen mit dem Bild, das er vom Dach seines Gebäudes hatte, schienen einige der Hochhäuser der City in die Höhe geschossen zu sein, während andere sich hinter ihren Nachbarn zu verstecken versuchten.

Nach einer zweiten Zigarette zog er sein Fernglas aus der Tasche, legte den Lederriemen um den Hals und begann, sich gründlicher umzusehen. Er konnte das Glas jetzt völlig ruhig halten. Seine Hände zitterten nicht mehr wie am Morgen. Er lachte amüsiert, als er die Texte der Reklametafeln südlich der Market Street ablesen konnte; die meisten davon warben für Zigaretten, Bier und Wodka.

Nach einem kurzen Blick auf die im Sonnenlicht schimmernden Wasser der Bay richtete er das Glas auf das Häusermeer der City und entdeckte, daß die einzelnen Gebäude von hier aus kaum zu identifizieren waren. Entfernung und Perspektive hatten Farbtöne und Relation verändert. Außerdem waren die Wolkenkratzer dieses Stadtbereichs ohnehin nur schwer auseinanderzuhalten. Sie waren so anonym – hatten weder auffallende Unterscheidungsmerkmale noch Namen, keine Statuen oder Wetterhähne oder Kreuze auf ihren uniform flachen Dächern, keine individuellen Fassaden, keinerlei architektonische Ornamentation; sie waren lediglich leere Flächen aus gesichtslosem Stein, oder Zement, oder Glas, und sie waren hell, wenn das Licht der Sonne sie traf, und dunkel, wenn sie im Schatten lagen. Man konnte sie mit Fug und Recht die ›gargantuanischen Gräber‹ oder ›die vertikalen Särge der lebenden Menschheit‹ nennen, die ›Brutstätte für die schlimmsten der paramentalen Wesen‹, wie sie der alte de Castries in seinem Buch genannt hatte.

Nach einer Weile weiterer teleskopischer Studien gelang es ihm, zumindest zwei der Wolkenkratzer zu identifizieren. Er ließ sein Fernglas sinken und holte aus der anderen Jackentasche ein mit kaltem Fleisch belegtes Sandwich, das er sich vor dem Aufbruch zurechtgemacht hatte. Während er es auswickelte und langsam zu essen begann, dachte er daran, daß er eigentlich ein sehr glücklicher Mensch war. Noch vor einem Jahr war er ein haltloser Säufer gewesen, aber jetzt...

Er hörte ein leises Knirschen von Kies, und dann noch einmal. Er wandte sich um, konnte aber nichts entdecken. Er war nicht einmal sicher, aus welcher Richtung das Geräusch gekommen war. Das Sandwich klebte plötzlich trocken in seinem Mund.

Es kostete ihn einige Anstrengung, zu schlucken und weiterzuessen und den durch das Geräusch unterbrochenen Gedankengang fortzusetzen. Ja, jetzt hatte er Freunde wie Gun und Saul... und Cal... und sein Gesundheitszustand war erheblich besser als vor einem Jahr, und vor allem hatte er wieder Freude an seiner kostbaren Arbeit (kostbar für ihn zumindest), selbst an dieser entsetzlichen Serie *Unheimlicher Untergrund.*

Wieder ein leises Knirschen, und dann ein seltsames, helles Lachen. Er spannte seine Muskeln an und blickte rasch umher, das Sandwich und seine Gedanken waren vergessen.

Wieder hörte er das Lachen, das sich zu einem schrillen Kreischen steigerte, und dann kamen hinter einem breiten Felsen zwei kleine Mädchen hervorgeschossen. Eins jagte hinter dem anderen her, und sie quietschten ausgelassen, als es seine Freundin erwischte und herumriß, in einem Wirbel braungebrannter Haut und blonder Zöpfe.

Franz blieb kaum Zeit zu der Überlegung, wie gründlich dieser Anblick Cals (und seine eigenen) Ängste und Vorurteile über diesen Berg widerlegte, und für den nachträglichen Gedanken, daß es trotzdem nicht richtig war, wenn Eltern solche kleinen und attraktiven Kinder (sie waren nicht älter als sieben oder acht Jahre) allein durch eine so abgelegene und einsame Gegend streifen ließen, als hinter den Felsen ein zottiger Bernhardiner hervortrabte, den die beiden Mädchen sofort in ihr fröhliches Spiel einbezogen. Doch nach wenigen Sekunden wirbelten sie herum und liefen den Weg hinab, auf dem Franz heraufgekommen war, und ihr zottiger Beschützer folgte ihnen. Entweder hatten sie Franz nicht bemerkt, oder sie hatten es vorgezogen, so zu tun, als ob sie ihn nicht bemerkt hätten. Er lächelte darüber, wie deutlich ihm dieser kleine Zwischenfall demonstriert hatte, was für ein unvermutet großer Rest von Nervosität in ihm zurückgeblieben war. Sein Sandwich schmeckte jetzt nicht mehr trocken.

Er knüllte das Wachspapier zu einem Ball zusammen und steckte ihn in die Tasche. Die Sonne stand bereits im Westen, und ihr Licht fiel auf die fernen Wände der Hochhäuser, die vor ihm lagen. Fahrt und Aufstieg hatten mehr Zeit in Anspruch genommen, als er vorausgesehen hatte, und er war auch länger auf dem Gipfel geblieben, als er vorgehabt hatte. Wie lautete doch das Epitaph, das Dorothy Sayers einmal auf einem alten Grabstein entdeckt hatte? Ja, richtig: ›Es ist später, als du denkst.‹ Kurz vor dem Zweiten Weltkrieg hatten sie einen damals sehr beliebten Schlager daraus gemacht: ›Vergnüge dich, es ist später, als du denkst.‹ Aber er hatte viel Zeit.

Er hob wieder den Feldstecher an die Augen und betrachtete die mittelalterlich grünlich-braune Kappe des Mark Hopkins Hotels. Die Grace Cathedral auf dem Nob Hill wurde von Hochhäusern verdeckt, aber der modernistische Zylinder von St. Mary's Cathedral auf der kürzlich in Cathedral Hill umbenannten Anhöhe war deutlich zu erkennen.

Dann fiel ihm ein, daß er versuchen könnte, das siebenstöckige Hochhaus zu finden, in dem er wohnte. Von seinem Fenster aus konnte er Corona Heights sehen, ergo mußte er von Corona Heights aus auch sein Fenster sehen können. Das Gebäude lag in einem schmalen Schlitz zwischen zwei anderen Hochhäusern, fiel ihm ein, aber bei dem jetzigen Sonnenstand mußte das Licht direkt in diesen Schlitz fallen.

Zu seiner Verblüffung war die Suche alles andere als einfach. Von hier oben aus gesehen waren die Dächer der kleineren Gebäude ein zusammenhängendes Meer ohne jede Identifizierungsmerkmale, und perspektivisch so verkürzt, daß man kaum den Verlauf der Straßenzüge ausmachen konnte – ein Schachbrett, von einer seiner Kanten aus gesehen. Die selbstgestellte Aufgabe nahm ihn so gefangen, daß er seiner unmittelbaren Umgebung keinerlei Beachtung mehr schenkte. Wenn die beiden kleinen Mädchen jetzt zurückgekommen wären und sich dicht neben ihn gestellt hätten, würde er sie sicher kaum bemerkt haben. Doch das alberne, kleine Problem, das er sich selbst gestellt hatte, erwies sich als so schwierig, daß er mehr als einmal versucht war, aufzugeben.

Wirklich, die Dächer der Stadt waren eine fremde, dunkle Welt für sich, die den Millionen von Menschen, die unter ihnen lebten, völlig unbekannt blieb, mit ihrer eigenen Bevölkerung, ihren eigenen Geistern und ›paramentalen Wesen‹.

Doch er gab nicht auf, und die Entdeckung einiger Wassertanks, von denen er wußte, daß sie auf dem Dach eines Gebäudes standen, das in der Nähe des seinen stand, und die Inschrift BEDFORD HOTEL, in riesigen Buchstaben auf die Seitenwand eines anderen Gebäudes gemalt, gaben ihm neuen Mut, und schließlich gelang es ihm, sein Apartment-Haus zu identifizieren.

Seine Aufgabe nahm ihn völlig gefangen.

Ja, dort war der Spalt zwischen den beiden Hochhäusern! Und dort war sein Fenster, das zweite von oben, winzig, aber deutlich zu erkennen in dem hellen Sonnenlicht. Ein Glück, daß er es jetzt noch entdeckt hatte – der Schatten, der sich über die Wand des Gebäudes schob, würde es bald verdunkeln.

Und plötzlich begannen seine Hände so zu zittern, daß sie das

Fernglas fallen ließen. Nur der um den Hals geschlungene Riemen verhinderte, daß es auf den Felsen zersplitterte.

Eine fahlbraune Gestalt lehnte aus seinem Fenster und winkte zu ihm herüber.

Die ersten Zeilen eines albernen, kleinen, volkstümlichen Gedichts fielen ihm ein:

> Taffy was a Welshman, Taffy was a thief.
> Taffy came to my house and stole a piece of beef.*

Doch es waren die letzten Zeilen, die ihm dann immer wieder im Kopf herumgingen:

> I went to Taffy's house, Taffy wasn't home.
> Taffy went to my house and stole a marrowbone.**

Du darfst dich um Gottes willen nicht aufregen, sagte er sich, nahm das Fernglas wieder in die Hände und hob es vor die Augen. Und atme nicht so rasch, du bist schließlich nicht gelaufen!

Es dauerte eine Weile, bis er den Spalt zwischen den beiden Hochhäusern und sein Wohngebäude wiedergefunden hatte, doch als es ihm endlich gelungen war, sah er die Gestalt wieder in seinem Fenster. Fahlbraun, wie alte Knochen – verdammt, werde nur nicht morbide! Vielleicht waren es nur die Vorhänge, sagte er sich, die vom Wind aus dem Fenster geweht wurden – er hatte es offen gelassen. In dieser Gegend gab es immer wieder plötzliche Böen, besonders zwischen den Hochhäusern. Seine Fenstervorhänge waren natürlich grün, aber ihre Rückseite war von einer so fahlbraunen Farbe.

Und die Gestalt winkte ihm jetzt nicht zu – wenn sie zu tanzen schien, so kam das vom Zittern seines Feldstechers –, sondern schien nur nachdenklich zu ihm herüberzublicken, als ob sie ihm sagen wollte: ›Sie haben darauf bestanden, mein Heim zu besuchen, Mr. Westen, also habe ich die Gelegenheit wahrgenommen, mich bei Ihnen umzusehen.‹ Was soll der Unsinn! wies er sich selbst zu-

---

* Taffy war ein Waliser, Taffy war ein Dieb.
  Taffy kam zu meinem Haus und stahl ein Stück Rindfleisch.
** Ich ging zu Taffy's Haus, Taffy war nicht daheim.
  Taffy ging zu meinem Haus und stahl einen Markknochen.

recht. Was wir jetzt am allerwenigsten gebrauchen können, ist schriftstellerische Fantasie.

Er ließ das Fernglas sinken, um seinem Herzschlag Gelegenheit zu geben, sich wieder zu normalisieren, und seine verkrampften Finger zu bewegen. Plötzlich spürte er eine eiskalte Wut. Über seinen Ängsten und Phantastereien hatte er völlig die simple Tatsache übersehen, daß irgend jemand sich in seinem Apartment zu schaffen machte! Aber wer? Dorotea Luque besaß einen Hauptschlüssel für alle Türen des Gebäudes, aber sie war nicht neugierig und würde niemals eine Wohnung betreten, deren Mieter abwesend war, genausowenig wie ihr Bruder Fernando, der für kleine Reparaturen zuständig war, kaum ein Wort Englisch sprach, erstaunlicherweise jedoch ein ausgezeichneter Schachspieler war. Franz hatte vor einer Woche seinen Zweitschlüssel Gun gegeben – er sollte während Franz' Abwesenheit ein Paket für ihn in Empfang nehmen –, und Gun hatte ihn noch nicht zurückgegeben. Das bedeutete, daß entweder Gun oder Saul – oder auch Cal – ihn jetzt haben mochte. Cal besaß einen verblichenen, alten Morgenrock, den sie gelegentlich noch trug...

Aber nein, es war lächerlich, einen seiner Freunde zu verdächtigen. Aber was war mit der ›Stehlerin‹, die Dorotea so große Sorgen machte? Das klang wahrscheinlicher. Du mußt den Tatsachen ins Auge sehen, sagte er sich. Während du dir hier einen vergnügten Tag gemacht und eine obskure ästhetische Neugier befriedigt hast, ist ein Einbrecher – wahrscheinlich rauschgiftsüchtig – irgendwie in dein Apartment eingedrungen und plündert es jetzt aus.

Wütend hob er das Glas wieder vor die Augen. Diesmal fand er das Gebäude sofort, aber es war zu spät. Während er seine Nerven beruhigt und sich in wilden Spekulationen ergangen hatte, war die Sonne tiefer gesunken, und der Spalt zwischen den beiden Hochhäusern lag jetzt im tiefen Schatten, so daß er sein Fenster nicht erkennen konnte, und schon gar nicht eine Gestalt, die sich dort herauslehnen mochte.

Seine Wut klang ab. Er sah ein, daß sie hauptsächlich eine Reaktion auf den Schock über das gewesen war, was er in seinem Fenster gesehen hatte – oder gesehen zu haben glaubte... Nein, er *hatte* etwas gesehen, aber was?

Er stand von seinem harten Sitz auf. Seine Beine waren eingeschlafen, und der Rücken war steif vom Sitzen. Er fühlte sich etwas deprimiert, als er wieder in den Wind trat, und das war kein Wunder, denn vom Westen zogen dichte Nebelbänke auf, die jetzt bereits den Fernsehturm erreicht hatten und seinen unteren Teil verdeckten. Überall waren tiefe Schatten. Corona Heights hatten ihren Zauber für ihn verloren; er wollte so rasch wie möglich von hier fort – und nach Hause, um sein Apartment zu kontrollieren. Nach einem kurzen Blick auf seine Karte begann er den Abstieg, über den Osthang, auf dem auch die farbenfroh gekleideten Wanderer den Gipfel verlassen hatten.

Wirklich, er konnte es kaum erwarten, nach Hause zu kommen.

7

Der Hang, der zum Buena Vista Park führte, war erheblich steiler als der entgegengesetzte, über den er aufgestiegen war. Immer wieder mußte Franz seinen Impuls, ihn hinabzulaufen, um möglichst rasch nach Hause zu kommen, unterdrücken und sich dazu zwingen, langsam und vorsichtig zu gehen. Etwa auf halber Höhe des Hanges kamen zwei große Hunde auf ihn zugestürzt und knurrten ihn an. Es waren keine gutmütigen Bernhardiner, sondern diese schwarzen Dobermänner, die ihn immer an die SS denken ließen. Ihr Eigentümer, der ihnen folgte, ließ sich reichlich Zeit, sie zurückzurufen. Franz rannte über die grüne Wiese am Fuß des Berges und durch eine kleine Tür in dem hohen Maschendrahtzaun.

Er überlegte, ob er Mrs. Luque anrufen sollte, oder sogar Cal, um sie zu bitten, sein Apartment zu kontrollieren, aber er ließ es schließlich, weil er sie nicht irgendeiner Gefahr aussetzen wollte. Und Gun und Saul waren nicht im Hause.

Außerdem war er nicht mehr sicher, was er dort am wahrscheinlichsten vorfinden würde, und vor allem zog er es immer vor, seine Angelegenheiten selbst zu regeln.

Kurz darauf eilte er den Buena Vista East Drive entlang, der unmittelbar am Park vorbeiführte – einem kleinen, dicht bewaldeten Hügel, dunkelgrün und voller Schatten. Bei seiner derzeitigen Stimmung kam er ihm als alles andere denn als eine *buena vista*, eine schöne Aussicht, vor, sondern eher als ein idealer Ort für Heroin-Intrigen und heimtückische Morde. Die Sonne war inzwischen untergegangen, und lange, gekrümmte Nebelarme griffen nach ihm. Als er Duboce Street erreichte, wollte er sie hinablaufen, aber sie war zu steil – steiler als alle anderen Straßen auf den mehr als sieben Hügeln von San Francisco – und wieder mußte er die Zähne zusammenbeißen, in vorsichtigem Schrittempo gehen und sich Zeit lassen. Die Gegend wirkte so ruhig und sicher wie Beaver Street, doch bei dem durch den Nebel verursachten, plötzlichen

Temperaturabfall waren nur wenige Menschen unterwegs, und Franz steckte sein Fernglas wieder in die Tasche.

Er erwischte einen N-Judah-Wagen an der Haltestelle am Ende des Tunnels unter dem Buena Vista Park (San Franciscos Hügel waren von Tunnels durchlöchert wie Schweizer Käse, dachte er) und fuhr bis zum Market Civic Center. Als beim Umsteigen in einen 19-Polk eine erdbraune Gestalt hinter ihn trat, fuhr er zusammen, doch es war nur ein Arbeiter, dessen Overall mit dem Staub einer Abrißarbeit bedeckt war.

Er verließ den 19-Polk in Geary. In der Eingangshalle des Hauses 811 Geary war nur Fernando, der gerade den Staubsauger über den Auslegeteppich schob. Das Gerät machte ein Geräusch, das genauso grau und hohl war wie der Tag draußen. Er hätte gerne ein paar Worte mit ihm gewechselt, aber der kleine, untersetzte Mann mit dem ernsten Gesicht eines peruanischen Idols kannte nur wenige Worte Englisch und war außerdem fast taub. Sie verbeugten sich feierlich voreinander, sagten ›Senyor Lúkay‹ und ›Mistair Juestón‹ (Fernandos Fassung von ›Westen‹) zueinander, und damit hatte es sich.

Franz fuhr mit dem quietschenden Lift in den sechsten Stock. Er spürte den Impuls, zunächst Cal aufzusuchen oder die beiden Jungen, aber es war eine Sache von – sagen wir Stolz und Mut – es nicht zu tun. Der Korridor war dunkel (eine Deckenlampe war ausgebrannt), und das Luftschacht-Fenster und die drückerlose Tür der Besenkammer neben dem Eingang zu seinem Apartment wirkten noch dunkler als sonst. Als er auf die Tür seines Apartments zutrat, spürte er, daß sein Herz rascher schlug. Er kam sich albern vor und spürte gleichzeitig eine erwartungsvolle Spannung, als er den Schlüssel ins Schloß steckte und mit der anderen Hand den Feldstecher umklammerte, als eine Art provisorische Waffe. Er stieß die Tür mit einem Ruck auf und schaltete sofort das Deckenlicht ein.

Die 200-Watt-Beleuchtung zeigte ihm, daß der Raum leer war und keinerlei Anzeichen dafür vorhanden waren, daß sich jemand hier aufgehalten hatte. Von der rechten Hälfte seines Bettes (die andere Seite war noch immer zerwühlt) schien ihm sein ›Studentenliebchen‹ fröhlich zuzuzwinkern. Trotzdem fühlte er sich erst wirklich sicher, nachdem er einen Blick ins Bad geworfen und den Kleiderschrank kontrolliert hatte.

Er schaltete das Deckenlicht wieder aus und trat zum Fenster. Die grünen Vorhänge hatten eine Rückseite aus sonnengebleichtem Braun, wie er es in Erinnerung hatte, aber wenn sie durch eine plötzliche Bö aus dem Fenster geweht worden sein sollten, so mußte eine zweite Bö sie wieder an ihre richtige Stelle zurückgeweht haben.

Der ausgezackte Grat der Corona Heights schimmerte vage durch den heraufziehenden Nebel. Der Fernsehturm war jetzt völlig von den Schwaden eingehüllt. Er senkte den Blick und sah, daß das Fensterbrett und sein schmaler Schreibtisch, der neben dem Fenster stand, und der Teppich, auf dem er stand, mit kleinen, braunen Papierschnipseln bedeckt waren, die ihn an Guns Akten-Vernichtungsmaschine erinnerten. Ihm fiel ein, daß er gestern an dieser Stelle eine Reihe von Artikeln, die er aufheben wollte, aus alten Taschenbüchern herausgerissen hatte. Hatte er die Taschenbücher später weggeworfen? Er konnte sich nicht daran erinnern, aber wahrscheinlich – auf jeden Fall konnte er sie nirgends entdecken. Auf dem Schreibtisch lag lediglich ein sauber aufgeschichteter Stapel von Taschenbüchern, die er noch nicht kannibalisiert hatte. Nun, ein Dieb, der nur zerfetzte, alte Taschenbücher stahl, war alles andere als eine ernsthafte Bedrohung, eher ein Freund und Helfer, ein willkommener Aasgeier.

Die Anspannung, die ihn bis jetzt gefangengehalten hatte, war jetzt abgeklungen. Er spürte, daß er durstig war, holte eine kleine Flasche Ginger Ale aus dem kleinen Kühlschrank und trank sie ohne abzusetzen leer. Nachdem er den Wasserkessel auf die Kochplatte gestellt hatte, um sich einen Kaffee zu machen, zog er die zerwühlte Hälfte des Bettes flüchtig glatt und knipste die Lampe am Kopfende an. Dann goß er den Kaffee auf und trug die Kanne und die beiden Bücher, die er Cal gezeigt hatte, zum Bett und machte es sich bequem, um ein wenig zu lesen und nachzudenken.

Als es draußen dunkel wurde, goß er sich eine zweite Tasse Kaffe ein und trug sie hinunter zu Cals Apartment. Die Tür stand einen Spaltbreit offen. Cal saß an ihrem elektronischen Klavier, und ihre Schultern bewegten sich rhythmisch, als sie mit furioser Präzision auf die Tasten hämmerte, die Ohren von den großen Muscheln des Kopfhörers verdeckt. Franz glaubte, den Geist eines Concertos zu hören, aber vielleicht war es auch nur das kaum vernehmbare Geräusch der Tastatur.

Saul und Gun saßen auf der Couch und unterhielten sich leise. Gun hielt eine grüne Flasche in der Hand. Franz erinnerte sich an den scharfen Wortwechsel der beiden an diesem Morgen und versuchte, Anzeichen von Spannung zu entdecken, doch zwischen den beiden schien völlige Harmonie zu herrschen. Vielleicht hatte er ihren Worten eine zu große Bedeutung beigemessen.

Saul Rosenzweig, ein hagerer Mann mit schulterlangem,

schwarzem Haar und dunkelumrandeten Augen, wandte den Kopf und grinste Franz an. »Hallo! Calvina hat uns gebeten, ihr Gesellschaft zu leisten, während sie übt, obwohl ich glaube, daß zwei Schaufensterpuppen das genauso gut tun könnten. Aber Calvina ist im Grunde genommen eine romantische Puritanerin. Sie will uns nur frustrieren.«

Cal hatte den Kopfhörer abgenommen und erhob sich. Ohne einen der drei Männer anzublicken, und ohne ein Wort zu sagen, nahm sie ein Kleid und Unterwäsche vom Bett und verschwand wie eine Schlafwandlerin im Bad, aus dem kurz darauf das Geräusch der Dusche zu hören war.

Die drei Männer unterhielten sich über dies und jenes, und Saul drehte sich sorgfältig eine lange Haschisch-Zigarette. Ihr scharfer Rauch war angenehm, doch Franz und Gun lehnten Sauls Angebot, sie mit ihm zu teilen, freundlich lächelnd ab. Gun setzte seine Bierflasche an die Lippen und nahm einen langen Zug.

Cal kam nach einer erstaunlich kurzen Zeit wieder aus dem Bad, und sie wirkte frisch und mädchenhaft in ihrem dunkelbraunen Kleid. Sie schenkte sich ein Glas Orangensaft ein und setzte sich auf einen Stuhl. »Saul«, sagte sie ruhig, »du weißt sehr gut, daß ich nicht Calvina heiße, sondern Calpurnia – nach der römischen Kassandra, die Cäsar ständig gewarnt hat. Ich mag eine Puritanerin sein, aber ich bin nicht nach Calvin benannt worden. Meine Eltern wurden beide als Presbyterianer geboren, das stimmt, aber mein Vater hat schon sehr früh zum Unitarismus konvertiert und starb als frommer Ethical Culturist. Er hat zu Emerson gebetet und bei Robert Ingersoll geschworen. Während meine Mutter, ziemlich frivol, der Bahai-Sekte angehörte. Und ich besitze leider keine zwei Schaufensterpuppen, sonst hätte ich sie vielleicht verwendet. Nein, kein Pot, danke. Ich muß mich bis morgen abend intakt halten. Aber ich danke euch, daß ihr gekommen seid. Es hilft mir, wenn ich weiß, daß andere Menschen im Raum sind, selbst wenn ich nicht ansprechbar bin. Es hilft mir besonders, wenn es Abend wird. Das Bier riecht herrlich, Gun, aber leider... aus demselben Grund, aus dem ich Sauls Pot abgelehnt habe. Franz, du siehst irgendwie glücklich aus. Was ist auf Corona Heights geschehen?«

Beglückt darüber, daß sie an ihn gedacht, ihn so genau beobachtet und seine Stimmungslage so richtig erkannt hatte, berichtete Franz ihr von seinen Abenteuern. Er wunderte sich, daß sie ihm beim Erzählen plötzlich so trivial und soviel weniger beängstigend erschienen, und paradoxerweise bedeutend unterhaltsamer – Fluch und Segen des Schriftstellers.

Gun faßte fröhlich grinsend zusammen: »Also du gehst, um diese Erscheinung, oder was es sonst war, zu checken und stellst fest, daß sie verschwunden ist und dir aus deinem eigenen Fenster, zwei Meilen entfernt, eine Nase dreht. ›Taffy ging zu meinem Haus‹ ... sauber.«

Saul sagte: »Deine Taffy-Story erinnert mich an meinen Mr. Edwards. Er ist überzeugt, daß zwei Feinde von ihm in einem geparkten Wagen gegenüber vom Hospital sitzen und einen Schmerz-Strahlen-Projektor auf ihn gerichtet halten. Wir haben ihn im Rollstuhl auf die andere Straßenseite gefahren, damit er sich selbst davon überzeugt, daß in keinem der Wagen irgendein Gerät ist. Er war sehr erleichtert darüber und hat sich überschwenglich bei uns bedankt, aber als wir ihn in sein Zimmer zurückgebracht hatten, begann er plötzlich zu schreien. Anscheinend hatten seine Feinde seine Abwesenheit dazu benutzt, den Schmerz-Strahlen-Projektor in einer der Wände zu installieren.«

»Oh, Saul«, sagte Cal mit mildem Vorwurf, »wir sind doch nicht deine psychiatrischen Patienten – noch nicht jedenfalls. Franz, ich frage mich, ob diese beiden so unschuldig wirkenden Mädchen nicht irgendwie in diese Sache verwickelt sind. Du hast uns erzählt, daß sie herumgewirbelt und getanzt haben, genau wie dein fahlbraun gekleideter Mensch. Ich bin sicher: Falls es so etwas wie psychische Energie geben sollte, so haben kleine Mädchen eine Menge davon.«

»Du hast eine gute künstlerische Vorstellungskraft«, sagte Franz. »Diesen Zusammenhang habe ich nicht gesehen.« Er merkte, daß er die ganze Angelegenheit nicht mehr richtig ernst nahm, konnte aber nichts dagegen tun. »Saul, vielleicht habe ich auch etwas projiziert – zumindest teilweise – aber was? Außerdem war diese Gestalt sehr unscheinbar und tat nichts, das man als eine wirkliche Bedrohung auslegen könnte.«

»Ich habe auch nicht behauptet, daß zwischen meinem und deinem Erlebnis irgendwelche Parallelen bestehen«, sagte Saul. »Das war deine Auslegung – und Cals. Ich bin lediglich an ein anderes, unheimliches Erlebnis erinnert worden.«

Gun lachte sarkastisch. »Saul hält uns auch nicht für Vollidioten. Nur für psychotische Grenzfälle.«

Es klopfte an die Tür, sie wurde aufgestoßen, und Dorotea Luque trat herein. Sie schnüffelte und blickte Saul vorwurfsvoll an. Sie war eine schlankere Ausgabe ihres Bruders, mit einem wundervollen Inka-Profil und blauschwarzem Haar. Sie hielt ein Postpaket mit Büchern für Franz in den Händen.

»Ich ahnte, daß du bist hier«, erklärte sie, »und dann ich höre dich sprechen. Hast du gefunden schreckliche Dinge, zum Schreiben darüber, mit deinem... wie nennt man das...?« Sie hielt beide Hände vor die Augen, in Imitation eines Fernglases, und blickte fragend von einem zum anderen, als sie zu lachen begannen.

Während Cal der Frau ein Glas Wein holte, berichtete Franz mit wenigen Sätzen von seinen Erlebnissen. Zu seiner Überraschung nahm sie die Gestalt in seinem Fenster sehr ernst.

»Bist du sicher, daß nichts gestohlen?« fragte sie besorgt. »Wir haben Stehlerin im zweiten Stock, glaube ich.«

»Mein tragbares Fernsehgerät und mein Tonbandgerät waren noch da«, sagte er. »Und die würde ein Dieb wohl als erstes mitgehen lassen.«

»Aber was ist mit deinem Markknochen?« fragte Saul. »Hat Taffy den mitgenommen?«

»Und hast du Tür zweimal abgeschlossen und Fenster zugemacht?« erkundigte sich Dorotea und illustrierte den Vorgang mit einer energischen Handbewegung. »Ist jetzt zweimal abgeschlossen?«

»Ich drehe den Schlüssel immer zweimal herum«, versicherte ihr Franz. »Früher war ich überzeugt, daß sie nur in Krimis Schlösser mit einer Plastik-Karte aufdrücken können. Aber dann habe ich entdeckt, daß ich mein Türschloß sogar mit einer Fotografie zurückschnappen lassen konnte. Aber das Fenster schließe ich nie. Wegen der Lüftung.«

»Du mußt auch immer Fenster schließen, wenn ausgehen«, sagte Dorotea nachdrücklich. »Ihr alle müßt Fenster schließen, habt ihr gehört? Aber ich bin glücklich, daß nichts gestohlen. *Gracias.*« Sie nickte Cal zu und trank einen Schluck von ihrem Wein.

Cal lächelte und sagte zu Saul und Gun: »Warum sollte eine moderne Stadt nicht auch ihre Gespenster haben, genau wie die alten Burgen und Friedhöfe und Landhäuser?«

Saul sagte: »Meine Mrs. Willis glaubt, daß die Wolkenkratzer hinter ihr her sind. In der Nacht machen sie sich klein und schmal, behauptet sie, und schleichen durch die Straßen, um sie einzufangen.«

Gun sagte: »Ich habe einmal einen Blitz kreischen hören. Das war in Chicago. Das Gewitter stand über der Loop, und ich war in der Universität, im Süden der Stadt, direkt neben dem ersten Atommeiler. Ich sah einen Blitz über den nördlichen Horizont zucken, und dann, sieben Sekunden später, kein Donner, sondern ein schrilles, stöhnendes Kreischen. Ich hatte die Vorstellung, daß alle Hoch-

43

bahnstrecken in Resonanz auf eine Radio-Komponente des Blitzes hin vibrierten.«

Cal sagte eifrig: »Könnte nicht allein die Masse des verbauten Stahls...? Franz, erzähle ihnen von dem Buch.«

Er wiederholte, was er ihr am Morgen über *Megapolisomancy* gesagt hatte, und noch ein bißchen mehr.

Gun sagte: »Und er behauptet, daß unsere modernen Städte unsere ägyptischen Pyramiden sind? Herrlich. Stellt euch doch einmal vor: Wenn wir alle von irgendeiner Verschmutzung getötet worden sind – nuklear, chemisch, von Plastik erstickt oder von roten Fluten absterbender Mikroben überwuchert, der gräßliche Höhepunkt unserer Höhepunkt-Kultur –, kommt eine archäologische Expedition von einem anderen Sonnensystem auf die menschenleere Erde und beginnt uns zu erforschen wie ein Team Ägyptologen! Sie setzen Roboter ein, um sich in unseren Städten umzusehen, weil die Radioaktivität für jede Art von Lebewesen tödlich wäre. Was würden sie von dem World Trade Center in New York City halten? Vom Empire State Building? Oder vom Sears Building in Chicago? Oder selbst von der Transamerica Pyramide, hier in San Francisco? Oder von dem Raumfahrt-Center auf Kap Canaveral? Wahrscheinlich würden sie zu dem Schluß kommen, daß alle diese Bauten für einen religiösen oder okkulten Zweck errichtet worden sind, wie Stonehenge. Niemals würden sie auf den Gedanken kommen, daß Menschen dort gelebt und gearbeitet haben könnten. Ich bin überzeugt, daß unsere Städte zu den unheimlichsten Ruinen werden, die es jemals gegeben hat. Franz, dieser de Castries hat eine sehr gesunde Theorie entwickelt: allein die Masse von Zeug, die sich in den Städten befindet, ist erdrückend – *erdrückend!*«

Saul sagte: »Mrs. Willis sagt, daß die Wolkenkratzer in der Nacht sehr schwer werden, wenn sie – entschuldigt – Mrs. Willis vögeln.«

Dorotea Luque riß die Augen auf, und dann begann sie zu kichern. »Oh, das sehr ungezogen«, wies sie ihn fröhlich zurecht und drohte ihm mit dem Finger.

Sauls Augen bekamen einen abwesenden Ausdruck, wie die eines wahnsinnigen Poeten, und er illustrierte seine Bemerkung mit den Worten: »Könnt ihr euch nicht vorstellen, wie die hohen, grauen Wolkenkratzer nachts durch die Straßen schleichen, einen Stützpfeiler wie einen steinernen Phallus emporgereckt?«

Mrs. Luque begann wieder zu kichern. Gun schenkte ihr Wein nach und holte sich eine neue Flasche Bier.

Cal sagte: »Franz, ich habe den ganzen Tag daran gedacht – mit dem Teil meines Gehirns, der sich nicht mit dem Brandenburgischen Konzert beschäftigte – was dieses ›607 Rhodes‹ bedeuten könnte, das dich veranlaßt hat, in dieses Haus zu ziehen. Ist es eine präzise Ortsangabe? Und wenn ja, wo liegt dieser Ort?«

»›607 Rhodes‹ – was ist damit?« fragte Saul.

Franz erzählte ihm von dem Reispapier-Tagebuch und dem Menschen mit der violetten Tinte, der vielleicht Clark Ashton Smith sein mochte, und von seinen möglichen Treffen mit de Castries. »Es könnte eine Straßen- und Hausnummerangabe sein«, sagte er dann. »So wie dieses Gebäude 811 Geary Street ist. Aber es gibt keine Rhodes Street in Frisco. Ich habe das nachgeprüft. Was dem Namen am nächsten kommt, wäre die Rhode Island Street, aber die liegt weit drüben in Potrero, und die Tagebucheintragungen machen sehr deutlich, daß diese 607 in der Innenstadt liegen muß, nur wenige Minuten vom Union Square entfernt. Und einmal erwähnt der Tagebuchschreiber, daß er von seinem Fenster aus die Corona Heights und den Mount Sutro sehen könne – damals gab es natürlich noch keinen Fernsehturm...«

»Klar. 1928 existierten noch nicht einmal die Bay- und die Golden Gate Bridge«, erklärte Gun.

»...und die Twin Peaks«, fuhr Franz fort. »Und dann sagt er, daß Thibaut die Twin Peaks immer die Brüste Cleopatras genannt habe.«

»Ich frage mich, ob Wolkenkratzer Brüste haben«, sagte Saul. »Ich muß mal Mrs. Willis danach fragen...«

Dorotea riß wieder die Augen auf, deutete auf ihren Busen, rief: »Oh, nein!« und begann erneut zu kichern.

Cal sagte: »Vielleicht ist Rhodes der Name eines Gebäudes oder eines Hotels. Rhodes-Building, oder Rhodes-Hotel...«

»Nein.« Franz schüttelte den Kopf. »Es sei denn, sie hätten den Namen nach 1928 geändert. Ich jedenfalls habe nichts davon gehört. Wie ist es mit euch?«

Die Antworten waren negativ.

Gun spekulierte: »Ich frage mich, ob *dieses* Gebäude jemals einen Namen gehabt hat.«

»Das würde ich auch gerne wissen«, sagte Cal.

Dorotea schüttelte den Kopf. »Es heißt nur 811 Geary Street. War vielleicht früher Hotel, mit Portier und Zimmermädchen. Aber das weiß ich nicht.«

»Vereinigung anonymer Gebäude«, bemerkte Saul, ohne von der Haschisch-Zigarette aufzublicken, die er sich drehte.

»Jetzt machen wir Fenster zu«, sagte Dorotea energisch und ließ ihren Worten die Tat folgen. »Okay, wenn Pot rauchen, aber man muß nicht – wie sagt man? – auffällig machen.«

Köpfe nickten in weiser Zustimmung.

Kurz darauf stellten alle fest, daß sie Hunger hatten und zusammen zu dem deutschen Koch um die Ecke gehen sollten, weil er heute Sauerbraten hatte. Dorotea ließ sich überreden mitzugehen. Unterwegs sammelten sie noch ihre Tochter Bonita und den schweigsamen Fernando auf.

Cal, die neben Franz am Ende der kleinen Gruppe ging, fragte ihn: »Taffy ist etwas Ernsteres, als du es darstellst, nicht wahr?«

Er mußte es zugeben, obwohl er über einige der Ereignisse dieses Tages seltsam unsicher geworden war: Der übliche, nicht allzu unangenehme Abendnebel legte sich auf sein Gehirn wie der Geist des früheren alkoholischen Nebels. Hoch am Himmel stand die asymmetrische Scheibe des zunehmenden Mondes, und sein Licht rivalisierte mit der Straßenbeleuchtung.

»Als ich glaubte, diese Gestalt in meinem Fenster zu sehen«, sagte er, »habe ich nach allen nur möglichen Erklärungen gesucht, weil ich vermeiden wollte, an ein – übernatürliches Phänomen glauben zu müssen. Ich habe sogar daran gedacht, daß du es sein könntest, in deinem alten Morgenrock.«

»Ja, ich könnte es gewesen sein, aber ich war es nicht«, sagte sie ruhig. »Ich habe noch immer deinen Schlüssel. Gun hat ihn mir an dem Tag gegeben, als du das große Paket erwartetest und Dorotea ausgegangen war. Ich werde ihn dir nach dem Abendessen zurückgeben.«

»Das eilt nicht.«

»Ich wünschte, ich könnte herausbekommen, was dieses ›607 Rhodes‹ bedeutet«, sagte sie, »und welchen Namen unser Gebäude hatte – falls es jemals einen gehabt haben sollte.«

»Ich werde mir etwas einfallen lassen«, sagte er. »Cal, hat dein Vater wirklich bei Robert Ingersoll geschworen?«

»Oh ja. ›Im Namen des...‹ und so weiter; und bei William James ebenfalls, und bei Felix Adler, dem Gründer der Ethical Culture. Seine ziemlich areligiösen Glaubensbrüder fanden das etwas komisch, doch er mochte den Klang der priesterlichen Sprache. Für ihn war die Wissenschaft ein Sakrament.«

In dem kleinen, freundlichen Restaurant schoben Saul und Gun zwei Tische zusammen, und Rose, die blonde Kellnerin, sah ihnen dabei wohlwollend zu. Als sie Platz genommen hatten, saß Saul zwischen Dorotea und Bonita, und Gun an der anderen Seite des Mädchens. Bonita hatte das blauschwarze Haar ihrer Mutter, war jedoch schon jetzt einen halben Kopf größer als sie und eher ein Anglo-Typ: schmaler Körper und schmales Gesicht, und sie hatte auch nicht die Spur eines spanischen Akzents in ihrer amerikanischen Schulmädchenstimme. Franz erinnerte sich, irgendwann gehört zu haben, daß ihr jetzt namenloser Vater ein Ire gewesen sei. Obwohl sie in Hose und Pullover schlank und mädchenhaft aussah, wirkte sie doch ein wenig linkisch – ganz anders als die schattenhafte, davonhuschende Gestalt, die ihn am Morgen flüchtig erregt und unangenehme Erinnerungen hervorgerufen hatte.

Er saß neben Gun, Cal zwischen ihm und Fernando, an dessen anderer Seite seine Schwester saß. Rose nahm ihre Bestellungen entgegen.

Gun wechselte zu dunklem Bier über. Saul bestellte eine Flasche Wein für sich und die Luques. Der Sauerbraten war hervorragend, die Kartoffelpuffer mit Apfelmus ein Gedicht. Bela, der rotbackige deutsche Koch (genaugenommen war er Ungar) hatte sich selbst übertroffen.

Als eine Gesprächspause eintrat, sagte Gun zu Franz: »Das war wirklich eine seltsame Geschichte, die dir auf Corona Heights passiert ist. So nahe am Übernatürlichen, wie es heutzutage möglich ist, würde ich sagen.«

Saul hatte die Worte seines Freundes gehört und sagte sofort: »He! Wie kommt ein materialistischer Wissenschaftler wie du dazu, von übernatürlichen Dingen zu sprechen?«

»Hör auf, Saul«, sagte Gun grinsend. »Klar, ich befasse mich mit der Materie. Aber was ist Materie? Unsichtbare Partikel, Wellen, und Magnetfelder. Nichts Festes, Greifbares. Versuche nur nicht, deiner Großmutter beizubringen, wie man Eier auslutscht.«

»Du hast recht«, grinste Saul. »Es gibt keine andere Realität als die unmittelbaren Empfindungen eines Individuums, sein Bewußtsein. Alles andere ist Interferenz. Selbst die Individuen sind Interferenzen.«

Cal sagte: »Ich glaube, die einzige Realität sind Zahlen... und Musik, aber das ist dasselbe. Beide sind Wirklichkeit, und beide besitzen Macht.«

»Meine Computer geben dir recht«, sagte Gun. »Alles, was sie kennen, sind Zahlen. Musik? Wahrscheinlich könnten sie sie erlernen.«

»Ich bin froh, daß du das gesagt hast«, warf Franz ein. »Du weißt, daß übernatürlicher Horror mir die Brötchen verdient, sowohl dieser *Unheimlicher Untergrund*-Blödsinn, als auch...«

»Nein!« protestierte Bonita.

»...als auch der etwas ernsthaftere Kram. Doch manchmal versuchen Leute mir einzureden, daß es keinen übernatürlichen Horror mehr gibt, daß die Wissenschaft alle Geheimnisse gelöst hätte – oder sie lösen könnte, daß Religion lediglich ein anderer Name für Sozialdienst sei, und daß moderne Menschen zu aufgeklärt und gebildet seien, um sich von Geistern erschrecken zu lassen.«

»Darüber kann ich nur lachen«, sagte Gun. »Die Wissenschaft hat das Terrain des Unbekannten sogar noch vergrößert. Und wenn es einen Gott geben sollte, so ist sein Name Geheimnis.«

»Schicke doch all diese mutigen belesenen Skeptiker zu meinem Mr. Edwards oder meiner Mrs. Willis«, sagte Saul, »oder konfrontiere sie einfach mit ihren eigenen, verdrängten Ängsten. Oder schicke sie zu mir, und ich werde ihnen die Story von der unsichtbaren Krankenschwester erzählen, die einmal die geschlossene Abteilung des St. Luke-Hospitals terrorisiert hat. Und dann gab es auch noch...« Er zögerte und blickte rasch zu Cal hinüber. »Nein, das ist eine zu lange Geschichte.«

Bonita machte ein enttäuschtes Gesicht. Ihre Mutter sagte: »Gibt auch seltsame Dinge in Lima. *Brujas* – wie sagt man? – Hexen!« Und sie erschauerte glücklich.

Ihr Bruder grinste zum Zeichen, daß er das Wesentliche verstanden hätte, und hob die Hand, um einen seiner seltenen Beiträge zu einem Gespräch zu liefern. »*Hay hechiceria*«, sagte er laut, um sicher zu gehen, daß er verstanden wurde, »*Hechiceria ocultado en murallas.*« Er beugte sich ein wenig vor. »*Murallas muy altas.*«

Alle nickten ihm zu, als ob sie ihn verstanden hätten.

Franz fragte Cal leise: »Was bedeutet dieses *hechi?*«

»Hexerei«, flüsterte sie zurück. »Hexerei, die in den Mauern verborgen ist. In sehr hohen Mauern.« Sie zuckte die Achseln.

»Wo in den Mauern, frage ich mich«, murmelte Franz. »So wie Mr. Edwards' Schmerz-Strahlen-Projektor?«

»Ich frage mich etwas anderes«, sagte Gun. »Bist du sicher, daß du von den Corona Heights aus wirklich *dein* Fenster gesehen hast? Du sagst selbst, daß die Dächer wie ein Meer wirken, und das erinnert mich an die Schwierigkeiten, die ich oft habe, Ortsbestimmungen bei astronomischen Aufnahmen zu machen, und selbst bei Satellitenaufnahmen der Erde. Das ist ein Problem, mit dem jeder Amateur-Astronom konfrontiert wird – und oft sogar auch die Profis. Immer wieder stößt man auf Konstellationen, die fast identisch sind.«

»Daran habe ich auch schon gedacht«, sagte Franz. »Ich werde das nachprüfen.«

Saul lehnte sich zurück und sagte: »Hört mal, ich habe eine gute Idee. Wir könnten doch an einem der nächsten Tage ein Picknick auf den Corona Heights machen. Du und ich, Gun, könnten unsere Mädchen mitbringen – sie würden Spaß daran haben. Was hältst du davon, Bonny?«

»O ja!« rief Bonita begeistert.

Damit brachen sie auf.

»Wir danken euch für den Wein«, sagte Dorotea. »Aber denkt daran: zweimal Tür verschließen und Fenster zu, wenn ausgehen.«

Cal sagte: »Ich bin todmüde. Wenn ich Glück habe, werde ich zwölf Stunden schlafen. Franz, ich gebe dir deinen Schlüssel morgen zurück.«

Franz lächelte und fragte Fernando, ob er Lust hätte, später eine Partie Schach mit ihm zu spielen. Der Peruaner nickte eifrig.

Bela Szlawik, verschwitzt von der Anstrengung des Kochens, gab ihnen selbst das Wechselgeld heraus, als sie ihre Rechnung beglichen. Rose hielt ihnen die Tür auf.

Als sie auf die Straße traten, blickte Saul Franz und Cal an und sagte: »Habt ihr nicht Lust, noch auf einen Sprung zu mir zu kommen? Ich möchte euch diese Story gern erzählen.«

Franz nickte. Cal sagte: »Ich nicht. Sofort ins Bett.«

Saul nickte. Er verstand sie.

Bonita hatte mitgehört: »Du willst ihnen die Geschichte von der unsichtbaren Krankenschwester erzählen«, sagte sie vorwurfsvoll. »Ich will sie auch hören.«

»Nein, du mußt ins Bett«, widersprach ihre Mutter, doch nicht befehlend, und auch nicht sehr zuversichtlich. »Sieh, Cal geht zu Bett.«

»Das ist mir egal«, maulte Bonita und drängte sich an Saul. »Bitte? Bitte?« bettelte sie.

Saul packte sie, drückte sie an sich und blies ihr prustend in den Nacken. Sie quietschte glücklich. Franz, der ohne es zu wollen, Gun anblickte, sah, wie er das Gesicht verzog. Dorotea lächelte glücklich, als ob Saul ihr in den Nacken geblasen hätte. Fernando runzelte ein wenig die Stirn und richtete sich würdevoll auf.

Saul schob das Mädchen wieder von sich, hielt es auf Armeslänge und sagte: »Hör zu, Bonny, es ist eine andere Story, die ich Franz erzählen will – eine sehr langweilige Story, die nur für Schriftsteller interessant ist. Es gibt keine Geschichte von der unsichtbaren Krankenschwester. Ich habe sie nur erfunden, um meinem Argument mehr Gewicht zu geben.«

»Ich glaube dir nicht«, sagte Bonita und blickte ihm in die Augen.

»Okay, du hast recht«, sagte er sofort und ließ sie los. »Es *gibt* die Story von der unsichtbaren Krankenschwester, die die geschlossene Abteilung des St. Luke-Hospitals terrorisiert hat, und ich habe sie vorhin nur deshalb nicht erzählt, weil sie zu lang ist. Das heißt, *so* lang ist sie nun auch wieder nicht, aber ziemlich schauerlich. Du hast darauf bestanden, sie zu hören, deshalb hast du dir alle möglichen Folgen selbst zuzuschreiben – auch die Folgen für die anderen. Also kommt her und stellt euch um mich herum.«

Im fahlen Mondlicht, das auf seine glänzenden Augen, sein blasses Gesicht und die schwarzgelockten, schulterlangen Haare fiel, sah er, fand Franz, wie ein Zigeuner aus.

»Ihr Name war Wortly«, begann Saul mit leiser Stimme, »Olga Wortly, geprüfte Krankenschwester. Es ist natürlich nicht ihr richtiger Name; die Sache wurde zu einem Gerichtsfall, und die Polizei sucht noch immer nach ihr – aber er klingt so ähnlich wie ihr wirklicher Name.

Olga Wortly leitete die Spätschicht, von vier Uhr bis Mitternacht, in der geschlossenen Abteilung des Hospitals. Und damals gab es dort keinen Terror. Im Gegenteil, noch nie zuvor war es in der Abteilung so ruhig und friedlich gewesen wie seit ihrem Dienstantritt im St. Luke-Hospital, weil sie äußerst großzügig mit Schlafmitteln umging, so daß die Nachtschicht niemals Probleme mit Patienten hatte, die nicht schlafen konnten, und die Tagschicht hatte manchmal Mühe, sie zum Mittagessen wachzukriegen, vom Frühstück gar nicht zu reden.

Sie war nie dazu bereit, ihrer Hilfskraft – ebenfalls eine ausgebildete Krankenschwester – die Verabfolgung der Medikamente zu überlassen. Und sie bevorzugte Mixturen, weil sie der Ansicht war, daß zwei Medikamente wirksamer sind als eins: Librium *mit* Thorazin, rotes Seconal *mit* blauem Amytal, Chloralhydrat *mit* Phenobarbital, Paraldehyd *mit* dem gelben Nembutal. Man merkte immer, wenn sie im Anmarsch war (unsere Fee des Schlafs, unsere dunkle Göttin der Träume), weil der durchdringende Geruch von Paraldehyd ihr stets vorauswehte; sie hatte zu jeder Zeit mindestens einen Patienten auf Paraldehyd gesetzt. Es ist superaromatisch, superalkoholisch, müßt ihr wissen – manche Schwestern nennen es Sprit –, und man verabreicht es in einem Schnapsglas, weil es

1·8·0·3

jeden Dosierer aus Plastik auflösen würde, und seine Moleküle eilen ihm mit Lichtgeschwindigkeit voraus!«

Saul hatte seine Zuhörer gepackt, stellte Franz fest. Dorotea lauschte ihm genauso aufmerksam und gespannt wie ihre Tochter Bonita. Cal und Gun lächelten nachsichtig. Selbst Fernando schien gefesselt zu sein und grinste über die langen pharmazeutischen Namen. Im Augenblick war der Gehsteig vor dem deutschen Restaurant ein Zigeunerlager, und es fehlten nur die tanzenden Flammen eines offenen Feuers.

»Abend für Abend, zwei Stunden nach dem Nachtessen, machte Olga ihre Drogen-Runden. Manchmal ließ sie sich das Tablett von der anderen Schwester oder einer Hilfskraft tragen, manchmal trug sie es selbst.

›Jetzt machen wir ein schönes Schläferchen, Mrs. Binks‹, pflegte sie zu sagen. ›Hier ist Ihr Ticket ins Land der Träume. So ist es brav. Und jetzt noch diese hübsche gelbe Tablette. – Guten Abend, Miß Cheeseley. Ich habe einen Trip nach Hawaii für Sie – blau für den tiefen, tiefen Ozean, rot für den Himmel beim Sonnenuntergang. Und jetzt einen kleinen Schluck, damit sie besser rutschen. – Strekken Sie Ihre Zunge heraus, Mr. Finelli, ich habe hier etwas, das Ihnen Weisheit verleihen wird. – Können Sie sich vorstellen, Mr. Wong, daß man neun oder sogar zehn Stunden tiefer, guter Dunkelheit in eine so winzige Kapsel bannen kann? Es ist eine Zeit-Kapsel, ein Gelatine-Raumschiff, das Sie zu den Sternen tragen wird. – Sie haben gerochen, daß ich komme, nicht wahr, Mr. Auerbach?‹ Und so weiter, und so weiter.

Und auf diese Weise machte Olga Wortly, die Herrin des Vergessens, die Königin der Träume, die geschlossene Abteilung ruhig und friedlich«, fuhr Saul fort, »und wurde dafür oft und überschwenglich gelobt –, denn jeder ist glücklich, wenn eine Abteilung keine Schwierigkeiten macht –, bis sie eines Nachts ein wenig zu weit ging: Ein Patient erhielt eine zu starke Dosis und lag am nächsten Morgen tot in seinem Bett, ein glückliches Lächeln auf den Lippen. Und Olga Wortly war verschwunden und wurde nie wieder gesehen.

Irgendwie ist es ihnen dann gelungen, die Sache zu vertuschen – ich glaube, sie schrieben den Tod des Patienten einer Epidemie galoppierender Hepatitis zu oder einem bösartigen Ekzem – und sie suchen noch immer nach Olga Wortly.

Das ist die ganze Geschichte«, sagte er mit einem Achselzucken, »wenn man davon absieht« – er hob dramatisch einen Finger – »wenn man davon absieht, daß die Leute in der geschlossenen Abteilung behaupten, in mondhellen Nächten – so wie dieser –, wenn es Zeit zum Schlafen wird und die Schwester sich mit dem Tablett der Nachtmedikation auf den Weg zu den Krankenzimmern macht, plötzlich ein durchdringender Geruch von Paraldehyd aus dem Schwesternzimmer dringt (obwohl sie diese Droge seither *nie wieder* verwendet haben), und er zieht von Zimmer zu Zimmer, von Bett zu Bett, ohne auch nur eins auszulassen... die unsichtbare Krankenschwester macht ihre Runde!«

Und mit mehr oder weniger begeisterten Ahs und Ohs und Gelächter setzten sie sich in Bewegung. Bonita schien völlig zufriedengestellt. Dorotea sagte: »Oh, ich Angst haben! Wenn aufwachen heute nacht, ich denken, daß Schwester kommt, die ich nicht sehen kann, um mir geben dieses Parry-alley-Zeug.«

»Par-al-de-hyd«, korrigierte Fernando langsam, doch mit überraschender Genauigkeit.

9

Es war so viel Zeug in Sauls Zimmer, und so viel verschiedenes Zeug in einem chaotischen Durcheinander (es war in dieser Beziehung die Antithese zu Guns Zimmer), daß man sich wunderte, warum es nicht wie ein Misthaufen wirkte – bis man erkannte, daß keiner der vielen Gegenstände lieblos hin- oder weggeworfen worden war. Man spürte die enge Beziehung, die Saul zu jedem einzelnen dieser Dinge hatte: zu den sachlichen, unretuschierten Fotografien von Menschen, zumeist älteren Menschen (Patienten seines Krankenhauses, erklärte Saul und deutete auf Mr. Edwards und Mrs. Willis); Bücher, von *Merck's Manual* bis Colette, von *The Family of Man* bis zu Henry Miller, von Edgar Rice bis zu William S. Burroughs und George Borrow *(The Gipsies in Spain, Wild Wales,* und *The Zincali)*; Nostigs *The Subliminal Occult* (das überraschte Franz wirklich); eine Menge Perlenarbeiten von Hippies, Indern und amerikanischen Indianern; ein Bierkrug mit frischen Blumen; eine Karte von Asien; und ein paar Dutzend Gemälde und Zeichnungen, vom Kindlichen übers mathematisch Exakte bis hin zum orgiastisch Wilden, darunter ein herrliches Abstraktes, Acryl auf schwarzem Karton, mit einem bizarren Durcheinander von Formen und Farben, die eine Miniatur des liebevollen Chaos zu sein schien, das in diesem Raum herrschte.

Saul deutete darauf und sagte: »Das habe ich gemacht, als ich das einzige Mal in meinem Leben Kokain genommen hatte. Falls es eine Droge geben sollte, was ich bezweifle, die dem Verstand etwas gibt, anstatt ihm etwas zu nehmen, dann ist es Kokain. Wenn ich jemals wieder auf Drogen einsteigen sollte, würde ich Kokain nehmen.«

»Wieder?« sagte Gun skeptisch. »Und was ist mit Pot?«

»Das Zeug ist Kinderkram«, winkte Saul ab, »eine Frivolität, ein gesellschaftliches Anregungsmittel, in derselben Kategorie wie Tabak, Kaffee und Tee. Als Anslinger es durchsetzte, daß der Kongreß Haschisch und Marihuana – in praxi – zu harten Drogen erklärte, hat er die Entwicklung der amerikanischen Gesellschaft und die Mobilität seiner Klassen gründlich versaut.«

»Ist es wirklich so schlimm?« fragte Gunnar skeptisch.

»Pot ist auf jeden Fall nicht so gefährlich wie Alkohol«, stimmte Franz zu, »der von der Gesellschaft akzeptiert wird; zumindest von dem Teil, der mit der Werbung zu tun hat: trinkt Whisky, und ihr werdet sexy, reich und gesund, versprechen die Inserate. Weißt du, Saul, es war komisch, daß du Paraldehyd in deiner Story erwähnt hast. Als ich zum letztenmal vom Alkohol ›separiert‹ worden bin – um diesen delikaten medizinischen Ausdruck zu gebrauchen – habe ich drei Nächte hintereinander etwas Paraldehyd bekommen. Es war wirklich wunderbar – die gleiche Wirkung, wie sie der Alkohol hatte, als ich zum ersten Mal betrunken war – ein Gefühl, das ich später nie wieder gehabt habe, angenehm, dieses warme, rosige Glühen…«

Saul nickte. »Es ist dieselbe Wirkung wie Alkohol, aber ohne die chemischen Systeme so stark zu belasten. Deshalb spricht ein Mensch, der vom Alkohol ausgelaugt ist, besonders gut darauf an. Aber es kann natürlich ebenfalls süchtig machen, wie du sicher weißt. Mögt ihr einen Kaffee? Ich habe allerdings nur gefriergetrockneten.«

Während Saul Wasser aufsetzte und braune Kristalle in farbige Becher löffelte, sagte Gun: »Aber würdest du nicht auch sagen, daß der Alkohol das natürliche Rauschgift der Menschheit ist, mit dem sie Tausende von Jahren Erfahrung hat, das sie genau kennt, an das sie sich gewöhnt hat.«

»Auf jeden Fall Zeit genug«, kommentierte Saul, »um alle Italiener, Griechen, Juden und andere Mediterranier, die eine besonders große genetische Anfälligkeit für Alkohol hatten, umzubringen. Die Indianer und Eskimos haben nicht so viel Glück gehabt. Bei denen dauert dieser Eliminationsprozeß noch an. Und Hanf und Peyote und Mohn und Pilze haben ebenfalls eine ziemlich lange Geschichte.«

»Ja, aber damit kommst du jetzt in die psychedelische, bewußt-seins-verzerrende – nach meiner Auffassung, andere sagen -erweiternde – Sparte«, protestierte Gun. »Der Alkohol hat eine direktere, ehrlichere Wirkung.«

»Ich habe auch durch Alkohol Halluzinationen gehabt«, sagte Franz in partiellem Widerspruch, »wenn auch keine so extremen, wie man sie von LSD bekommt, wie ich gehört habe. Aber nur bei der Entwöhnungskur seltsamerweise, während der ersten drei Tage. In Schränken und dunklen Ecken und unter Tischen – niemals in hellem Licht – habe ich diese schwarzen und manchmal auch roten Drähte gesehen, ungefähr so dick wie Telefonschnüre, und sie vibrierten und peitschten umher... Ich mußte immer an riesige Spinnenbeine denken. Aber ich *wußte*, daß es Halluzinationen waren – und deshalb konnte ich sie – und mich – im Griff behalten, Gott sei Dank. Helles Licht brachte sie immer sofort zum Verschwinden.«

»Entwöhnung ist eine komische und manchmal nicht ungefährliche Angelegenheit«, bemerkte Saul, während er kochendes Wasser in die Becher goß. »Das ist die Phase, in der Trinker das Delirium tremens bekommen, nicht, wenn sie trinken. Das weißt du sicher genauso gut wie ich. Aber die Gefahren und Agonien bei der Entziehung harter Drogen sind maßlos übertrieben worden – das gehört zum Mythos. Ich habe das erfahren, als ich in den großen Tagen von Haight-Ashbury als paramedizinischer Helfer arbeitete, bevor ich Krankenpfleger wurde, und Hippies, die eine Überdosis erwischt hatten – oder glaubten, eine erwischt zu haben – Thorazin gab.«

»Wirklich?« fragte Franz und nahm den Kaffeebecher, den Saul ihm reichte. »Ich habe immer gehört, daß bei der Entwöhnung von Heroin cold turkey das Schlimmste ist.«

»Ein Teil des Mythos«, versicherte Saul und schüttelte seine lange Mähne, als er Gun seinen Becher Kaffee reichte. »Der Mythos, den Anslinger mit soviel Mühe in den dreißiger Jahren ins Leben rief, als all die Burschen, die durch die Überwachung der Prohibition groß geworden waren, versuchten, sich ähnlich lukrative Jobs bei der Rauschgiftbekämpfung aufzubauen, als er nach Washington fuhr, in Begleitung von zwei Veterinären, die etwas vom Doping von Rennpferden verstanden, und mit einer Aktentasche voll sensationell aufgemachter Artikel mexikanischer und mittelamerikanischer Zeitungen über Morde und Vergewaltigungen, die von Peons angeblich unter dem Einfluß von Marihuana begangen worden sein sollten.«

»Eine ganze Reihe von Schriftstellern sind ihm damals nachgelaufen«, erklärte Franz. »Der Held ihrer Stories nahm nur einen Zug von einer fremdartigen Zigarette und hatte sofort die wildesten Halluzinationen, meistens im Zusammenhang mit Sex und Blutvergießen. He! Vielleicht könnte ich eine Episode von *Unheimlicher Untergrund* vorschlagen, bei der Drogen eine Rolle spielen«, setzte er nachdenklich hinzu, mehr für sich selbst als zu den anderen. »Es ist auf jeden Fall einen Versuch wert.«

»Und die Agonien des cold turkey-Entzuges waren Teil dieses Mythos-Bildes«, fuhr Saul fort, »und deshalb hatten die Beatniks und Hippies, die zu Drogen griffen, um gegen das Establishment und die Vätergeneration zu rebellieren, all diese furchtbaren Halluzinationen und Entzugs-Agonien, so wie es ihnen der von Polizisten erdachte Mythos vorausgesagt hatte.« Er lächelte sarkastisch. »Weißt du, manchmal denke ich, daß es da eine frappierende Parallele zum Langzeit-Effekt der Kriegspropaganda über die Deutschen gibt. Im Zweiten Weltkrieg haben sie all die Greueltaten begangen – und noch mehr –, deren man sie im Ersten Weltkrieg – zumeist zu Unrecht – angeklagt hatte. Ich hasse diese Erkenntnis, aber ich habe gelernt, daß die Menschen immer versuchen, die schlimmsten Erwartungen zu erfüllen.«

Gun setzte hinzu: »Das Hippie-Ära-Analogon zur SS ist die Manson-Familie.«

»Auf jeden Fall«, faßte Saul zusammen, »ist es das, was ich gelernt habe, als ich mitten in der Nacht durch Hashbury rannte und den verdammten Blumenkindern Thorazin *per anum* verpaßte. Ich konnte und durfte nicht spritzen, weil ich noch kein ausgebildeter Pfleger war.«

»Damals haben Saul und ich uns getroffen«, sagte Gun.

»Aber ich habe Gun kein Thorazin in den Hintern geschoben«, stellte Saul sofort klar, »– es wäre auch zu romantisch gewesen –, sondern einem Freund von ihm, der eine Überdosis genommen hatte und ihn anrief. Gun rief dann uns zu seinem Freund. So haben wir uns kennengelernt.«

»Mein Freund hat sich sehr schnell erholt«, erklärte Gun.

»Und wo habt ihr beiden Cal kennengelernt?« fragte Franz.

»Hier. Als sie eingezogen ist«, sagte Gun.

»Zuerst hatten wir nur das Gefühl, als ob sich eine wohltuende Stille über uns gesenkt hätte«, sagte Saul nachdenklich. »Denn der Vormieter ihres Apartments war außergewöhnlich laut gewesen, selbst für dieses Gebäude.«

Gun sagte: »Und dann war es uns, als ob eine sehr stille, aber

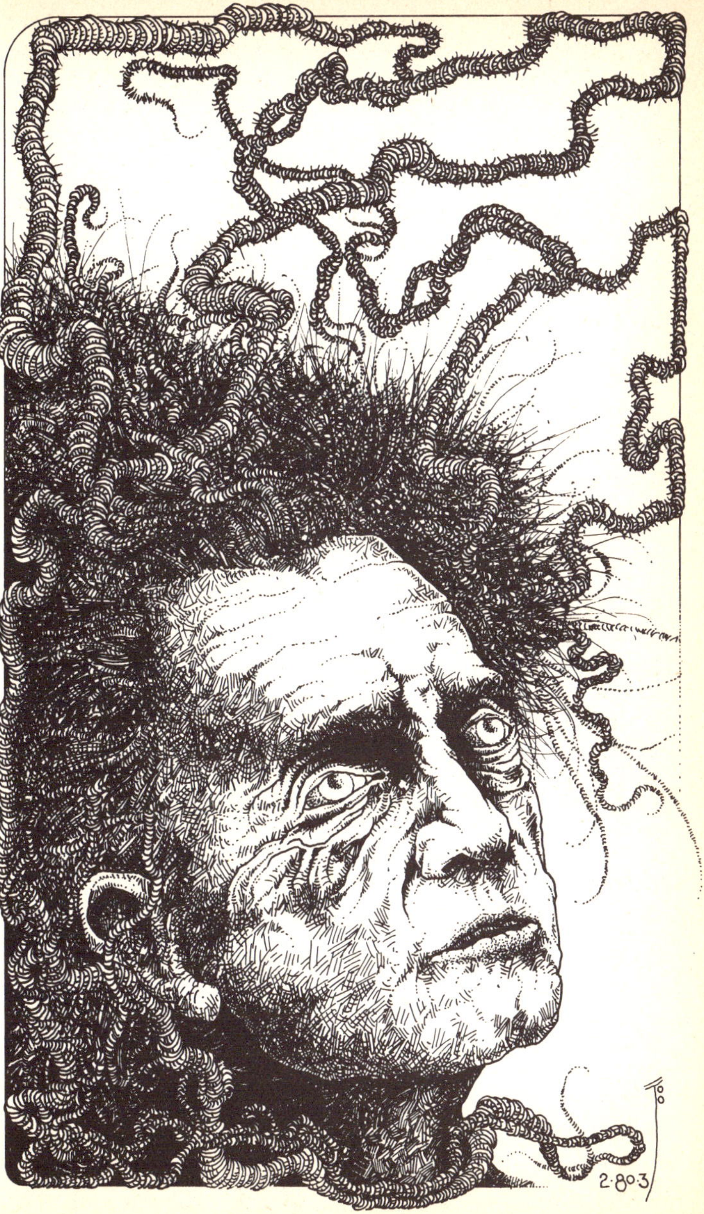

musikalische Maus in unsere Gemeinschaft gekommen wäre. Wir gewöhnten uns daran, Flötenmusik zu hören, doch sie war so leise, daß wir nicht sicher waren, ob wir sie uns nicht nur einbildeten.«

»Zur selben Zeit«, sagte Saul, »begannen wir diese attraktive, schweigsame, sehr höfliche junge Dame zu bemerken, die immer allein war und die Lifttüren immer sorgsam und lautlos schloß.«

Gun sagte: »Und dann, eines Abends, gingen wir ins Veterans Building, um ein Beethoven-Quartett zu hören. Sie war ebenfalls unter den Zuhörern, und wir haben uns ihr vorgestellt.«

»Und als das Konzert zu Ende war, waren wir Freunde«, setzte Saul hinzu.

»Und am nächsten Wochenende halfen wir ihr bei der Einrichtung ihres Apartments«, schloß Gun. »Es war, als ob wir uns seit Jahren gekannt hätten.«

»Oder zumindest, als ob sie uns seit Jahren gekannt hätte«, qualifizierte Saul. »Wir brauchten eine ganze Weile länger, um etwas über sie zu erfahren – was für ein unglaublich überbeschütztes Leben sie geführt hatte, von ihren Schwierigkeiten mit ihrer Mutter...«

»Wie hart sie der Tod ihres Vaters getroffen hatte...«, warf Gun ein.

»Und wie entschlossen sie war, ihr Leben aus eigener Kraft aufzubauen, und...« – Saul zuckte die Achseln – »...und ihre eigenen Erfahrungen zu sammeln.« Er blickte Franz an. »Wir brauchten sogar noch länger, bis wir entdeckten, wie empfindlich dieses Mädchen unter ihrer kühlen, kompetenten Fassade war.«

Franz nickte und fragte dann Saul: »Und jetzt willst du mir sicher die Geschichte von ihr erzählen, die du dir bis jetzt aufgespart hast, nicht wahr?«

»Woher weißt du, daß es eine Geschichte über sie ist?« fragte Saul verwundert.

»Weil du ihr einen raschen Blick zugeworfen hast, bevor du dich entschlossen hast, sie nicht im Restaurant zu erzählen«, sagte Franz, »und weil du mich erst eingeladen hast, als du sicher warst, daß sie nicht auch kommen würde.«

»Ihr Schriftsteller seid verdammt clever«, bemerkte Saul. »Nun, es ist auch zufällig eine Schriftsteller-Story, eines Schriftstellers von deiner Art – der Sorte, die übernatürliche Horrorstories schreibt. Dein Trip zu den Corona Heights hat mir den Anstoß gegeben, sie dir zu erzählen. Sie handelt vom gleichen Reich des Unbekannten, aber von einem anderen Land in diesem Reich.«

Franz wollte sagen: »Das habe ich erwartet«, aber er ließ es.

Saul steckte sich eine Zigarette an und lehnte seinen Rücken gegen die Wand. Gun saß auf dem anderen Ende der Couch, Franz den beiden gegenüber auf einem Lehnstuhl.

»Schon sehr früh«, begann Saul, »erkannte ich, daß Cal großes Interesse an meinen Patienten im Krankenhaus hatte. Nicht, daß sie mir einen Haufen Fragen stellte, aber sie hörte mir immer aufmerksam zu, wenn ich von ihnen sprach. Sie waren eine weitere Facette der riesigen Welt, die sie gerade zu erforschen begonnen hatte, über die sie etwas erfahren wollte, um dafür Sympathie zu entwickeln oder um sich dagegen zu wappnen. Bei ihr scheint es fast immer eine Kombination von beidem zu werden.

In jenen Tagen war ich ebenfalls sehr stark an Menschen interessiert. Seit einem Jahr arbeitete ich in der Spätschicht, hatte ziemlich freie Hand und den Kopf voller Ideen, was man ändern sollte, und einiges habe ich auch wirklich geändert. Vor allem hatte die Schwester, die die Station vor mir leitete, zu viele Beruhigungs- und Schlafmittel verabreicht.« Er grinste. »Siehst du, die Story, die ich vorhin Dorotea und Bonny erzählt habe, war nicht *reine* Erfindung. Auf jeden Fall habe ich die Medikationen so weit herabgesetzt, daß die Leute ansprechbar waren, ich mit ihnen arbeiten konnte und sie beim Frühstück nicht noch immer komatös waren. Natürlich wurde die Station dadurch lebhafter, unruhiger und manchmal auch schwieriger, aber ich war damals frisch und optimistisch und fühlte mich imstande, mit allen Situationen fertigzuwerden.«

Er lachte leise. »Ich vermute, das ist etwas, das jeder Neue als erstes tut: die Barbiturate heruntersetzen – bis er oder sie müde und vielleicht auch etwas nervös wird und entscheidet, daß Ruhe und Frieden ein paar Schlafmittel wert sind.

Aber ich lernte meine Leute recht gut kennen, jedenfalls bildete ich mir das ein, und wußte, in welcher Phase ihres Zyklus sie sich gerade befanden; deshalb konnte ich ihre Anfälle voraussehen und behielt meine Station ganz gut unter Kontrolle.

Da war dieser junge Mr. Sloane, zum Beispiel, der an Epilepsie litt – von der *petit mal*-Sorte – und gleichzeitig unter schweren Depressionen. Er war gebildet und zeigte künstlerisches Talent. Wenn er sich dem Höhepunkt seines Zyklus' näherte, begann er seine *petit mal*-Anfälle zu bekommen – kurze Bewußtseinsstörungen, sekundenlanges ›Wegtreten‹, Schwindelanfälle und so weiter – die immer rascher aufeinander folgten, zuletzt in Intervallen von zwanzig Minuten, manchmal sogar noch häufiger. Weißt du, ich habe oft gedacht, daß Epilepsie etwa so ist, als ob das Gehirn versuchte, sich selbst einen Elektroschock zu geben. Auf jeden Fall arbeitete Mr. Sloane sich so dem Höhepunkt entgegen, einem Anfall, der fast dem *grand mal* nahekam; er stürzte zu Boden, krümmte und wand sich, tobte und schrie und verlor die Kontrolle über seine Körperfunktionen – psychische Epilepsie haben sie das genannt. Danach erfolgten seine *petit mal*-Attacken in immer größer werdenden Abständen, und nach einer Woche oder so war er für einige Zeit wieder in Ordnung. Er schien dies alles zeitlich genau festzulegen und eine Menge kreativer Mühen darin zu investieren – ich sagte dir bereits, daß er künstlerisches Talent besaß. Du mußt wissen, daß jede Form von Irrsinn eine Art künstlerischen Ausdrucks ist, das jedenfalls ist meine Meinung. Aber so ein Mensch hat kein anderes Material als sich selbst, um damit zu arbeiten – also konzentriert er seine ganze Kunst auf sein Verhalten.

Nun, wie schon gesagt, ich merkte, daß Cal auf meine Leute sehr neugierig war; sie machte sogar Andeutungen, daß sie sie gerne kennenlernen würde. Also lud ich sie eines Abends – an einem Tag, als alle meine Leute sich in den ruhigen Phasen ihrer Zyklen befanden – ein, ins Krankenhaus zu kommen. Natürlich war das ein Verstoß gegen unsere Vorschriften, wie du dir denken kannst. Wir hatten auch keinen Mond in dieser Nacht – Neumond, oder dicht davor – Mondlicht regt die Menschen auf, und besonders die Verrückten – ich weiß nicht warum und durch was, aber es ist so.«

»He, davon hast du mir bisher noch nie etwas erzählt«, sagte Gun. »Ich meine, daß du Cal einmal ins Hospital mitgenommen hast.«

»Und?« Saul zuckte die Achseln. »Sie erschien etwa eine Stunde nach Ablösung der Tagesschicht und war blaß und etwas nervös, aber voller Erwartung – und sofort nach ihrem Eintreffen schien alles in der Station schiefzugehen und aus den Fugen zu geraten. Mrs. Willis begann laut zu jammern und ihr entsetzliches Mißgeschick zu beklagen – damit war sie nach meiner Berechnung erst in einer guten Woche dran –, und ihr Jammern wirkte ansteckend auf Miß Craig, die beim Schreien die Lautstärke einer mittleren Sirene erreicht. Mr. Schmidt, der über einen Monat sehr ruhig und brav gewesen war, gelang es, seine Hose herunterzulassen und einen Haufen Scheiße vor Mr. Bugattis Tür zu setzen, bevor wir ihn daran hindern konnten, und so etwas war auf der Station seit über einem Jahr nicht mehr passiert. Inzwischen hatte Mrs. Gutmayer ihr Tablett mit dem Abendessen zu Boden geworfen und übergab sich, und Mr. Stowacki war es irgendwie gelungen, einen Teller zu zerbrechen und sich mit den Scherben zu schneiden – und Mrs. Harper begann zu schreien, als sie das Blut sah – es war nicht viel –, und nun hatten wir zwei schreiende Frauen, nicht gerade von Fay Wrays Klasse, aber gut.

Natürlich mußte ich Cal sich selbst überlassen, da ich mich um alles kümmern mußte, aber ich überlegte mir die ganze Zeit, was sie sich wohl denken mochte, und hätte mir am liebsten in den Hintern getreten, daß ich sie eingeladen und mir in meinem Größenwahn eingebildet hatte, Desaster voraussehen und mit ihnen fertigwerden zu können.

Als ich wieder Zeit hatte, mich um sie zu kümmern, war sie mit dem jungen Mr. Sloane und ein paar anderen in den Aufenthaltsraum gegangen, hatte dort unser Klavier entdeckt und probierte es aus. Es mußte fürchterlich verstimmt gewesen sein, zumindest für ihre Ohren.

Sie hörte sich schweigend meinen kurzen, hastigen Bericht an – meine Entschuldigungen, besser gesagt –, daß normalerweise bei uns keine Scheiße auf den Korridoren läge und so weiter, und so weiter, und sie nickte von Zeit zu Zeit, spielte jedoch weiter und schien nach den Tasten zu suchen, welche die am wenigsten verstimmten Saiten anschlugen. Sie hörte mir aufmerksam zu, beschäftigte sich jedoch genauso konzentriert mit dem Klavier.

Zu dieser Zeit merkte ich, daß es auf der Station wieder unruhig wurde und Harry (der junge Sloane) seine *petit mal*-Anfälle in viel kürzeren Intervallen bekam, als er sie bekommen durfte, während er im Aufenthaltsraum unruhig im Kreis ging. Nach meinen Berechnungen sollte er erst in der kommenden Nacht zur Klimax kommen, aber nun hatte er seinen Zyklus aus mir unerklärlichen Gründen beschleunigt, so daß er mit Sicherheit in dieser Nacht seinen *grand mal*-Anfall bekommen würde.

Ich wollte Cal warnen und sie darauf vorbereiten, was wahrscheinlich passieren würde, aber gerade in dem Moment lehnte sie sich zurück und verzog ein wenig das Gesicht, so wie sie es manchmal tut, wenn sie ein Konzert beginnt, und dann spielte sie Cherubinos Arie aus der ›Hochzeit des Figaro‹, aber in einer Tonart, bei der sie die am schlimmsten verstimmten Saiten des alten Klaviers benutzen mußte. (Später erklärte sie mir, daß sie es absichtlich getan habe.)

Dann ging sie in eine andere Tonart über, die jedoch nur um eine Nuance weniger diskordant klang als die vorige, und so weiter, und so weiter. Ob du es glaubst oder nicht, bei diesen spielerischen Modulationen begann sie mit der am meisten diskordanten Tonart dieses verstimmten Irren-Klaviers und wechselte über zehn oder zwölf andere zu der, bei der man diesen Defekt des alten Kastens am wenigsten merkte, und dann spielte sie dieses Stück von Mozart noch einmal in dieser Reihenfolge von Tonarten, von der unharmonischsten zur harmonischsten.

Währenddessen fühlte ich, wie Unruhe und Spannung um mich her ständig wuchsen, und ich konnte tatsächlich *sehen*, daß Harrys *petit mal*-Anfälle in immer kürzeren Intervallen erfolgten. Er ging immer schneller und unruhiger im Kreis herum, und ich wußte, daß der große Anfall unmittelbar bevorstand, und fragte mich, ob ich Cal am Weiterspielen hindern sollte, indem ich ihre Hände festhielt, als ob sie eine Hexe wäre, die mit ihrer Musik Schwarze Magie betrieb; die Station war verrückt geworden, als sie angekommen war, und jetzt heizte sie die Leute mit ihrem verdammten Mozart noch mehr auf.

Doch gerade dann modulierte sie triumphierend in der am wenigsten diskordanten Tonart, und im Gegensatz zu den anderen klang sie plötzlich vollkommen rein, unglaublich richtig, und in diesem Augenblick verfiel der junge Harry Sloane nicht in seinen *grand-mal*-Anfall, sondern in einen *unheimlich graziösen, hüpfenden Tanz*, in perfekter Übereinstimmung mit dem Rhythmus von Cherubinos Arie, und bevor ich wußte, was ich tat, hatte ich Miß Craig gepackt – deren Mund offen stand, als ob sie wieder schreien wollte, doch sie schrie nicht – und schwenkte sie im Dreivierteltakt herum, hinter dem jungen Harry Sloane her, und ich fühlte, wie die Spannung um uns herum sich auflöste wie Nebel unter den Strahlen der Sonne. Irgendwie war es Cal gelungen, diese Spannung zum Schmelzen zu bringen, genauso wie Harrys Depressionen; sie hatte ihn sicher über den Berg gebracht, ohne daß er seinen großen Anfall bekam. Es kam mir damals wie etwas vor, das einem Wunder am nächsten kam, wie ich es noch nie erlebt hatte: Zauberei, Magie – aber weiße Magie.«

Franz erinnerte bei dieser Schilderung an die Worte, die Cal an diesem Morgen zu ihm gesagt hatte, an ihre Behauptung, daß ›Musik die Macht habe, andere Dinge zu befreien und sie fliegen und wirbeln zu lassen‹.

»Und was geschah dann?« fragte Gun.

»Nichts eigentlich«, sagte Saul. »Cal spielte dieselbe Melodie immer wieder, in der gleichen, triumphierenden Tonart, und wir tanzten, und ich glaube, daß noch ein paar andere mitmachten. Doch Cal spielte bei jeder Wiederholung leiser, und immer leiser, bis es schließlich eine Musik für Mäuse wurde, und dann hörte sie auf und schloß sehr leise den Klavierdeckel, und wir hörten auf zu tanzen, blieben stehen und lächelten einander an, und das war alles – aber wir alle waren jetzt an einem anderen Ort als dem, von dem aus wir aufgebrochen waren. Und kurz darauf ging sie nach Hause, ohne auf das Ende der Schicht zu warten, als ob sie wüßte, daß sich das, was sie getan hatte, nicht wiederholen ließ. Wir haben später nicht viel darüber gesprochen, sie und ich, und ich erinnere mich daran, daß ich gedacht habe: ›Zauberei ist ein einmaliges Phänomen.‹«

»He, das gefällt mir«, sagte Gun. »Ich meine die Vorstellung, daß Zauberei – und auch Wunder, wie die von Jesus, sozusagen – und auch Kunst, und natürlich Geschichte – Phänomene sind, die nicht wiederholt werden *können*. Im Gegensatz zur Wissenschaft, bei der es sich ausschließlich um Phänomene handelt, die wiederholbar sind.«

Franz sagte nachdenklich: »Spannung *zerschmolz*... Depression löste sich auf... die Töne fliegen aufwärts, wirbeln wie Funken... Weißt du, Gun, irgendwie läßt mich das daran denken, was dein Shredbasket tut, den du mir heute morgen gezeigt hast.«

»Shredbasket?« fragte Saul verwundert.

Franz erklärte ihm mit wenigen Worten, daß es sich dabei um einen Aktenvernichter handele, den Gun ihm vorgeführt habe.

»Du hast mir nichts davon gesagt«, beschwerte sich Saul.

»Und?« Gun lächelte und zuckte die Achseln.

»Natürlich«, sagte Franz rasch, und fast bedauernd, »ist die Erkenntnis, daß Musik eine beruhigende Wirkung auf Irre ausübt, schon seit einiger Zeit bekannt.«

»Mindestens seit Pythagoras«, sagte Gun und nickte. »Und das ist zweitausendfünfhundert Jahre her.«

Saul schüttelte den Kopf. »Was Cal getan hat, geht noch viel weiter zurück.«

Es klopfte an die Tür. Gun öffnete sie.

Fernando blickte im Zimmer umher, verbeugte sich höflich, grinste Franz an und sagte: »Schach?«

11

Fernando war ein starker Spieler. In Lima hatte er als Meister gegolten. In Franz' Zimmer spielten sie zwei lange, harte Partien, von denen jeder eine gewann, und das war genau die Therapie, die Franz brauchte, um seinen abendlich benebelten Verstand wieder anzukurbeln, und während dieser zwei Schachpartien wurde ihm bewußt, wie sehr ihn der Aufstieg zu den Corona Heights körperlich ermüdet hatte.

Von Zeit zu Zeit dachte er flüchtig über Cals ›Weiße Magie‹ nach (wenn man sie so nennen konnte), und die schwarze Abart (noch unwahrscheinlicher), in die er auf den Corona Heights geraten war. Er wünschte, er hätte beide Ereignisse ausführlicher mit Saul und Gun diskutiert, bezweifelte jedoch, daß sie ihm mehr gesagt haben würden. Ach was, er würde sie ja morgen abend beim Konzert wiedersehen. Als er gegangen war, hatten sie ihn gebeten, ihnen Plätze freizuhalten, falls er vor ihnen dort sein sollte.

Als Fernando sich verabschiedete, deutete er auf das Schachbrett und fragte: »*Mañana por la noche?*«

So viel Spanisch verstand Franz. Er lächelte und nickte. Falls er morgen abend keine Zeit zum Schachspielen haben sollte, konnte er noch immer Dorotea Nachricht geben.

Er schlief wie ein Toter und ohne Träume, an die er sich später erinnern konnte.

Er erwachte frisch und ausgeruht, sein Verstand war klar und scharf und sehr ruhig – die Segnungen eines guten Schlafs. Die Benommenheit und die Unsicherheit des vorherigen Abends waren verschwunden. Er erinnerte sich sehr genau an alle Ereignisse des vergangenen Tages, aber ohne emotionelle Obertöne von Erregung oder Angst.

Das Sternbild des Orion hatte sich vor das Fenster geschoben und sagte ihm, daß es bald dämmern würde. Seine neun hellsten Sterne gaben ihm das Aussehen einer kantigen, leicht geneigten Eieruhr.

Er machte sich rasch eine kleine Tasse Kaffee mit Wasser aus der Warmwasserleitung, zog seinen Morgenmantel über, stieg in ein Paar Sandalen, nahm das Fernglas vom Schreibtisch und stieg aufs Dach. Alle seine Sinne waren wach und geschärft. Die schwarz überstrichenen Fenster der Luftschächte und die schwarzen drückerlosen Türen der ehemaligen Besenschränke waren genauso auffallend wie die Türen der benutzten Räume und das alte, häufig gestrichene Treppengeländer, das seine Hand berührte, als er die Treppen hinaufstieg.

In dem kleinen, kubischen Raum auf dem Dach fiel der Schein seiner kleinen Taschenlampe auf glänzende Kabel, auf den dunklen, fast quadratisch wirkenden Elektromotor und die kleinen, reglosen Gußeisenarme der Relais, die zu zuckendem, geräuschvollem Leben erwachen, schwingen, schnappen und klicken würden, sobald jemand irgendwo im Haus auf einen Liftknopf drückte. Der grüne Zwerg und die Spinne.

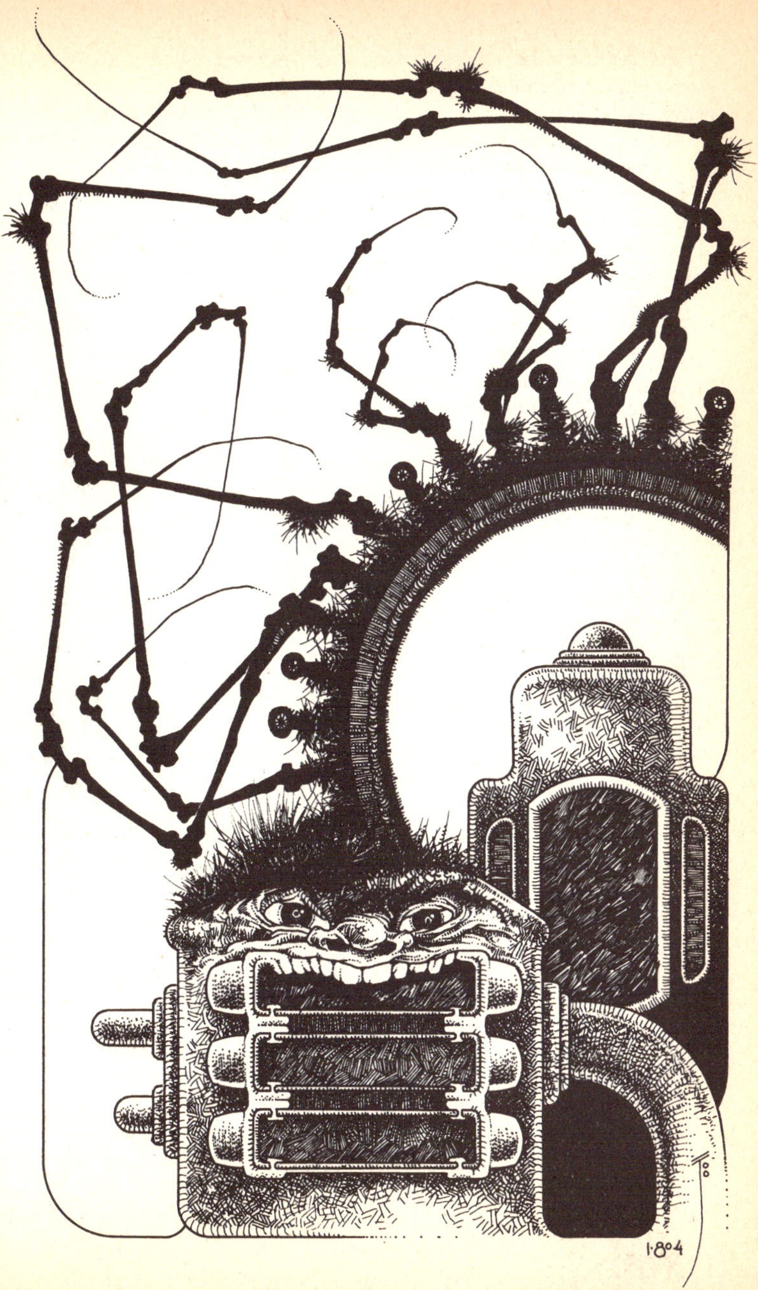

Er trat in den kühlen, frischen Nachtwind hinaus. Als er an einem Luftschacht vorbeikam, blieb er stehen und warf aus einem Impuls heraus ein Kiessteinchen hinein. Es dauerte fast drei Sekunden, bis er es mit einem leisen, scharfen Geräusch unten aufschlagen hörte. Ungefähr achtzig Fuß. Er fühlte eine gewisse Befriedigung bei dem Gedanken, daß er schon wach und bei klarem Verstand war, während die meisten Menschen noch fest schliefen.

Er blickte zu den Sternen empor, die den dunklen Dom des Himmels schmückten wie winzige Silbernägel. Für San Francisco mit seinen ständigen Nebeln und dem widerlichen Smog, der von Oakland und San Jose herübertrieb, war es eine gute Nacht, um den Sternhimmel zu beobachten. Der Mond war untergegangen. Beglückt studierte er die Superkonstellation, die ›der Schild‹ genannt wird, ein himmelumspannendes Hexagon, dessen Ecken von Capella im Norden, dem hellen Pollux (in dessen Nähe Castor stand, und in diesen Jahren auch Saturn), Procyon, dem kleinen Hundestern, Sirius, dem hellsten aller Sterne, dem bläulichen Rigel im Sternbild des Orion, und (wieder in nördlicher Richtung) dem rotgoldenen Aldebaran markiert wurden. Er hielt den Feldstecher vor die Augen und blickte zu dem goldenen Schwarm der Hyaden hinauf, die sich um Aldebaran scharten, und dann zu den in unmittelbarer Nähe des Schildes stehenden, blauweißen Sternchen der Plejaden.

Die beständigen, ruhigen Sterne paßten zu seiner morgendlichen Stimmungslage und verstärkten sie. Er blickte wieder zum Orion empor, und dann zu dem Fernsehturm mit seinen roten Lichtern und Blinkern.

Unter ihnen zeichneten sich die Corona Heights wie ein schwarzer Buckel vor den Lichtern der Stadt ab.

Ihm kam die Erinnerung – plötzlich und kristallklar, so wie immer in letzter Zeit in der Stunde nach dem Erwachen – an den Augenblick, als er den Fernsehturm zum ersten Mal bei Nacht gesehen hatte und dabei an einen Satz aus Lovecrafts Story ›*The Haunter of the Dark*‹ gedacht hatte, wo der Wächter eines anderen, übel beleumundeten Berges, (des Federal Hill, in Providence) sieht, wie der ›rote Leuchtturm des Industrial Trust aufflammt, um die Nacht grotesk zu machen‹. Als er den Fernsehturm zum ersten Mal gesehen hatte, war er ihm mehr als nur grotesk erschienen, doch jetzt – sehr seltsam! – übte sein Anblick einen fast so beruhigenden Einfluß auf ihn aus wie das Sternbild des Orions.

›*The Haunter of the Dark*‹! dachte er mit einem lautlosen Lachen. Gestern hatte er das Kapitel einer Story durchlebt, die man am zutreffendsten als ›*The Lurker at the Summit*‹* bezeichnen konnte. Wie eigenartig!

Bevor er in sein Apartment zurückkehrte, warf er noch einen raschen Blick auf die dunklen Rechtecke und die mageren Pyramiden der Wolkenkratzer in der City – die Schreckgespenster des alten Thibaut! –, und die höchsten von ihnen waren gleichfalls mit roten Warnlichtern bestückt.

Er machte sich noch einen Kaffee, und diesmal brachte er das Wasser auf der Elektroplatte zum Kochen, nahm Zucker und viel Milch. Dann machte er es sich im Bett bequem, entschlossen, diesen Vormittag dazu zu benutzen, um sich über einige Dinge klarzuwerden, die sein ermüdetes Gehirn am vergangenen Abend nicht richtig verarbeiten konnte. Thibauts düsteres Buch und das verblichenteerosenfarbene Journal hatten bereits den Kopf seines ›Studentenliebchens‹ auf seiner Seite des Bettes verdrängt. Jetzt legte er die großen, schwarzen, rechteckigen Bände von Lovecrafts ›*The Outsider*‹ und die ›*Collected Ghost Stories*‹ von Montague Rhodes James dazu, und ein paar vergilbte, alte Exemplare von *Weird Tales* (irgendein Puritaner hatte ihre grausig-grellen Titelseiten abgerissen), die Stories von Clark Ashton Smith enthielten, und um für sie Platz zu machen, schob er ein paar der bunten Zeitschriften zu Boden, und mit ihnen die farbigen Servietten.

»Du fällst auseinander, Liebling«, sagte er fröhlich, »und nimmst eine düsterere Färbung an. Ziehst du dich für ein Begräbnis um?«

Dann beschäftigte er sich für eine Weile ernsthaft mit *Megapolisomancy*. Mein Gott, der alte Knabe verstand es wirklich, pseudowissenschaftlichem Geschwafel Farbe zu geben. Zum Beispiel:

> Zu jedem Zeitpunkt der Geschichte hat es eine oder zwei Städte der monströsen Art gegeben – z. B. Babel oder Babylon, Ur-Lhasa, Ninive, Syrakus, Rom, Samarkand, Tenochtitlan, Peking – aber wir leben heute im megapolitanischen (oder nekropolitanischen) Zeitalter, wo solche Desaster sich vervielfältigt haben und die Gefahr besteht, daß sie zusammenwachsen und die Welt unter totem, aber multipotentem Großstadt-Müll begraben. Wir brauchen einen Schwarzen Pythagoras, um die Übel unserer Monster-Städte und ihre nach Verwesung stinkenden, kreischenden Songs auszu-

---

* ›Der Lauernde auf dem Gipfel‹

> *spionieren, so wie der Weise Pythagoras vor zweieinhalb Jahrtausenden die himmlischen Sphären und ihre kristallinen Symphonien ausspionierte.*

Oder, als er dem mehr von seiner eigenen Marke des Okkultismus hinzufügte:

> *Da wir modernen Stadtmenschen bereits in Gräbern leben, wodurch wir auf eine gewisse Weise an den Tod gewöhnt und auf ihn vorbereitet werden, ergibt sich hier die Möglichkeit einer unendlichen Verlängerung dieses Lebens-im-Tode. Doch, obwohl durchaus praktikabel, wäre es bestenfalls eine äußerst morbide und miserable Existenz, ohne Vitalität oder auch nur Bewußtsein, sondern lediglich Paramentation, bei der paramentale Wesen azoischen Ursprungs, aggressiver und gefährlicher als Spinnen und Wiesel, unsere Haupt-Gefährten wären.*

Wie würde Paramentation sein? fragte sich Franz. Wie eine Art Trance? Wie Opium-Träume? Dunkle, drohende Phantome sensorischer Auszehrung? Oder etwas gänzlich anderes?
Oder:

> *Das elektro-mephytische Großstadt-Material, von dem ich spreche, besitzt Potentiale, um über riesige räumliche und zeitliche Entfernungen hinweg unglaublich starke Wirkungen auszulösen, selbst in ferner Zukunft und auf anderen Planeten, doch will ich auf die für ihre Manipulation und Kontrolle notwendigen Maßnahmen auf diesen Seiten nicht näher eingehen.*

Wie es der überstrapazierte, doch vitale, zeitgenössische Ausruf in einem solchen Fall so unvergleichlich ausdrückte: *Wow!*

Franz nahm eines der alten, verblichenen Taschenbücher in die Hand und fühlte sich versucht, Smiths wunderbare Fantasy-Story ›*The City of the Singing Flame*‹ zu lesen, in der gigantische, aus allen Nähten platzende Städte durch das Land ziehen und sich gegenseitig bekämpfen, doch er schob es entschlossen zur Seite und griff nach dem Journal.

Smith – er war sicher, daß es von Smith stammte – war offensichtlich von de Castries stark beeindruckt worden, und er hatte offensichtlich auch *Megapolisomancy* gelesen. Franz fiel ein, daß das

Exemplar, das er jetzt besaß, höchstwahrscheinlich einmal Smith
gehört hatte. Er las eine typische Passage des Tagebuches:

> *Heute drei Stunden mit dem aufgebrachten Tybalt. Fast
> mehr, als ich ertragen konnte. Die Hälfte der Zeit Schimpfen
> auf die abgefallenen Akolyten, während der anderen Hälfte
> warf er mir Brocken paranaturaler Wahrheiten zu. Aber was
> für Brocken! Diese Behauptung über die Bedeutung diago-
> naler Straßenzüge! Wie genau dieser alte Teufel ins Innere
> der Städte blickt und ihre unsichtbaren Krankheiten erkennt
> – ein neuer Pasteur, aber einer der lebenden Toten.*
>
> *Er sagt, daß sein Buch kindisches Zeug sei, aber das neue
> Thema – über den Kern und das Warum und wie sie zu be-
> nutzen sind – behält er im Kopf und in der ›Grand Cipher‹,
> deren Vorhandensein er hin und wieder vage andeutet.
> Manchmal nennt er sie (die ›Grand Cipher‹) sein Fünfzig-
> Buch, das heißt, falls ich recht habe, und es sich dabei um
> dasselbe handelt. Aber warum fünfzig?*
>
> *Ich sollte Howard darüber schreiben, er wäre sicher ziem-
> lich erstaunt und – ja! – beglückt, weil es so exakt den deka-
> denten und schleimigen Horror schildert und* illuminiert,
> *den er in New York und Boston, und sogar in Providence ge-
> funden hat (nicht Levantiner oder Mediterraner, sondern
> halbidiotische Paramentale!). Ich bin jedoch nicht sicher, ob
> er das ertragen könnte. Ich weiß nicht einmal, wieviel mehr
> davon ich selbst noch ertragen kann. Und wenn ich dem alten
> Tiberius auch nur andeute, sein paranaturales Wissen mit
> anderen, verwandten Geistern zu teilen, wird er so grob wie
> sein Namensvetter in seinen letzten Tagen auf Capri und be-
> ginnt wieder, über die Menschen herzufallen, die seiner An-
> sicht nach ihn und den von ihm geschaffenen Hermetischen
> Orden verlassen und verraten hätten.*
>
> *Ich sollte ebenfalls aussteigen – ich habe alles erfahren,
> was ich wissen will, und es gibt eine Menge Geschichten, die
> danach schreien, geschrieben zu werden. Aber kann ich diese
> höchste Ekstase aufgeben, jeden Tag zu wissen, daß ich von
> den Lippen des Schwarzen Pythagoras neue paranaturale
> Wahrheiten hören werde? Es ist wie eine Droge, die ich ha-
> ben muß. Wer kann es aufgeben, Tag für Tag solche wunder-
> baren Phantasien zu hören? – besonders,* wenn diese Phan-
> tasien Wahrheiten sind.
>
> *Das Paranaturale, nur ein Wort –* doch welche Bedeutung

hat es! *Das Paranaturale – ein Traum von Großmüttern und Priestern und Autoren von Horror-Stories. Ich frage mich nur, wieviel davon ich ertragen kann. Ob ich den direkten Kontakt zu einem paramentalen Wesen finden könnte, ohne verrückt zu werden?*

Als ich heute zurückkam, fühlte ich, daß meine Sinne metamorphosierten. San Francisco war eine Meganekropolis, die von Paramentalem am Rande des Gesichtsfeldes und der Gehörfrequenzen vibrierte, jeder Häuserblock ein surreales Mahnmal, unter dem Dali begraben sein könnte, und ich einer der lebenden Toten, dem alles mit kaltem Entzücken bewußt war. Doch jetzt, zwischen den Wänden dieses Raums, habe ich Angst.

Franz blickte mit einem leisen Lachen auf die düstere Wand hinter dem Bett, auf die spinnenwebartige Zeichnung des Fernsehturms auf fluoreszentem Rot, und sagte zu seinem gelehrigen ›Studentenliebchen‹, das zwischen ihm und der Wand lag: »Er hat sich ganz schön darüber aufgeregt, nicht wahr, Liebling?«

Dann wurde sein Gesicht wieder ernst. Der ›Howard‹ in der Tagebucheintragung mußte Howard Phillips Lovecraft sein, dieser puritanische Poe des zwanzigsten Jahrhunderts aus Providence, mit seinem bedauernswerten, aber zweifellos vorhandenen Ekel vor den Schwärmen von Einwanderern, die, wie er fürchtete, die Traditionen und Denkmäler seines geliebten Neu-Englands und der ganzen Ostküste bedrohten. (Und hatte Lovecraft nicht hin und wieder als Ghost-Writer für einen Mann gearbeitet, dessen Name dem de Castries' ähnlich war? Caster? – oder Carswell?) Er und Smith waren lange Zeit Brieffreunde gewesen. Und die Erwähnung eines ›Schwarzen Pythagoras‹ war allein schon ein fast sicherer Beweis, daß der Tagebuchschreiber de Castries' Buch gelesen haben mußte. Und diese Erwähnung eines Hermetischen Ordens und einer ›Grand Cipher‹ (oder Fünfzig-Buches) waren eine Herausforderung an seine Fantasie. Doch Smith (wer sonst?) war offensichtlich genauso entsetzt wie fasziniert über die Auslassungen seines querköpfigen Mentors gewesen. Das zeigte sich sogar noch deutlicher bei einer späteren Eintragung:

> Haßte, *was der schadenfreudige Tiberius heute über das Verschwinden von Bierce und den Tod von Sterling und Jack London andeutete. Nicht nur, daß sie in Wahrheit Selbstmörder gewesen sein sollen (was ich kategorisch zurück-*

weise, insbesondere, was Sterling betrifft!), sondern daß bei ihrem Tod auch noch andere Elemente eine Rolle gespielt haben könnten – Elemente, für die der alte Teufel sich das Verdienst anzumaßen scheint!

Er kicherte sogar, als er sagte: ›Über eins müssen Sie sich klar sein, mein lieber Junge, daß sie alle paramental eine sehr schwere Zeit zu durchleben hatten, bevor sie ausgelöscht wurden – oder zu ihren grauen, paranaturalen Höllen schlurften. Sehr bedrückend, diese Vorstellung, doch es ist das gemeinsame Schicksal aller Judasse – und aller kleinen Wichtigtuer‹, setzte er hinzu und starrte mich unter seinen buschigen, weißen Brauen hervor an.

Ob er mich hypnotisierte?

Warum bleibe ich, jetzt, wo die Bedrohungen die Offenbarungen überwiegen? Dieses zusammenhanglose Zeug über Techniken, paramentale Wesen auf meine Spur zu setzen... eine klare Bedrohung.

Franz runzelte die Stirn. Er wußte ein wenig über die brillante literarische Gruppe, die um die Jahrhundertwende in San Francisco beheimatet gewesen war, und die bedrückend große Zahl ihrer Mitglieder, die ein tragisches Ende gefunden hatte – unter ihnen der makabre Autor Ambrose Bierce, der 1913 in dem von einer Revolution erschütterten Mexiko verschwand, Jack London, der wenig später einer Urämie und Morphin-Vergiftung erlag, und der Fantasy-Dichter Sterling, der in den zwanziger Jahren an Gift starb. Er nahm sich vor, Jaime Donaldus Byers bei der ersten sich bietenden Gelegenheit nach weiteren Einzelheiten über die ganze Angelegenheit zu fragen.

Die letzte Tagebucheintragung, die mitten in einem Satz abbrach, war von der gleichen Art:

Überraschte Tiberius heute, als er mit schwarzer Tinte Eintragungen in eine Kladde machte, wie sie für die Buchhaltung benutzt wird. Sein Fünfzig-Buch? Die Grand Cipher? Ich konnte einen Blick auf voll beschriebene Seite werfen und glaubte astronomische und astrologische Symbole zu erkennen (Vielleicht fünfzig davon?), bevor er sie zuklappte und mir vorwarf, zu spionieren. Ich versuchte, ihn von diesem Thema abzubringen, aber er sprach von nichts anderem.

Warum bleibe ich? Dieser Mann ist ein Genie (Paragenie?), aber er ist auch ein Paranoiker!

*Er schüttelte die Kladde vor meinem Gesicht und schrie:
›Vielleicht werden Sie eines Nachts auf leisen Sohlen hier
hereinschleichen und sie stehlen! Ja, warum auch nicht? Es
würde lediglich Ihr Ende bedeuten, paramental gesprochen!
Das würde Ihnen nicht weh tun. Oder doch?‹
Ja, bei Gott, es wird Zeit, daß ich...*

Franz blätterte die nächsten Seiten um, die alle unbeschrieben waren, und blickte dann über das Journal hinweg zum Fenster, durch das er vom Bett aus lediglich eine genauso leere Wand eines der beiden Hochhäuser sehen konnte. Ihm fiel ein, was für eine unheimliche *Fantasia* von *Gebäuden* dies alles war: de Castries' düstere Theorien über sie; Smith, der in San Francisco eine... ja, eine Mega-Nekropolis sah; Lovecrafts Horror vor den mit Menschenmassen gefüllten Wohntürmen New Yorks; den Wolkenkratzern der City, die er vom Dach dieses Hauses aus sehen konnte; dem Meer von Dächern, auf das er vom Gipfel der Corona Heights herabgeblickt hatte; und dieses alte, heruntergekommene Gebäude selbst, mit seinen dunklen Korridoren, seiner gähnenden Eingangshalle, den seltsamen Schächten und Wandschränken, den vielen Nischen, in denen sich alles mögliche verstecken konnte.

12

Franz machte sich noch eine Tasse Kaffee – es war jetzt bereits seit einiger Zeit heller Tag – und schleppte einen Stapel Bücher, die er aus dem Regal neben dem Schreibtisch genommen hatte, zum Bett. Um für sie Platz zu schaffen, mußte er noch mehr von seiner farbigen Unterhaltungsliteratur auf den Boden werfen, und er sagte zu seinem ›Studentenliebchen‹: »Du wirst immer dunkler und intellektueller, Liebling, aber nicht ein bißchen älter, und du bist so schlank wie immer. Wie machst du das nur?«

Die neuen Bücher waren ein guter Querschnitt durch das, was er seine ›Nachschlagbibliothek des Unheimlichen‹ nannte. Die meisten waren nicht das neue okkulte Zeug, zumeist das Werk von Scharlatanen und Schreiberlingen, die mal eben etwas schnelles Geld machen wollten, oder von naiven Selbstbetrügern, die nicht einmal die notwendigen wissenschaftlichen Voraussetzungen mitbrachten – Treibgut und Schaum auf der Flutwelle der Hexerei (gegenüber der Franz äußerst skeptisch war) –, sondern Bücher, die das Unheimliche auf einem indirekten Weg angingen, doch von einer weit solideren Basis aus. Er blätterte ein wenig in ihnen, aufmerksam und gutgelaunt, während er seinen dampfenden Kaffee trank. Da war Professor M. D. Nostigs *The Subliminal Occult*, jenes seltsame, äußerst skeptische Buch, das sämtliche Behauptungen der Parapsychologen zurückweist, aber dennoch einen Rest von Unerklärlichem feststellt; Montagues witzige und profunde Monographie *White Tape*, mit seiner These, daß die menschliche Zivilisation von ihren eigenen Akten, bürokratischen und anderen, erstickt und mumifiziert werde; kostbare, abgegriffene Exemplare dieser extrem raren, dünnen Bücher, die von ihren vielen Kritikern leidenschaftlich angegriffen und verrissen worden waren – *Ames et Fantômes de Douleur*, vom Marquis de Sade; und *Knochenmädchen im Pelz mit Peitsche* von Sacher-Masoch; Oscar Wildes *De Profundis* und *Suspiria de Profundis* (mit seinen drei ›Ladys of Sorrow‹) von Thomas de Quincey, diesem alten Opium-Esser und Metaphysiker, beides sehr alltägliche Bücher, die jedoch auf eine seltsame Art und nicht nur durch die Ähnlichkeit ihrer Titel miteinander verbunden waren; *Der Fall Mauritius* von Jakob Wassermann; Célines *Reise ans Ende der Nacht*; mehrere Exemplare von Bonewits' Zeitschrift *Gnostica*; *The Spider Glyph in Time* von Mauricio Santos-Lobos; und das monumentale *Sex, Death and Supernatural Dread*, von Mrs. Francis D. Lettland, Ph. B.

Eine ganze Weile an diesem Vormittag beschäftigte er sich beglückt mit der unheimlichen Wunderwelt, die aus den Seiten dieser Bücher vor seinen Augen entstand, und durch das Buch de Castries, durch das Tagebuch und durch seine klaren Erinnerungen an die seltsamen Erlebnisse des vergangenen Tages. Wirklich, die modernen Städte waren das größte Mysterium dieser Welt, und die Wolkenkratzer seine Kathedralen.

Als er das reimlose Gedicht ›Ladys of Sorrow‹ in *Suspiria* las, fragte er sich – nicht zum erstenmal –, ob die Schöpfungen de Quinceys irgend etwas mit dem Christentum zu tun hatten. Obwohl *Mater Lachrymarum*, Unsere Mutter der Tränen, der Name der ältesten Schwester, an *Mater Dolorosa* erinnert, und auch der der zweiten Schwester *Mater Suspiriorum*, Unsere Mutter der Seufzer – und selbst der der jüngsten, der schrecklichsten der Schwestern, *Mater Tenebrarum*, Unsere Mutter der Finsternis. (De Quincey hatte die Absicht gehabt, ein ganzes Buch über sie zu schreiben, *Das Reich der Finsternis*, dieses Vorhaben offensichtlich jedoch nicht durchgeführt – das wäre ein wunderbares Thema gewesen!) – Nein, ihre geistigen Vorfahren waren in der Welt der Klassik zu suchen (sie waren Parallelen zu den drei Schicksalsgöttinnen und den drei

Furien), und sie selbst entsprangen den Labyrinthen des drogenerweiterten Bewußtseins dieses englischen Laudanum-Trinkers.

Inzwischen verfestigten sich Franz' Pläne, wie er den heutigen Tag verbringen wollte, und seine Vorhaben versprachen Freude und Befriedigung. Als erstes wollte er versuchen, die Geschichte dieses anonymen Gebäudes, 811 Geary Street, festzustellen. Und das war nicht nur ein eigenes Anliegen; Cal und Gun waren auch daran interessiert. Als nächstes würde er wieder auf die Corona Heights hinaufsteigen, um festzustellen, ob es wirklich das Fenster seines Zimmers gewesen war, das er von dort aus gesehen hatte. Irgendwann am Nachmittag wollte er dann Jaime Donaldus Byers besuchen (vorher anrufen), und dann, am Abend, natürlich Cals Konzert.

Er blinzelte und blickte umher. Trotz des offenen Fensters war der Raum voller Qualm. Sorgfältig drückte er seine Zigarette auf dem Rand des überquellenden Aschenbechers aus.

Das Telefon klingelte. Es war Cal, die ihn zu einem späten Frühstück einlud.

13

Als Cal ihm öffnete und in der offenen Tür stand, sah sie so reizend und jung aus – sie trug ein grünes Kleid und hatte ihr Haar zu einem langen Pferdeschwanz zusammengerafft – daß er sie an sich drücken und küssen wollte. Doch sie hatte noch immer diesen in sich gekehrten, nachdenklichen Gesichtsausdruck: ›Bewahren für Bach‹.

»Hallo, Franz«, begrüßte sie ihn. »Ich habe wirklich zwölf Stunden geschlafen, wie ich es euch angekündigt hatte. Gott war mir gnädig. Macht es dir etwas aus, daß es wieder Eier gibt? Es ist ja eigentlich schon bald Zeit fürs Mittagessen. Gieß dir Kaffee ein.«

»Mußt du heute wieder üben?« fragte er mit einem Blick auf die Tastatur des elektronischen Klaviers.

»Ja, aber nicht darauf. Heute nachmittag drei oder vier Stunden mit der Konzertharfe. Und ich muß sie auch noch stimmen.«

Er trank seinen Kaffee und beobachtete die Poesie der Bewegung, als sie verträumt Eier in die Pfanne schlug, ein unbewußtes Ballett von rinnendem Eiweiß und schlanken Fingern. Er stellte fest, daß er sie mit Daisy verglich, und, amüsanterweise, auch mit seinem ›Studentenliebchen‹. Cal und die letztere waren beide schlank, beide irgendwie intellektuelle, stille Typen, zweifellos von der Weißen

Göttin berührt, verträumt, aber diszipliniert. Auch Daisy war von der Weißen Göttin berührt worden, eine Dichterin, und ebenfalls diszipliniert; sie hatte sich intakt gehalten – für Gehirnkrebs. Er verdrängte den Gedanken sofort.

Doch ›weiß‹ war zweifellos Cals Adjektiv; keine Herrin der Dunkelheit, keine Mutter der Finsternis, sondern eine Herrin des Lichts und in ewiger Opposition zu der anderen, das Yang zu seinem Yin, Ormadz zu seinem Ahriman – ja, bei Robert Ingersoll!

Und sie sah wirklich wie ein Schulmädchen aus, ihr Gesicht eine Maske fröhlicher Unschuld und guten Betragens. Doch dann erinnerte er sich an sie, als sie ihr erstes Konzert gespielt hatte. Er hatte seitlich von ihr gesessen, so daß er ihr Profil vor Augen hatte. Wie durch plötzliche Magie war sie zu jemandem geworden, den er noch nie zuvor gesehen hatte, und er war sich ein paar Sekunden lang nicht sicher gewesen, ob er das überhaupt wollte. Sie hatte ihr Kinn an den Hals gedrückt, ihre Nüstern waren gebläht, ihr Auge war all-sehend und unbarmherzig geworden, ihre Lippen waren hart aufeinandergepreßt, und die herabgezogenen Mundwinkel gaben ihrem Gesicht einen bösen, fast grausamen Ausdruck, wie dem einer autoritären Schulmeisterin, so als ob sie sagen wollte: ›Jetzt hört mal her, all ihr Geigen, und auch Sie, *Mister* Chopin. Entweder ihr tut, was ich euch sage, oder...!‹ Es war der verbissene Gesichtsausdruck einer jungen Profi-Künstlerin.

»Iß sie, solange sie heiß sind!« murmelte Cal, als sie einen Teller mit Eiern vor ihn stellte. »Hier ist Toast.«

Und nach einer Weile fragte sie: »Wie hast du geschlafen?«

Er erzählte ihr von den Sternen.

»Ich bin froh, daß du die Sterne verehrst«, sagte sie.

»Ja, das stimmt irgendwie«, mußte er zugeben. »Sankt Kopernikus, auf jeden Fall, und Isaak Newton.«

»Mein Vater hat auch bei denen geschworen«, sagte sie ihm. »Und einmal sogar bei Einstein, erinnere ich mich. Ich habe auch damit angefangen, aber meine Mutter hat es mir ausgeredet. Sie hielt es für zu jungenhaft.«

Franz lächelte. Er sprach nicht von seiner heutigen Lektüre oder den Ereignissen des gestrigen Tages; sie erschienen ihm als unpassende Themen für diese Stunde.

Es war Cal, die sagte: »Ich finde, Saul war gestern abend sehr nett. Ich mag die Art, wie er mit Dorotea flirtet.«

»Es macht ihm Spaß, so zu tun, als ob er sie schockieren wolle.«

»Und ihr macht es Spaß, so zu tun, als ob sie schockiert wäre«, antwortete Cal. »Ich denke, ich werde ihr zu Weihnachten einen Fächer schenken, nur um das Vergnügen zu haben, sie damit umgehen zu sehen. Aber ich bin mir nicht sicher, ob ich Saul bei Bonita trauen kann.«

»Was? Unserem guten, alten Saul?« fragte er, mit nur halb gespieltem Erstaunen. Eine Erinnerung kam zurück, lebendig und bedrückend, an das Lachen, das er gestern morgen im Treppenhaus gehört hatte, an ein Lachen, vibrierend von intimer Berührung und Kitzeln.

»Die Menschen haben überraschende Seiten«, sagte sie sachlich. »Du bist sehr frisch und unternehmungslustig heute morgen. Fast übermütig, wenn du nicht Rücksicht auf meine Stimmung nehmen würdest. Aber unter dieser Oberfläche bist du nachdenklich. Was hast du heute vor?«

Er sagte es ihr.

»Klingt gut. Ich habe gehört, daß Byers Wohnung ziemlich spukhaft sein soll. Oder vielleicht haben sie exotisch gemeint. Und ich würde wirklich gerne wissen, was ›607 Rhodes‹ bedeutet. Und auch die Geschichte dieses Gebäudes erfahren, genau wie Gun. Das wäre faszinierend. Aber jetzt mußt du mich entschuldigen. Ich muß mich fertigmachen.«

»Sehe ich dich noch vor dem Konzert? Soll ich dich begleiten?« fragte er, als er aufstand.

»Nein, nicht vorher«, sagte sie nachdenklich. »Aber nach dem Konzert.« Sie lächelte ihn an. »Ich bin erleichtert, daß du kommst. Paß auf dich auf, Franz!«

»Du auch, Cal.«

»Warte.« Sie trat auf ihn zu, das Gesicht erhoben, und noch immer lächelnd. Er legte seine Arme um sie, bevor sie sich küßten. Ihre Lippen waren sanft und kühl.

14

Eine Stunde später informierte ein freundlicher, junger Mann im Katasteramt Franz, daß 811 Geary Street offiziell Block 320, Liegenschaft 23 dieser Provinz sei.

»Wenn Sie etwas von seiner früheren Geschichte wissen wollen, müssen Sie zum Büro des Finanz-Syndikus gehen. Dort weiß man über solche Sachen Bescheid, weil sie sich um die Steuern kümmern.«

Franz ging den weiten, hallenden Marmor-Korridor entlang zum Büro des Finanz-Syndikus, das auf der anderen Seite neben dem

Eingang des Rathauses lag. Die beiden großen Wächter und Idole der Bürger, dachte er: Papiere und Geld.

Eine verbittert wirkende Frau mit ergrauendem rotem Haar sagte ihm: »Als nächstes müssen Sie zum Büro für Baugenehmigungen gehen, das ist im Nebengebäude des Rathauses auf der anderen Straßenseite, etwa zweihundert Meter linker Hand, und dort feststellen, wann ein Antrag auf eine Baugenehmigung für dieses Grundstück gestellt worden ist. Wenn Sie mir diese Information bringen, kann ich Ihnen weiterhelfen. Es dürfte nicht allzu schwierig sein. Sie müssen nicht sehr weit zurückgehen. Alles in dieser Gegend wurde 1906 zerstört.«

Franz tat, was die Frau ihm gesagt hatte, und dachte, daß dies alles nicht nur zu einer Fantasia, sondern zu einem Ballett von Gebäuden wurde. Das bescheidene Vorhaben, die Geschichte nur eines einzigen Gebäudes zu recherchieren, hatte ihn dazu gezwungen, eine Art höfisches Menuett zu tanzen. Zweifellos war dieser Rundlauf dazu angelegt worden, um das lästige Publikum zu entmutigen und zum Aufgeben zu bringen. Aber er würde es ihnen zeigen! Die Energie und Unternehmungslust, die Cal an ihm heute festgestellt hatte, waren noch immer unverbraucht.

Ja, ein nationales Ballett aller Gebäude, der großen und der kleinen, der Wolkenkratzer und Hütten, die sich alle erhoben und für eine Weile unsere Straßen und Gassen heimsuchten und schließlich in sich zusammenfielen, sei es durch ein Erdbeben oder durch andere Ursachen, zu der Melodie von Eigentum, Geld und Akten, gespielt von einem Symphonie-Orchester, das aus Millionen von Schreibern und Bürokraten bestand, von denen jeder sein bißchen von der unendlichen Partitur ernsthaft ablas und spielte, von der Partitur, die schließlich, wenn die Gebäude zusammenfielen, in Aktenvernichtungsmaschinen geschoben werden würden, die in langen Reihen nebeneinander standen wie die Streichergruppe eines Orchesters, doch es waren keine Stradivaris, sondern Shredmasters. Und über alles rieselte der Papierschnee.

Im Nebengebäude des Rathauses, einem nüchternen Zweckbau mit niedrigen Decken, war Franz angenehm überrascht (und sein Zynismus wurde ziemlich plattgedrückt), als ein dicklicher, junger Chinese, nachdem Franz ihm die rituelle Formel von Block- und Liegenschafts-Nummer gegeben hatte, ihm innerhalb von zwei Minuten ein zusammengefaltetes, altes Formblatt reichte, das mit altersbraun gewordener Tintenschrift ausgefüllt war und mit den Worten begann: ›Antrag zur Errichtung eines siebenstöckigen Ziegelgebäudes mit Stahlrahmen auf der Südseite von Gary Street, 25 Fuß westlich von Hyde Street; Kostenvoranschlag: $ 74 870 000,–, vorgesehener Verwendungszweck: Hotel‹ – und endete: ›eingereicht am 15. Juli 1925.‹

Sein erster Gedanke war, daß Cal und die anderen erleichtert sein würden, wenn sie hörten, daß ihr Gebäude anscheinend einen Stahlrahmen hatte – es war eine Frage gewesen, über die sie sich bei Spekulationen über die Möglichkeit und die Folgen von Erdbeben Gedanken gemacht und auf die sie keine befriedigende Antwort gefunden hatten. Sein zweiter war, daß die Datumsangabe das Gebäude fast enttäuschend jung machte – es gehörte zum San Francisco von Dashiell Hammett... und Clark Ashton Smith. Aber dennoch: die großen Brücken hatte es damals noch nicht gegeben; ihre Aufgabe wurde damals noch von Fähren erledigt. Fünfzig Jahre waren immerhin ein respektables Alter.

Er schrieb die meisten der brauntintigen Eintragungen in sein Notizbuch, gab dem rundlichen, jungen Chinesen den Antrag zurück und ging zum Büro des Finanz-Syndikus zurück. Die rothaarige Frau trug ihre Verbitterung anderswo spazieren, und zwei alte Männer, die beide hinkten, nahmen seine Informationen mit unverhohlener Skepsis entgegen, ließen sich aber schließlich dazu herab, einen Computer zu konsultieren. Dabei witzelten sie darüber, ob er wohl funktionieren würde oder nicht, behandelten das etwas unheimliche Gerät aber dennoch mit großem Respekt.

Einer der Greise drückte ein paar Knöpfe und blickte auf einen Bildschirm, der dem Publikum unsichtbar blieb. »Jawoll, Baugenehmigung am 9. September 1925 erteilt, 1926 erbaut, im Juni fertiggestellt.«

»Es sollte als Hotel verwendet werden«, sagte Franz. »Könnten Sie mir den Namen des Hotels sagen?«

»Dazu müssen Sie ein Adreßbuch jener Zeit konsultieren. Unsere gehen nicht so weit zurück. Versuchen Sie es doch in der Stadtbücherei auf der anderen Seite des Platzes.«

Gehorsam überquerte Franz die weite, graue Fläche, die von kleinen, einzelstehenden, dunkelgrünen Bäumen, mehreren sprudelnden Springbrunnen und zwei langen, schmalen Seen aufgelockert wurde. Auf allen vier Seiten des Platzes standen pompöse Amtsgebäude, die meisten von ihnen kantig und gesichtslos, nur der Hauptbau des Rathauses mit seiner patinagrünen Kuppel und das Gebäude der Stadtbücherei waren etwas dekorativer gestaltet, letzteres mit eingelassenen Tafeln, auf denen Namen großer amerikanischer Denker und Schriststeller eingemeißelt waren, darunter auch der von Poe (eins zu null für uns!). Einen Block weiter nördlich erhob sich das dunkel-strenge und kompromißlos moderne, nur aus Glasfronten bestehende Federal Building wie ein wachsamer großer Bruder.

Franz fühlte sich siegessicher – und auch ein bißchen vom Glück gesegnet – und beeilte sich. Er hatte heute noch eine Menge vor, und die hochstehende Sonne sagte ihm, daß es schon ziemlich spät war. Nachdem er die Schwingtür passiert hatte, drängte er sich durch ein Gewimmel von verbissen aussehenden jungen Frauen mit Hornbrillen, Kindern, zottigen Hippies und verschrobenen, alten Männern (alles typische Leser), gab zwei Bücher zurück, die er sich ausgeliehen hatte, und fuhr mit dem Lift in den dritten Stock hinauf. In dem stillen, fast eleganten San Francisco-Raum flüsterte ihm eine gepflegt wirkende Frau zu, daß die Adreßbücher von San Francisco nur bis 1918 zurückreichten und er sie im Haupt-Katalograum im zweiten Stock finden würde, neben den Telefonzellen.

Franz fühlte sich ein wenig entmutigt, weil er das Gefühl hatte, wieder auf einen Rundlauf geschickt zu werden, als er die Treppe hinabstieg und den großen Raum mit seiner zwei Stockwerke hohen Decke betrat. Im vergangenen und in den frühen Jahren dieses Jahrhunderts waren Bibliotheken im selben Stil erbaut worden wie Banken und Bahnhöfe: pompös und hochmütig. In einer Ecke, die von hohen Bücherregalen abgeteilt wurde, fand er die Bände, nach denen er suchte. Er griff nach dem Adreßbuch mit der Jahreszahl 1926, zog aber dann das von 1927 heraus. Dort mußte das Hotel bestimmt verzeichnet sein – falls es dieses Hotel tatsächlich gegeben hatte. Es würde ihn einige Mühe kosten, es zu suchen, wußte er, da er alle Hotel-Adressen überprüfen mußte (die vielleicht durch Straßenkreuzungen angegeben sein mochten, und nicht durch Hausnummern), und vielleicht auch die der Apartment-Hotels.

Bevor er sich mit dem Buch an einen der Tische setzte, blickte er auf seine Armbanduhr. Mein Gott, es war später, als er angenommen hatte. Wenn er sich nicht sehr beeilte, würde er erst auf den Corona Heights sein, wenn das Gebäude zwischen den beiden Hochhäusern bereits im Schatten lag, und dann war es zu spät für das Experiment, das er vorhatte. Und Nachschlagewerke wie diese Adreßbücher wurden nicht ausgeliehen.

Er brauchte nur zwei Sekunden, um zu einem Entschluß zu kommen. Nach einem raschen aber gründlichen Blick durch den Raum, mit dem er sich davon überzeugte, daß ihn in diesem Augenblick niemand beobachtete, steckte er das Adreßbuch in seine Aktentasche, ging zur Tür und nahm im Vorbeigehen zwei Taschenbücher aus einem der Drehständer, die an verschiedenen Stellen des Raums standen. Dann schritt er ruhig und gemessen die breite Marmortreppe hinab, deren Dimensionen als Kulisse eines römischen Film-Epos ausgereicht hätten, und hatte das Gefühl, als ob alle Augen auf ihn gerichtet wären, obwohl er wußte, daß er sich das nur einbildete.

Er trat zum Ausleihtisch, ließ die beiden Taschenbücher registrieren und steckte sie so auffällig, wie es ihm nur möglich war, in seine Aktentasche. Dann verließ er das Gebäude, ohne den Türwächter anzusehen, der niemals Aktentaschen oder andere Behältnisse kontrollierte, wie Franz wußte, wenn er gesehen hatte, daß der Besucher Bücher am Ausleihtisch hatte registrieren lassen.

Franz tat so etwas nur sehr selten, doch die Versprechen des heutigen Tages schienen solche kleinen Risiken zu rechtfertigen.

Er erwischte einen 19-Polk, der gerade einfuhr. Als er einstieg, sagte er sich ein wenig selbstgefällig, daß er jetzt erfolgreich zu einem von Sauls Kleptomanen geworden war.

Hei-ho für ein zwanghaftes Leben!

15

Als er wieder in seinem Apartment war, sah er sich flüchtig im Zimmer um (keine Post), und blickte dann zum Fenster, das er wie immer gekippt hatte, um frische Luft hereinzulassen. Dorotea hatte recht. Ein schlanker, durchtrainierter Mensch konnte ohne große Schwierigkeiten hereinkriechen. Er schloß es. Dann lehnte er sich aus dem kleinen Fenster, das in den Lüftungsschacht führte und blickte in alle Richtungen, zuerst nach links und rechts, dann nach oben (ein Fenster wie dieses, darüber das Dach), und nach unten (zwei Etagen tiefer Cals Fenster, darunter der Boden des Schachts, auf dem sich im Lauf der Jahre eine dicke Schicht Unrat angesammelt hatte, der in den Schacht gefallen oder hineingeworfen worden war). Es gab keine Möglichkeit, sein Fenster zu erreichen, es sei denn, daß jemand sich vom Dach abseilte oder eine sechs Stockwerk hohe Leiter in den Lüftungsschacht brachte. Aber er stellte fest, daß sein Badfenster nur etwa einen Meter vom Fenster des Nachbarapartments entfernt war.

Er schloß und verriegelte es.

Dann nahm er die schwarze, spinnenartige Skizze des Fernsehturms, die vor allem aus hellrotem, fluoreszentem Hintergrund bestand, von der Wand und befestigte sie mit Keilen und starken Reißzwecken, die rote Seite nach außen, im Zimmerfenster. So! Das würde vom Gipfel der Corona Heights klar zu sehen sein und sein Fenster einwandfrei identifizieren.

Er zog einen leichten Pullover unter seine Jacke (es schien heute etwas kühler zu sein als gestern) und steckte ein zweites Päckchen Zigaretten ein. Er nahm sich nicht die Zeit, ein Sandwich zu machen (schließlich hatte er vorhin bei Cal *zwei* Scheiben Toast gegessen). Im letzten Augenblick erinnerte er sich daran, sein Fernglas und den Stadtplan in die Taschen zu stecken, und schließlich nahm er auch noch das Journal von Smith mit; vielleicht brauchte er es bei seinem Gespräch mit Byers, um etwas nachzulesen. (Er hatte den Mann angerufen, bevor er aus dem Haus gegangen war, und hatte eine typisch vage und unverbindliche Einladung bekommen, doch irgendwann am späten Nachmittag vorbeizukommen und auch zu der kleinen Party zu bleiben, die er an diesem Abend geben würde. Einige der Gäste würden kostümiert kommen, doch sei das nicht obligatorisch.)

Bevor er das Zimmer verließ, legte er das Adreßbuch von 1927 auf die Stelle der rechten Bettseite, wo sich der Bauch seines ›Studentenliebchens‹ befand, strich mit der Hand flüchtig darüber und sagte grinsend: »So, Liebling, jetzt habe ich dich zur Hüterin von Diebesgut gemacht. Aber mach dir keine Sorgen, ich werde es zurückgeben.«

Dann verließ er ohne weiteres Zeremoniell sein Apartment, drehte den Schlüssel zweimal herum, fuhr ins Erdgeschoß und trat in den Wind und das helle Sonnenlicht hinaus.

Als er die Straßenkreuzung erreichte, sah er keinen Bus kommen und beschloß, den kurzen Weg bis Market Street zu Fuß zu gehen. In Ellis Street nahm er sich ein paar Sekunden Zeit, um seinen Lieblingsbaum in San Francisco zu betrachten (anzubeten?): eine sechs Stockwerke hohe Kerzenkiefer, die von dünnen, starken Drähten gesichert wurde und ihre grünen Finger über eine braune, gelbumrandete Holzwand streckte, die zwischen zwei Hochhäusern auf einem freien Grundstück stand, das die Baulöwen aus irgendeinem Grund bis jetzt übersehen hatten.

Einen Häuserblock weiter sah er den Bus kommen und stieg ein: es würde ihm eine Minute einsparen. Als er in Market Street auf den N-Judah-Wagen umstieg, fuhr er erschrocken zusammen und mußte rasch zur Seite treten, als ein bleichgesichtiger Betrunkener in einem verdreckten, fahlgrauen Anzug und ohne Hemd auf ihn zutorkelte und anscheinend dasselbe Ziel hatte wie er. ›Ohne die Gnade Gottes wäre auch ich in diesem Zustand‹, dachte er und verdrängte diese Vorstellung so rasch, so wie er am Morgen bei Cal die Gedanken an die tödliche Krankheit Daisys verdrängt hatte.

Er verbannte alle düsteren Vorstellungen so gründlich aus seinem Bewußtsein, daß der alte Bus, der im hellen Sonnenlicht die Market Street und dann Duboce Street hinauffuhr, ihm wie der Triumphwagen eines siegreichen römischen Feldherrn vorkam. (Sollte er einen Sklaven an seiner Seite haben, der ihn mit leiser Stimme ständig daran erinnerte, daß er sterblich sei? Ein reizvoller Gedanke.) Beim Tunneleingang stieg er aus und ging zu Fuß weiter, die steile Duboce Street hinauf. Sie kam ihm heute allerdings weniger steil vor als am Vortag, aber das mochte daran liegen, daß er sich heute frischer und kräftiger fühlte. (Und es war ohnehin immer leichter, aufzusteigen, als abwärts zu klettern – vorausgesetzt, man hatte genug Luft – behaupteten die Bergexperten). Die Gegend sah ausgesprochen gepflegt und friedlich aus.

Am oberen Ende der Straße sah er ein junges Paar, das Hand in Hand auf die Schatten und die grüne Dämmerung des Buena Vista-Parks zuging. Warum war ihm der Park gestern so düster und bedrohlich erschienen? Eines Tages würde er ihren Spuren zu dem bewaldeten Hügel des Parks folgen. Vielleicht mit Cal und den anderen – das Picknick, das Saul angeregt hatte.

Doch heute hatte er etwas anderes vor, eine sehr dringende Angelegenheit. Er warf einen Blick auf seine Uhr, ging rasch weiter und nahm sich kaum Zeit, ein paar Sekunden lang stehenzubleiben und den herrlichen Anblick des bizarr gezackten Gipfels zu genießen. Wenig später trat er durch die kleine Gattertür in dem hohen Drahtzaun und ging über die grüne Wiese unterhalb der kahlbraunen Hänge, die zum Gipfel der Corona Heights führten. Rechts von ihm veranstalteten zwei kleine Mädchen eine Art Puppen-Party im hohen Gras. Es waren dieselben Mädchen, die tags zuvor auf dem Gipfel herumgetollt hatten! Und nun sah er auch den zottigen Bernhardiner, der ein Stück entfernt ausgestreckt im Gras lag, neben einer jungen Frau in ausgeblichenen Jeans, die seinen dichtbehaarten Nacken kraulte, während sie ihr langes, blondes Haar kämmte.

Links von den Mädchen lagen zwei Dobermänner – auch dieselben, die ihn tags zuvor angeknurrt hatten! – neben einem jungen Paar, das sich im Gras ausgestreckt hatte. Franz lächelte den beiden zu, und der Mann lächelte zurück und winkte ihm zu. Es war wirklich das Dichter-Klischee ›eine idyllische Szene‹. So ganz anders als gestern. Jetzt kam ihm Cals Feststellung über die dunklen psionischen Kräfte kleiner Mädchen reichlich übertrieben vor.

Er wäre gerne etwas geblieben, doch die Zeit drängte. Ich muß zu Taffys Haus gehen, dachte er mit einem amüsierten Grinsen. Er stieg den steilen, mit Steinen und Geröll bedeckten Hang hinauf – er war nicht allzu steil! – und mußte nur einmal eine kurze Pause einlegen, um seinen Atem zu beruhigen. Über die Schulter hinweg sah er die hohe, schlanke Gestalt des Fernsehturms, die Farben frisch und hell, wie das Make-up einer brandneuen Hure. (Entschuldige, Göttin!) Er fühlte sich ein wenig verrückt.

Als er die Corona erreichte, bemerkte er etwas, das er gestern übersehen hatte. Mehrere der Felsen waren, zumindest auf der ihm zugekehrten Seite, mit dunklen und hellen Farben aus Sprühdosen besudelt worden; es mußte vor geraumer Zeit geschehen sein, da die Farben stark verblichen und teilweise verlaufen waren. Es waren nur wenige Namen und Daten, eher zumeist simple Symbole: schiefe, fünf- und sechszackige Sterne, Mondsicheln, eine Sonne, Dreiecke und Quadrate. Und ein recht bescheidener Phallus neben einem Zeichen, das aussah wie zwei ineinander verschlungene Klammern – sowohl Yoni als auch Lingam. Er mußte – wieso eigentlich? – an de Castries' Grand Cipher denken. Ja, stellte er grinsend fest, hier waren Symbole, die sowohl astrologisch als auch astronomisch sein konnten. Jene Kreise mit Kreuzen und Pfeilen: Venus und Mars. Und diese gehörnte Scheibe könnte Taurus, das Sternbild des Stiers, bedeuten.

Du hast wirklich einen eigenartigen Geschmack für die Dekoration deines Hauses, Taffy, sagte er sich. Und jetzt will ich mal sehen, ob du meinen Markknochen stiehlst.

Die Verzierung von Felsen und Hauswänden mit dem Inhalt von Spraydosen war in diesem progressiven, jugendorientierten Zeitalter eine Standardpraxis – und dies hier lediglich Graffiti der Berge. Aber er erinnerte sich, daß der Schwarze Magier Aleister Crowley zu Anfang dieses Jahrhunderts einen ganzen Sommer damit verbracht hatte, seine Axiome mit riesigen, roten Versalien an die Hudson Palisaden zu pinseln:

TU WAS DU WILLST IST DAS EINZIGE GEBOT

und

JEDER MANN UND JEDE FRAU IST EIN STAR

um New Yorker auf den Flußbooten zu schockieren und aufzuklären. Mit einem Anflug von Perversion fragte er sich, wie so ein fröhliches, aufgesprühtes Graffiti auf den unheimlichen, felsengekrönten Hügeln in Lovecrafts *Whisperer in Darkness* und *Dunwich Horror* gewirkt hätte, oder in *At the Mountains of Madness*, wo alle Berge die Dimensionen des Mount Everests hatten, oder auch in Leibers *A Bit of the Dark World*.

Er fand den Stein wieder, auf dem er tags zuvor gesessen hatte, und nahm sich Zeit für eine Zigarette, um seinen Atem zu beruhigen und seine Muskeln und Nerven zu entspannen, obwohl er darauf fieberte, sich zu versichern, daß das Sonnenlicht den schmalen Spalt zwischen den beiden Hochhäusern noch nicht erreicht hatte; aber er war ziemlich sicher, daß er noch etwas Zeit hatte, wenn auch nicht mehr viel.

Es schien heute noch klarer und sonniger als gestern zu sein. Der kräftige Westwind hatte die Nebel vertrieben und sogar das grünliche Smogkissen, das sonst ständig über San Jose hing, aufgelöst. Die niedrigen Berge jenseits der East Bay Städte und nördlich von Marin County waren klar zu erkennen. Die Brücken wirkten scharf und hell.

Selbst das Meer der Dächer kam ihm heute freundlich und ruhig vor. Er mußte daran denken, was für ein Gewimmel von Leben es beschützte, mehr als siebenhunderttausend, und eine noch größere Zahl arbeitete unter diesen Dächern – ein Maßstab dafür, welche Massen von Menschen Tag für Tag aus den Vorstädten nach San Francisco hereinkamen, über die Brücken und die Autobahnen, und mit der BART durch die Tunnel unter den Wassern der Bay.

Ohne den Feldstecher zu benutzen, entdeckte er den Spalt zwischen den beiden Hochhäusern, in dem sein Fenster lag – es war jetzt voller Sonnenlicht – und hob das Fernglas vor die Augen. Er machte sich nicht die Mühe, den Lederriemen um den Hals zu legen, seine Hand war heute ruhig. Ja, deutlich erkannte er das fluoreszierende Rot, das das ganze Fenster zu füllen schien, obwohl es nur eins der vier Glasquadrate bedeckte. Er glaubte fast, die Zeichnung erkennen zu können – aber das war natürlich Unsinn.

So viel für Guns (und seine eigenen) Zweifel, ob er gestern das richtige Fenster beobachtet hatte! Es war jedoch seltsam, daß der menschliche Verstand sogar an sich selbst zweifelte, um ungewöhnliche und unkonventionelle Dinge wegzuleugnen, die er klar und deutlich erkannt hatte. Er setzte einen zwischen zwei Stühle, der menschliche Verstand.

Aber die Sicht war heute außergewöhnlich gut. Wie klar sich der fahlgelbe Coit Tower auf dem Telegraph Hill – einst Friscos höchstes Gebäude, jetzt ein Zwerg – gegen das Blau der Bay abhob. Und der fahlblaue, vergoldete Globus des Columbus Tower – ein per-

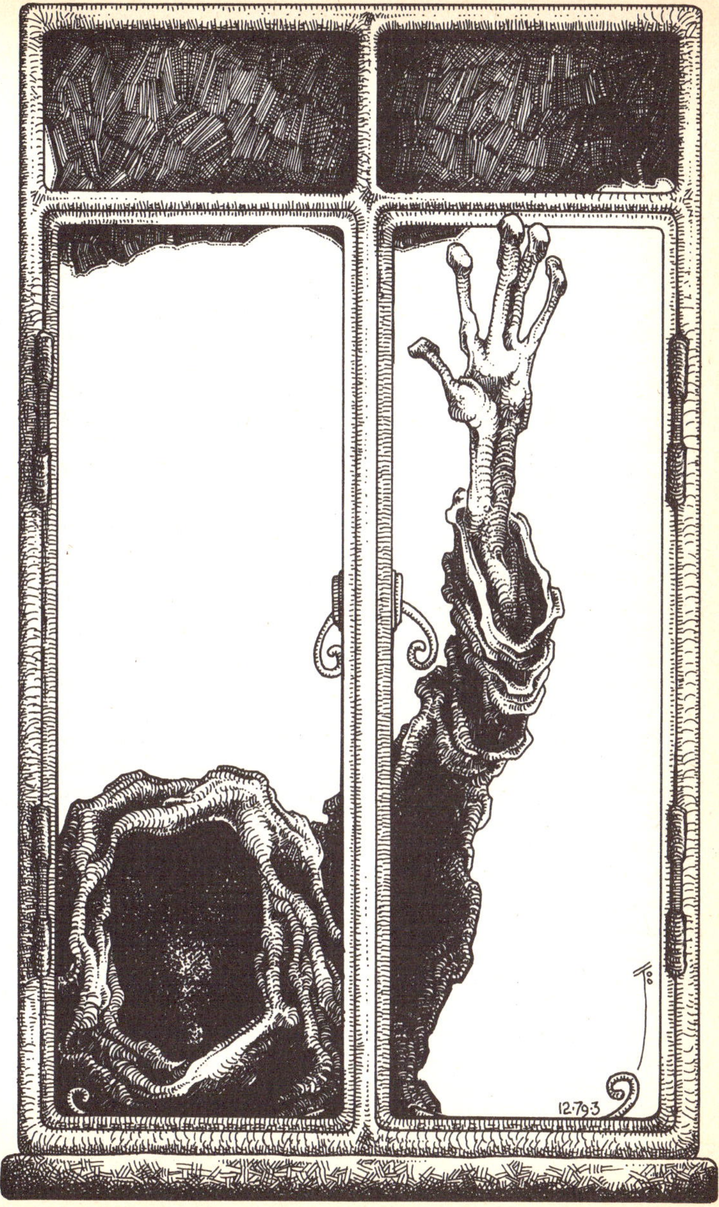
12·79·3

fektes, antikes Juwel vor den ordentlich aufgereihten Fensterschlitzen der Transamerica Pyramide, die wie Perforationen in einer Lochkarte wirkten. Und die hohen gerundeten Fenster im Heck des schiffsrumpfförmigen alten Hobarts Buildings, das wie die reichverzierte Admiralskajüte auf dem Quarterdeck einer Galeone aussah und scharf mit den harten, vertikalen Aluminium-Linien des neuen Wells-Fargo Buildings kontrastierte, das hinter ihm zum Himmel aufragte wie ein interstellares Raumschiff auf der Startrampe. Er schwenkte den Feldstecher ein wenig nach links und stellte dabei den Fokus nach.

Dann warf er wieder einen Blick auf sein Fenster in dem Spalt zwischen den beiden Hochhäusern, bevor die Schatten es verschluckten. Vielleicht konnte er die Zeichnung wirklich erkennen, wenn er den Fokus sehr sorgfältig adjustierte.

Als er das Fenster im Blickfeld hatte und behutsam an dem gerändelten Knopf der Feineinstellung drehte, sah er, wie das rechteckige Stück fluoreszenten Kartons plötzlich weggerissen wurde. Eine fahlbraune Gestalt erschien in seinem Fenster und winkte ihm mit langen, dünnen Armen zu. Franz sah die vagen Umrisse eines Gesichts unter den erhobenen, fuchtelnden Armen, eine fahle Maske, schmal wie das Gesicht eines Frettchens, ein langgezogenes Oval, leer und anonym, mit zwei seitlichen Auswüchsen, die die Ohren eines Menschen sein konnten, und einem anderen an dem spitz zulaufenden Kinn... keine Schnauze... nein, ein kurzer Rüssel... *ein suchender, tastender Mund, der aussah, als ob er zum Aussaugen von Knochenmark geschaffen worden wäre. Und dann griff das paramentale Wesen durch die Gläser des Feldstechers nach seinen Augen.*

16

Im nächsten Augenblick des Bewußtwerdens hörte Franz ein hohles Poltern und ein leises Klirren, und er starrte mit nackten Augen auf das dunkle Meer der Dächer und versuchte, irgendwo eine fahlbraune Gestalt zu entdecken, die ihn über die Dächer hinweg verfolgte und jede sich bietende Deckungsmöglichkeit nutzte: einen Schornstein und seine Kappe, eine Kuppel, einen Wassertank, ein Penthaus, sei es groß oder winzig, die Randmauern eines Flachdaches, die Umfassung eines Lüftungsschachts. Sein Herz schlug hart, und sein Atem ging in raschen Stößen.

Seine aufgescheuchten Gedanken flogen in eine andere Richtung, und er starrte auf die Hänge in seiner unmittelbaren Umgebung und die Deckungen, die sie boten. Wer konnte wissen, wie schnell ein Paramentaler sich bewegen konnte. Mit dem Tempo eines Geparden? Mit Schallgeschwindigkeit? So schnell wie das Licht? Er konnte längst hier auf dem Gipfel sein. Franz sah sein Fernglas am Fuß eines Felsens liegen, gegen den er es geschleudert hatte, als er mit einer konvulsivischen Bewegung die Hände vorgestreckt hatte, um das Ding von seinen Augen fernzuhalten.

Er blickte zu der grünen Wiese hinab. Die beiden kleinen Mädchen waren verschwunden, und auch ihre Betreuerin, und das junge Paar, und die drei Hunde. Doch während er das feststellte, sah er einen großen Hund (einen der Dobermänner? Oder etwas anderes?) auf sich zutraben und hinter einem breiten Felsen am unteren Teil des Hanges verschwinden. Er hatte vorgehabt, in dieser Richtung den Hang hinabzulaufen, aber nicht, wenn dieser Hund (und welche anderen? und was sonst?) sich dort herumtrieben. Es gab zu viel Deckung auf dieser Seite der Corona Heights.

Er stellte sich auf den Stein, auf dem er vorher gesessen hatte, zwang sich zur Ruhe und blickte zwischen zusammengepreßten Lidern hindurch auf das Dächermeer hinab, bis er den Spalt gefunden hatte, in dem sein Fenster lag. Es war jetzt in tiefem Schatten, und selbst mit dem Fernglas wäre er nicht in der Lage gewesen, irgendwelche Einzelheiten zu erkennen.

Er kletterte vorsichtig zu dem Felsen hinab, warf einen raschen Blick dahinter, hob sein zerbrochenes Fernglas auf und rammte es in die Tasche. Das zerbrochene Glas von Linsen oder Prismen klirrte ein wenig, und dieses leise Geräusch war ihm genauso unangenehm wie das Knirschen von Geröll unter seinen Füßen. So etwas konnte seinen Standort verraten.

Eine einzige Sekunde des Bewußtwerdens konnte das Leben eines Menschen nicht so grundlegend verändern, nicht wahr? Aber es war geschehen.

Er versuchte, seine Realitäten in den Griff zu bekommen, ohne sich eine Blöße zu geben. Zunächst einmal gab es keine paramentalen Wesen, sie waren lediglich Teil von de Castries' Pseudowissenschaft aus dem Jahr 1890. Aber er hatte eins *gesehen*, und, wie es Saul gesagt hatte, gab es keine Realität außer den unmittelbaren Empfindungen eines Individuums: Sehen, Hören, Schmerz – *das* war wirklich. Verleugne deinen Verstand, verleugne deine Empfindungen, und du verleugnest die Realität. Und selbst der Versuch einer Rationalisierung ist schon ein Verleugnen. Doch gibt es natürlich auch falsche Empfindungen, optische und andere Illusionen...

Also wirklich! Versuch doch mal, einem Tiger, der dich anspringt, zu erklären, daß er eine Illusion ist! Das läßt nur Halluzinationen übrig, und, natürlich, Irrsinn. Teile der inneren Realität... und wer kann sagen, wie weit die innere Realität reicht? Wie Saul es ausgedrückt hatte: ›Wer würde schon einem Verrückten glauben, wenn er behauptet, gerade einen Geist gesehen zu haben? Innere oder äußere Realität? Wer kann das bestimmen?‹ Auf jeden Fall, sagte sich Franz, mußte er sich immer wieder vor Augen halten, daß er jetzt vielleicht verrückt war – ebenfalls ohne sich auch bei dieser Sache die geringste Blöße zu geben!

Und während diese Gdanken durch seinen Kopf gingen, eilte er wachsam, vorsichtig und doch ziemlich schnell den Hang hinab, wobei er sich etwas abseits des geröllübersäten Pfades hielt, um weniger Geräusch zu verursachen. Immer wieder blickte er rasch nach beiden Seiten und über die Schulter; besonders gründlich musterte er mögliche Verstecke und Deckungen und schätzte die Entfernung zu ihnen ab. Er hatte das Gefühl, daß etwas von beträchtlicher Größe ihm folgte, etwas, das überaus schlau war und sich fast ungesehen von einer Deckung zur nächsten bewegte, etwas, von dem er nur vage, schattenhafte, huschende Bewegungen sah (oder zu sehen glaubte). Einer der Hunde? Oder mehr als einer? Vielleicht von niedlichen, schnellfüßigen kleinen Mädchen auf ihn gehetzt? Oder...? Er überraschte sich dabei, die Hunde als Spinnen zu sehen, doch so groß und so haarig wie Hunde. Eines Morgens, nach einer Nacht, in der er mit Cal geschlafen hatte – ihr Körper und ihre Brüste fahlschimmernd im ersten Licht der Morgendämmerung –, hatte sie ihm von einem Traum erzählt, in dem sie von zwei Barsois verfolgt worden war, die sich plötzlich in zwei genauso große und elegant cremefarbig behaarte Spinnen verwandelt hätten.

Was wäre, wenn jetzt ein Erdbeben die Erde aufreißen ließe (er mußte auf *alles* vorbereitet sein), und seine Verfolger von qualmenden Rissen verschluckt werden würden? Und er selbst auch?

Er erreichte den Fuß des Berges und kurze Zeit später das Josephine Randall Junior-Museum. Das Gefühl, verfolgt zu werden, klang ein wenig ab – oder, richtiger, das Gefühl, die Verfolger dicht hinter sich zu wissen. Es war gut, wieder in der Nähe menschlicher Behausungen zu sein, selbst wenn sie leer schienen, und selbst wenn Gebäude Objekte waren, hinter denen unbekannte Dinge sich verstecken konnten. Dieses Museum war der Ort, an dem Jungen und Mädchen beigebracht wurde, sich vor Ratten und Fledermäusen, riesigen Taranteln und anderen Lebewesen nicht zu fürchten. Aber wo waren die Kinder? Hatte irgendein weiser, gütiger Rattenfänger sie alle aus dieser gefährlichen Gegend fortgelockt? Oder waren sie in den Kastenwagen des ›Gehsteig-Astronomen‹ geklettert und zu anderen Sternen geflogen? Mit seinen Erdbeben und Eruptionen großer, blasser Spinnen und noch unheimlicherer Wesen war San Francisco nicht mehr sehr sicher. Oh, du Narr, paß auf! Paß auf!

Als das niedrige Gebäude hinter ihm zurückblieb und dann auch die Tennisplätze hinter ihm lagen, erreichte er die kurze Querstraße der T-Kreuzung, welche die Begrenzung der Corona Heights bildete. Seine zitternden Nerven beruhigten sich etwas, und auch die fiebrig-aufgewühlten Gedanken in seinem Gehirn verebbten; doch bekam er einen fast bewußtseinslähmenden Schock, als er von irgendwoher das Quietschen von Reifen hörte und ein paar Sekunden lang glaubte, daß der geparkte Wagen am anderen Ende der kurzen Straße auf ihn zugeschossen kam, gelenkt von den beiden kleinen Grabsteinen seiner Kopfstützen.

Als er über eine schmale Treppenstraße zwischen zwei Gebäuden die Beaver Street erreichte, hatte er wieder die flüchtige Vision eines lokalen Erdbebens und sah die Corona Heights erzittern; dann hob der Berg seine mächtigen, braunen Schultern und seinen felsigen Kopf und schüttelte das Josephine Randall Junior-Museum von seinem Rücken, um ohne diese Last zur Stadt hinabzuschreiten.

Als er die Beaver Street hinabging, begegnete er endlich den ersten Menschen; es waren nicht viele, aber immerhin Menschen. Wie aus einem anderen Leben erinnerte er sich an seine Absicht, Byers zu besuchen (er hatte sich sogar telefonisch angekündigt) und überlegte, ob er diese Verabredung einhalten sollte oder nicht. Er war noch nie in Byers Haus gewesen, seine früheren Treffen hatten in der Wohnung eines gemeinsamen Freundes stattgefunden. Cal hatte gesagt, irgend jemand hätte behauptet, daß es ein Spukhaus sei, aber von außen, mit seinem frischen, olivgrünen Anstrich, wirkte es alles andere als unheimlich.

Zu dem endgültigen Entschluß, den geplanten Besuch durchzuführen, kam er, als er die Castro Street überquerte und ein Krankenwagen plötzlich seine Sirene aufheulen ließ. Das jaulende Geräusch wurde unerträglich laut und nervenaufreibend, als der Wagen über eine Kreuzung der Beaver Street raste, und es katapultierte ihn die Stufen hinauf zu der mit mattgoldenen Arabesken verzierten, olivfarbenen Tür, wo er den Bronze-Klopfer in Gestalt einer Seejungfrau betätigte.

Er erkannte, daß die Vorstellung, jetzt andere Menschen treffen zu können und nicht nach Hause gehen zu müssen, für ihn sehr verlockend war. Und beruhigend. Zu Hause war es genauso gefährlich wie – vielleicht sogar noch gefährlicher als auf den Corona Heights.

Nach einer fast beängstigend langen Wartezeit wurde der Bronzeknopf gedreht, die Tür begann sich zu öffnen, und eine Stimme, so schwülstig wie die von Vincent Price in seinen besten Tagen, sagte: »Hier ist wahrlich ein ungeduldiger Klopfer. Oh, es ist Franz Westen. Kommen Sie, kommen Sie herein! Sie sehen ja völlig verstört aus, mein lieber Franz, als ob dieser Krankenwagen Sie eben abgeladen hätte. Was haben die bösen, unberechenbaren Straßen Ihnen angetan?«

Sobald Franz einigermaßen sicher war, daß der Mann mit dem gepflegten Bart und dem etwas theatralisch wirkenden Gesicht Byers war, drängte er sich an ihm vorbei und sagte: »Schließen Sie die Tür! Ich *bin* verstört«, während er die geschmackvoll und kostbar eingerichtete Eingangshalle und den hinter ihr liegenden, mit einem dicken Läufer belegten Treppenaufgang überblickte, der zu einem Raum führte, dessen Fenster aus farbigem Bleiglas bestanden.

»Alles zu seiner Zeit, Junge«, hörte er Byers hinter sich sagen. »So. Die Tür ist verschlossen, und jetzt werde ich auch noch den Riegel vorschieben, wenn es Sie beruhigt. Wie wär's mit einem guten Wein? Das wäre für Ihren Zustand wohl angemessen. Aber sagen Sie mir bitte gleich, ob Sie einen Arzt brauchen, damit wir uns darüber später keine Gedanken zu machen haben.«

Sie standen jetzt einander gegenüber. Jaime Donaldus Byers war etwa in Franz' Alter, Mitte Vierzig, mittelgroß, mit der gelösten, selbstsicheren Haltung eines Schauspielers. Er trug eine blaßgrüne Nehru-Jacke mit unauffälliger Goldstickerei, eine Hose aus dem gleichen Material, Ledersandalen und einen langen, fahlvioletten Morgenmantel, der offenstand. Sein sorgfältig gekämmtes, rotbraunes Haar hing ihm bis zu den Schultern. Sein Van-Dyck-Bart und der schmale Schnurrbart waren sauber gestutzt. Sein Gesicht war von einer leichten, vornehm wirkenden Bräune, die großen Augen elisabethanisch, erinnerten an Edmund Spenser. Und er war sich seines guten Aussehens durchaus bewußt.

Franz, dessen Aufmerksamkeit zunächst von der ihm neuen Umgebung gefesselt wurde, sagte rasch: »Nein, keinen Arzt. Und auch keinen Alkohol, Donaldus, nicht heute. Aber wenn ich einen Kaffee haben könnte, schwarz und stark...«

»Sofort, mein lieber Franz. Kommen Sie ins Wohnzimmer, dort ist alles, was wir brauchen. Aber was, um alles in der Welt, hat Sie so erschüttert? Was *jagt* Sie?«

»Ich habe Angst«, sagte Franz kurz, und setzte dann rasch hinzu: »vor Paramentalen.«

»Oh, nennt man die große Bedrohung heutzutage so?« sagte Byers lächelnd, doch seine Lider zogen sich sekundenlang zu engen Schlitzen zusammen. »Ich hatte immer angenommen, es sei die Mafia. Oder der CIA? Oder etwas aus Ihrer *Unheimlicher Untergrund*-Serie? Irgend etwas Neues? Und dann gibt es noch immer das zuverlässige Rußland. Ich bin nur oberflächlich informiert. Ich lebe fast ausschließlich in der Welt der Kunst, wo Realität und Fantasie eins sind.«

Er wandte sich um und führte Franz ins Wohnzimmer. Während er Byers folgte, wurde Franz sich einer *mélange* verschiedener Gerüche bewußt: frisch aufgegossener Kaffee, Weine und Spirituosen, ein schwerer Weihrauchduft und einige Parfüms. Ihm fiel flüchtig Sauls Story von der unsichtbaren Krankenschwester ein, und er warf einen raschen Blick zurück, auf die teppichbelegten Stufen und die an ihrem Fuß liegende Eingangshalle.

Byers winkte Franz, sich irgendwo zu setzen, und trat dann zu einem schweren Tisch, auf dessen Platte schlanke Flaschen und zwei kleine, dampfende Silberurnen standen. Franz erinnerte sich an Peter Vierecks Verszeile: ›Die Kunst ist, wie ein Barmann, niemals betrunken‹, und dachte an die Jahre, als Bars für ihn ein Zufluchtsort gewesen waren, an dem er sich vor den Schrecken und Agonien der Welt verkrochen hatte. Diesmal aber war die Angst aus ihm selbst gewachsen.

17

Der Raum war sybaritisch eingerichtet, und wenn auch nicht ausgesprochen arabisch, enthielt er doch mehr Ornamentik als Bildnerisches. Die Tapete war cremefarben, mit mattgoldenen, arabesken Linienmustern, die labyrinthisch verworren wirkten. Als er sich setzte, wählte Franz ein großes Kissen, das vor einer Wand lag, weil er von dieser Stelle aus die Halle, den in die hinteren Räume führenden Bogendurchgang und die Fenster im Blickfeld hatte. Silber glänzte auf zwei schwarzen Regalen neben dem Sitzkissen, und Franz' Blick wurde für kurze Zeit gegen seinen Willen (und seine Angst) von einer Kollektion winziger Figuren angezogen, silberne Miniaturen, die junge Männer und Frauen beim Liebesspiel in den unterschiedlichsten Stellungen, zumeist perversen, darstellten – ein Stil zwischen Art Deco und pompejanisch. Unter anderen Umständen hätte er sie mehr als nur flüchtig betrachtet. Sie wirkten überaus natürlich und detailliert – und verdammt teuer. Byers stammte aus einer reichen Familie, wußte er, und produzierte alle drei oder vier Jahre einen umfangreichen Band exquisiter Gedichte und Prosa-Skizzen.

Jetzt stellte dieser vom Glück begünstigte Mann eine dünnwandige, große Porzellantasse vor ihn hin, die zur Hälfte mit dampfend heißem Kaffee gefüllt war, außerdem eine ebenfalls dampfende Silberurne und einen Obsidian-Aschenbecher. Dann setzte er sich auf einen bequemen, tiefen Sessel, nahm einen Schluck von dem fahlgelben Wein, den er sich mitgebracht hatte, und sagte: »Sie haben mir am Telefon gesagt, daß Sie ein paar Fragen hätten. Über das Journal, das Sie Smith zuschreiben, und von dem Sie mir bereits eine Fotokopie zusandten.«

Franz, der noch immer systematisch seine neue Umgebung beobachtete, antwortete: »Das ist richtig. Ich habe ein paar Fragen an Sie. Aber vorher möchte ich Ihnen erzählen, was mir eben passiert ist.«

»Selbstverständlich. Ich bin äußerst gespannt, davon zu hören.«

Franz bemühte sich, seine Schilderung kurz zu fassen, stellte jedoch sehr bald fest, daß sie damit sehr an Bedeutung und Eindruckskraft verlor, und deshalb wurde schließlich ein ausführlicher, chronologischer Bericht über die Ereignisse der letzten dreißig Stunden daraus. Dadurch, und mit Hilfe einiger Tassen Kaffee, den er wirklich brauchte, und seiner Zigaretten, von denen er seit mindestens einer Stunde nicht eine geraucht hatte, begann er nach einer Weile eine erhebliche Katharsis. Seine Nerven wurden spürbar ruhiger. Sie brachte ihn zwar nicht dazu, seine Ansichten über das Erlebte und seine vitale Bedeutung zu ändern, doch machte die Gegenwart eines anderen Menschen und mitfühlenden Zuhörers alles viel leichter.

Denn Byers hörte ihm sehr konzentriert und aufmerksam zu, half ihm nur mit gelegentlichem Nicken, Stirnrunzeln und Kopfschütteln und machte knappe Zustimmungen und Bemerkungen. Zugegeben, die letzteren waren weniger praktisch als ästhetisch – oft sogar ein wenig frivol –, aber das störte Franz nicht im geringsten, da er völlig auf seine Story konzentriert war; während Byers, trotz seiner Frivolität, tief beeindruckt schien und nicht nur mit höflicher Gläubigkeit Franz' Schilderungen zuhörte.

Als Franz kurz auf den bürokratischen Rundlauf zu sprechen kam, auf den man ihn an diesem Vormittag geschickt hatte, verstand Byers den darin liegenden Humor sofort und sagte: »Der

Tanz der Schreiber und Sekretäre, wie putzig!« Und als er von Cals musikalischen Leistungen hörte, bemerkte er: »Franz, Sie haben wirklich einen guten Geschmack bei Mädchen. Eine Harfenistin! Was könnte schöner sein? Meine derzeitige Freundin-Sekretärin-Gespielin-Haushälterin-cum-Mondgöttin ist Nordchinesin, äußerst belesen, und arbeitet mit Edelmetallen – sie hat diese entzückend obszönen Silberfiguren hergestellt, nach dem Verlorenen-Wachs-Prozeß von Cellini. Sie hätte Ihnen normalerweise den Kaffee serviert, aber wir haben heute einen unserer privaten Tage, an denen wir getrennt Entspannung suchen. Ich nenne sie Fa Lo Suee (das ist die Tochter Fu Man-chus – einer unserer halb-privaten Scherze), weil sie einen so wunderbar unheilvollen Eindruck macht, als ob sie in der Lage wäre, sich die ganze Welt zu unterwerfen, wenn sie es wollte. Sie werden sie kennenlernen, wenn Sie bis zum Abend bleiben. Aber ich habe Sie unterbrochen. Entschuldigen Sie. Bitte fahren Sie fort.« Und als Franz das astrologische Graffiti auf den Felsen der Corona Heights erwähnte, pfiff er leise durch die Zähne und sagte: »Wie *überaus* passend!« mit einer solchen Emphasis, daß Franz ihn fragte: »Warum?« Doch Byers wich aus. »Nichts«, sagte er rasch. »Ich staune nur über die immense Reichweite unserer unermüdlichen Schmierfinken. Nächstens werden sie noch eine Pyramide von Bierbüchsen auf dem mystischen Gipfel von Shasta errichten. Dieser Birnenwein ist köstlich – Sie sollten ihn versuchen –, eine erstklassige Kreation der San Martin Kellerei im Santa Clara-Tal. Bitte fahren Sie fort.«

Doch als Franz *Megapolisomancy* ein drittes und viertes Mal erwähnte und sogar daraus zitierte, hob er die Hand, um ihn zu unterbrechen, und trat zu einem Bücherschrank. Er schloß ihn auf, nahm ein dünnes Buch heraus, dessen schwarzer Ledereinband mit silbernen Arabesken verziert war, und reichte es Franz, der es aufschlug.

Es war ein Exemplar von de Castries' so schlampig gedrucktem und gebundenem Buch, identisch mit seinem eigenen Exemplar, soweit er es beurteilen konnte, bis auf die sorgfältigere, kostbarere Ausführung. Er blickte Byers fragend an.

Byers erklärte: »Bis jetzt habe ich nicht gewußt, daß Sie auch ein Exemplar dieses Buches besitzen, mein lieber Franz. Sie haben mir nur das Journal gezeigt, wie Sie sich sicher erinnern, und mir später Fotokopien der beschriebenen Seiten zugeschickt. Sie haben nie erwähnt, daß Sie mit dem Journal noch ein zweites Buch gekauft haben. Aber Sie waren damals ziemlich... nun, angesäuselt.«

»Ich war damals ständig betrunken«, sagte Franz trocken.

»Ich verstehe... die arme Daisy... kein Wort mehr darüber. Mich wundert nur eins: *Megapolisomancy* ist nicht nur ein seltenes Buch, sondern auch, wörtlich genommen, ein sehr geheimes. In seinen letzten Lebensjahren hat de Castries seine Ansichten über diese Thematik geändert und versucht, alle Exemplare seines Buches aufzukaufen und zu vernichten. Und das hat er auch geschafft! Beinahe. Er ist sogar gegenüber Menschen, die sich weigerten, ihr Exemplar herauszugeben, ziemlich unangenehm geworden. Er war wirklich ein sehr böser, alter Mann, würde ich sagen, wenn ich solche moralischen Verurteilungen nicht prinzipiell ablehnen würde. Jedenfalls sah ich zu der Zeit keinen Grund, Ihnen mitzuteilen, daß ich das – wie ich damals glaubte – einzige noch existierende Exemplar dieses Buches besaß.«

»Gott sei Dank!« rief Franz. »Ich hatte gehofft, daß Sie etwas über de Castries wüßten.«

»Ich weiß sogar eine ganze Menge über ihn«, sagte Byers. »Aber erzählen Sie zuerst den Rest Ihrer Geschichte. Sie waren also auf den Corona Heights – ich meine Ihren heutigen Besuch – und blickten durch Ihr Fernglas auf die Transamerica Pyramide, der Anlaß für Ihr Zitat de Castries' über ›moderne Pyramiden‹...«

»Richtig«, sagte Franz rasch, weil dies zu dem schlimmsten Erlebnis dieses Nachmittags führte, dem Anblick der schmalen, fahlbraunen Schnauze und seiner Flucht vom Gipfel der Corona Heights, und als er mit seiner Schilderung dieser Phase fertig war, rann Schweiß von seiner Stirn, und er blickte wieder ängstlich umher.

Byers seufzte mitleidig und sagte dann befriedigt: »Und deshalb sind Sie zu mir gekommen, von den Paramentalen bis zu meiner Haustür verfolgt!« Und er wandte sich in seinem Sessel um und blickte ein wenig zweifelnd zu den golden schimmernden Fenstern hinter sich.

»Donaldus!« sagte Franz gereizt, »ich berichte Ihnen von Dingen, die tatsächlich passiert sind, nicht irgendeine verrückte Geschichte, die ich mir ausgedacht habe, um Sie zu unterhalten. Ich weiß, daß alles an einer Gestalt hängt, die ich mehrere Male auf eine Entfernung von zwei Meilen durch ein siebenfach vergrößerndes Fernglas gesehen habe, und deshalb kann mir jeder den Vorwurf machen, einer optischen Illusion zum Opfer gefallen zu sein, oder der Macht der Suggestion, oder einem instrumentalen Defekt; aber ich verstehe einiges von Psychologie und Optik und bin sicher, daß es keins davon war! Ich habe mich sehr gründlich mit der Frage der Fliegenden Untertassen befaßt und nicht ein einziges Mal von einer UFO-Sichtung gehört, die wirklich überzeugend war; und ich habe diffuse Reflexe auf den Rümpfen von Flugzeugen gesehen, die oval waren und pulsierten, genau wie es bei der Hälfte aller UFO-Sichtungen beschrieben worden ist. Aber ich habe keine Zweifel dieser Art bei dem, was ich gestern und heute gesehen habe.«

Doch selbst, während all das aus ihm heraussprudelte und er noch immer unsicher zu Türen und Fenstern und in dunkle Winkel blickte, spürte Franz tief in seinem Inneren, daß er *tatsächlich* an seinen Erinnerungen von dem, was er gesehen hatte, zu zweifeln begann – vielleicht war der menschliche Verstand unfähig, eine solche Angst länger als eine gute Stunde lang festzuhalten, wenn sie nicht durch Repetition verstärkt wurde –, doch er würde sich eher die Zunge abbeißen, als Donaldus das einzugestehen!

Er sagte eisig: »Natürlich ist es möglich, daß ich wahnsinnig geworden bin, vorübergehend oder für immer, und ›Dinge sehe‹, aber bis ich dessen sicher bin, denke ich nicht daran, mich wie ein hemmungsloser Idiot zu benehmen – oder wie ein Clown.«

Donaldus, der schon eine geraume Weile protestierende und beschwörende Gesten gemacht hatte, sagte jetzt, verletzt und beruhigend: »Mein lieber Franz, ich habe nicht einen einzigen Augenblick an Ihrer Ernsthaftigkeit gezweifelt oder Sie für psychotisch gehalten. Sie können mir glauben, daß ich geneigt war, an die Existenz paramentaler Wesen zu glauben, seit ich de Castries' Buch gelesen habe, und besonders, nachdem ich mehrere sehr seltsame Geschichten über ihn gehört hatte, und jetzt hat Ihr wirklich aufwühlender Augenzeugenbericht auch meine letzten Zweifel hinweggefegt. Aber ich habe noch keins dieser paramentalen Wesen gesehen – ich bin sicher, daß ich dann den gleichen Terror fühlen würde wie Sie, und noch mehr – und bis dahin, und vielleicht in jedem Fall, trotz des verständlichen Horrors, den sie in uns auslösen, halte ich sie für die *faszinierendsten* Wesen, die man sich vorstellen kann. Geben Sie mir recht? Was nun Ihre Befürchtung angeht, daß ich Ihren Bericht als eine Fabel oder eine Story betrachten könnte, mein lieber Franz, möchte ich Ihnen sagen, daß eine gute Story für mich der beste und größte Wahrheitstest ist, den es gibt. Ich mache überhaupt keinen Unterschied zwischen Realität und Phantasie, oder dem Objektiven und dem Subjektiven. Alles Leben und alles Bewußtsein sind letztlich eins, einschließlich Schmerz und Tod. Nicht das ganze Drama muß uns gefallen, und sein Ende ist niemals sehr erbaulich. Manche Dinge fügen sich harmonisch und wunderbar ineinander, und überraschenderweise mit schrillen Mißklängen – die sind wahr –, und andere tun es nicht, und die sind lediglich schlechte Kunst. Sehen Sie das nicht ein?«

Franz wußte nicht sofort, was er darauf antworten sollte. Er selbst hatte de Castries' Buch natürlich nicht den geringsten Glauben geschenkt, aber... Er nickte nachdenklich, aber kaum in Beantwortung der Frage. Er brauchte jetzt den scharfen, analytischen Verstand von Saul und Gun – und Cal.

»Und jetzt werde ich Ihnen *meine* Geschichte erzählen«, sagte Donaldus, überaus befriedigt. »Aber zuerst einen kleinen Schluck Brandy – den haben wir uns verdient. Nicht für Sie? Gut, dann nehmen Sie sich noch etwas Kaffee. Ein paar Kekse dazu? Ich werde sie holen.«

Franz spürte, daß eine leichte Übelkeit in ihm aufstieg, und sein Kopf begann zu schmerzen. Die einfachen, fast ungesüßten Kekse schienen etwas zu helfen. Er schenkte sich Kaffee nach, nahm diesmal auch Sahne und Zucker, die sein Gastgeber vorsorglich bereitgestellt hatte, und das half auch.

Seine Wachsamkeit ließ nicht nach, doch er begann, sich an sie zu gewöhnen, als ob das Bewußtsein von Gefahr für ihn zum Normalzustand würde.

18

Donaldus hob einen Finger, an dem ein Ring aus Silberfiligran steckte, und sagte: »Sie müssen daran denken, daß de Castries starb, als ich (und Sie) fast noch in den Windeln steckten. Fast alle meine Informationen stammten von zwei nicht sehr nahen und alles andere als geliebten Freunden von de Castries in seinen letzten Lebensjahren: George Ricker, ein Schlosser, der mit ihm *Go* zu spielen pflegte, und Herman Klaas, der einen Laden für antiquarische und gebrauchte Bücher besaß, eine Art romantischer Anarchist war und für eine Weile Technokrat. Und ein bißchen von Clark Ashton Smith. Ah, das interessiert Sie, nicht wahr? Nur ein bißchen, wie gesagt – Clark mochte nicht gern über de Castries sprechen. Ich glaube aber, daß er wegen de Castries und seiner Theorien die großen Städte mied, selbst San Francisco, und der Einsiedler von Auburn und Pacific Groove wurde. Und ich besitze einige Daten aus alten Briefen und Zeitungsausschnitten, aber nicht sehr viele. Die Menschen mochten nichts über de Castries schriftlich niederlegen, und sie hatten gute Gründe dafür, und in seinen letzten Jahren umgab de Castries selbst sein Leben mit Geheimnistuerei. Was sehr seltsam ist, da er seine wichtigste Karriere doch damit begonnen hatte, ein sensationelles Buch zu schreiben und zu publizieren. Mein

Exemplar habe ich übrigens von Klaas bekommen – er hat es mir nach seinem Tod vermacht – und er hat es vielleicht unter dem Nachlaß von de Castries gefunden – ich bin da nicht ganz sicher.

Außerdem«, fuhr Donaldus fort, »werde ich die Geschichte – zumindest stellenweise – in einem etwas dichterischen Stil erzählen. Lassen Sie sich dadurch nicht irritieren. Es hilft mir lediglich dabei, meine Gedanken zu ordnen und die wichitigsten Punkte auszuwählen. Ich werde um kein Iota von der Wahrheit abweichen, so wie ich sie entdeckt und erkannt habe; obwohl es Spuren von Paramentalen in meiner Geschichte gibt, und mit Sicherheit einen Geist. Ich bin der Meinung, daß alle modernen Städte, besonders die krassen, neu erbauten und hoch industrialisierten, Geister haben sollten. Geister sind ein zivilisierender Faktor.«

19

Donaldus nahm einen großzügigen Schluck Brandy, ließ ihn über seine Zunge rollen und lehnte sich bequem zurück.

»1900, als unser Jahrhundert anbrach«, begann er mit dramatischem Tonfall, »kam Thibaut de Castries in das sonnige, lebensfrohe San Francisco, wie ein finsteres Omen aus dem Reich der Kälte und des Kohlenqualms der Ostküste, die mit Edisons Elektrizität pulsierte, und aus der Sullivans Wolkenkratzer wuchsen. Madame Curie hatte gerade die Radioaktivität entdeckt, und Marconis Radiowellen überspannten die Meere. Madame Blavatsky hatte die unheimliche Theosophie von den Bergen des Himalayas mitgebracht und die okkulte Fackel an Annie Besant weitergereicht. Der schottische Hof-Astronom Piazzi Smith hatte die Geschichte der Welt und ihre düstere Zukunft in der Großen Galerie der Cheops-Pyramide in Ägypten entdeckt, und in den Gerichten schleuderten Mary Baker Eddy und ihre führenden Akolyten einander Anklagen wegen Hexerei und Schwarzer Magie ins Gesicht. Spencer praktizierte Naturwissenschaft. Ingersolls Stimme dröhnte gegen den Aberglauben. Freud und Jung gruben sich in das bodenlose Dunkel des Unterbewußtseins. Wunder, von denen die Menschen nicht einmal zu träumen gewagt hatten, wurden auf der Pariser Weltausstellung enthüllt, für die der Eiffel-Turm erbaut worden war, und auf der Weltausstellung in Chicago. In Süd-Afrika schossen die Buren mit Krupp-Feldgeschützen aus unzerreißbarem Stahl auf die Briten. Im fernen China erhoben sich die Boxer, die sich durch ihre Magie für unverwundbar hielten. Graf Zeppelin konstruierte sein erstes lenkbares Luftschiff, und die Brüder Wright bereiteten sich auf den ersten Motorflug vor.

De Castries brachte lediglich eine große, schwarze Gladstone-Reisetasche mit, vollgestopft mit schlechtgedruckten Exemplaren seines Buches, das sich genauso schlecht verkaufte wie Melvilles *Moby Dick*, und einen Kopf voller galvanischer, düster illuminierender Ideen, und – wie einige Leute behaupteten – einen großen schwarzen Panther an einer Silberkette. Nach den Aussagen anderer wurde er von einer geheimnisvollen, großen, schlanken Frau begleitet oder verfolgt, die ständig einen schwarzen Schleier und weite, schwarze Kleider trug – mehr Roben oder Kaftans – und die Fähigkeit besaß, plötzlich aufzutauchen und genauso plötzlich zu verschwinden. Auf jeden Fall war de Castries ein drahtiger, nimmermüder, ziemlich kleiner schwarzhaariger Mann, mit einem durchdringenden Blick und einem sardonischen Mund, der seinen Ruhm wie ein Opern-Cape trug.

Es gab ein Dutzend Legenden über seine Herkunft. Manche Menschen behaupteten, daß er jede Nacht eine neue improvisierte, einige waren der Ansicht, daß sie von anderen unter der Einwirkung seiner düster-magnetischen Erscheinung erfunden worden seien. Die Version, die Klaas und Ricker vertraten, war einigermaßen spektakulär: während des deutsch-französischen Krieges sei er mit einem Wasserstoff-Ballon aus dem belagerten Paris geflohen, zusammen mit seinem tödlich verwundeten Vater, der als Forscher im dunkelsten Afrika gelebt hatte; die schöne und gelehrte polnische Geliebte seines Vaters und ein schwarzer Panther (ein früherer, nicht der, den de Castries später nach San Francisco mitgebracht haben soll), den sein Vater im Kongo gefangen hätte, und den sie in letzter Minute aus dem Pariser Zoo gerettet hätten, wo die hungernden Menschen die Tiere abschlachteten, seien ebenfalls in der Gondel des Ballons gewesen. (Nach einer anderen Legende war de Castries zu jener Zeit trotz seiner Jugend Ordonnanz Garibaldis in Sizilien, und sein Vater der gefürchtetste der Carbonari.)

Der Ballon wurde von einem kräftigen Wind rasch über das Mittelmeer getrieben und geriet gegen Mitternacht in einen Gewittersturm, der ihn zwar noch schneller vorantrieb, ihn jedoch gleichzeitig immer tiefer drückte, so daß er den schäumenden Wellen der See immer näher kam. Stellen Sie sich diese Szene in dem zerbrechlichen, überladenen Korb des Ballons vor, die von ständig zuckenden Blitzen beleuchtet wurde: Der Panther duckt sich verängstigt an eine Seitenwand der geflochtenen Gondel, fauchend und knurrend, mit peitschendem Schwanz, die Fänge vor Angst in das

1804

Korbgeflecht geschlagen, das unter den kräftigen Tatzenhieben zu reißen beginnt.

Die Gesichter – des sterbenden Vaters (ein alter Falke), des ernsten, frühreifen Jungen (schon ein junger Adler) und der stolzen, intellektuellen, unbeirrbar loyalen schönen Frau – alle drei verzweifelt und totenbleich im bläulichen Licht der zuckenden Blitze, während ohrenbetäubender Donner kracht, als ob die schwarze Atmosphäre auseinanderbersten würde oder schwere Geschütze in unmittelbarer Nähe feuerten. Plötzlich spürten sie durch den Regen Salz auf ihren Lippen – aufschäumende Gischt der hungrigen, sturmgepeitschten Wellen.

Der sterbende Vater ergreift die Hände seines Sohnes und seiner Geliebten, drückt sie ineinander, umfaßt sie ein paar Sekunden lang mit den seinen, keucht ein paar Worte (sie werden vom Heulen des Orkans übertönt) und wirft sich in einem letzten Aufbäumen seiner Kräfte über Bord.

Der Ballon schießt aufwärts, durchstößt die dunklen Sturmwolken und rast weiter südostwärts. Die frierenden, verängstigten, aber ungebeugten jungen Menschen hocken dicht aneinandergedrängt auf dem Boden der Gondel; ihnen gegenüber der Panther, der sich jetzt beruhigt hat und sie mit seinen grünen, enigmatischen Augen anstarrt. Im Südosten, in der Richtung, in die der Ballon getrieben wird, erscheint der gehörnte Mond über den Wolken, wie die Hexenkrone der Königin der Nacht, und setzt sein Siegel auf die Szene.

Der Ballon landete schließlich in der ägyptischen Wüste, in der Nähe von Kairo. Der junge de Castries stürzte sich sofort in das Studium der Großen Pyramide, unterstützt von der jungen polnischen Geliebten seines Vaters (jetzt die seine) und durch die Tatsache, daß er mütterlicherseits von Champollion abstammte, dem Entzifferer des Steins von Rosette. Er machte alle Entdeckungen Piazzi Smiths (und noch ein paar mehr, die er geheimhielt) zehn Jahre vor Smith und legte die Basis für seine neue Wissenschaft der Superstädte (und auch seiner Grand Cipher), bevor er Ägypten verließ, um Mega-Strukturen, Cryptoglyphen (wie er sie nannte) und Paramentalität auf der ganzen Welt zu erforschen.

»Diese Verbindung mit Ägypten finde ich faszinierend«, sagte Byers wie in Parenthese, während er sich Brandy nachschenkte. »Sie läßt mich an Lovecrafts Nyarlathotep denken, der aus Ägypten kam, um pseudowissenschaftliche Vorlesungen über das bevorstehende Zerbröckeln der Erde zu halten.«

Die Erwähnung von Lovecraft erinnerte Franz an etwas. »Sagen

Sie, hatte Lovecraft nicht einen Anhänger, dessen Name dem Thibaut de Castries ähnlich war?«

Byers blickte Franz überrascht an. »Das stimmt! Adolphe de Castro.«

»Eine verblüffende Ähnlichkeit. Halten Sie es für möglich...«

»...daß die beiden identisch sind?« Byers lächelte. »An diese Möglichkeit habe ich auch schon gedacht, mein lieber Franz, und es wäre noch etwas dazu zu sagen: Lovecraft hat Adolphe de Castro abwechselnd ›einen liebenswerten Scharlatan‹ und ›einen salbadernden, alten Hypokriten‹ genannt (er hat Lovecraft für eine völlige Neufassung seiner Stories knapp ein Zehntel des Honorars gezahlt, das er für sie erhielt) – aber nein – de Castro lebte noch, fiel Lovecraft auf die Nerven und besuchte ihn in Providence, als de Castries bereits tot war.

Um von de Castries weiter zu berichten: Wir wissen nicht, ob seine polnische Geliebte ihn begleitete und vielleicht die mysteriöse, verschleierte Lady war, die nach Aussagen mehrerer Menschen zur selben Zeit wie er in San Francisco auftauchte. Ricker jedenfalls war davon überzeugt. Klaas bezweifelte es. Ricker hatte eine romantische Vorstellung von der schönen Polin. Er sah sie als eine brillante Pianistin (aber das sagt man von den meisten Polen, nicht wahr? Chopin hat sich dafür zu verantworten), die diesem Talent völlig entsagt hatte, um ihre umfassenden Sprachkenntnisse und gründlichen sekretarialen Fähigkeiten – und die Reize ihres jungen Körpers – dem noch jüngeren Genie zur Verfügung zu stellen, den sie sogar noch mehr verehrte als seinen abenteuernden Vater.«

»Wie hieß sie?« fragte Franz.

»Das habe ich nie in Erfahrung bringen können«, antwortete Byers. »Sowohl Klaas als auch Ricker hatten es vergessen, oder – wahrscheinlicher – es war einer der Punkte, bei denen der alte Knabe selbst ihnen gegenüber verschlossen war. Außerdem liegt doch eine große Befriedigung in dieser Bezeichnung: ›die junge, polnische Geliebte seines Vaters‹ – was könnte romantischer und exotischer klingen? Man denkt dabei an Harfenklänge und ein Meer von Champagner, an zarte Spitzenunterwäsche und Pistolen! Denn unter ihrer kühlen und gelehrten Fassade glühte sie vor Temperament – und Leidenschaft, jedenfalls nach der Vorstellung Rikkers, und wenn sie schlecher Laune war, konnten ihre Wutanfälle wie ein Naturereignis ausfallen. Die ägyptischen Fellachen fürchteten sie und hielten sie für eine Hexe. Es war während ihres Aufenthaltes im Nilland, behauptet Ricker, daß sie begann, den Schleier zu tragen.

Andererseits konnte sie unglaublich verführerisch sein, die Inkarnation europäischer Weiblichkeit, die de Castries in die raffiniertesten erotischen Praktiken einführte und sein Verständnis für Kultur und Kunst stark erweiterte.

Aber wie dem auch sei, fest steht, daß de Castries zu dem Zeitpunkt, als er in der Stadt am Golden Gate eintraf, ein bißchen wie der Satanist Anton La Vey wirkte (der für eine Weile einen mehr oder weniger zahmen Löwen hielt; haben Sie das gewußt?), aber im Gegensatz zu La Vey hatte er kein Verlangen nach der üblichen Art von Publizität. Er suchte eher nach einer Elite von schillernden, freigeistigen Menschen mit einem Lebenshunger der wildesten Art – und wenn sie dazu noch einen Haufen Geld hatten, war das durchaus kein Fehler.

Und natürlich hat er sie gefunden! Den prometheischen (und dionysischen) Jack London. George Sterling, Fantasy-Dichter und romantisches Idol, Favorit der wohlhabenden Clique des Bohemian Club. Seinen Freund, den brillanten Strafverteidiger Earl Rogers, der später Clarence Darrow verteidigte und dessen Karriere rettete. Ambrose Bierce, einen verbitterten, alten Adler, Autor des *Devil's Dictionary* und hervorragend spannender Horror-Geschichten. Die Dichterin Nora May French. Die berglöwenhafte Charmian London. Gertrude Atherton... Un das waren nur die bedeutendsten.

Und natürlich stürzten sie sich begeistert auf de Castries. Er war genau die Art abseitiger Typ, den sie (und besonders Jack London) liebten: mysteriöse, kosmopolitische Herkunft, münchhausiadische Anekdoten, unheimliche und alarmierende wissenschaftliche Theorien, eine starke anti-industrielle Einstellung und ein (wie wir es nennen würden) Anti-Establishment-Vorurteil, apokalyptische Aura, ein Anflug von Verdammnis und dunkler Mächte – er hatte das alles! Für eine ganze Weile war er ihr Favorit, ihr Lieblings-Guru, beinahe (und ich bin überzeugt, daß er selbst sich so sah) ihr neuer Gott. Sie kauften sogar sein neues Buch und hörten ihm zu (und tranken), wenn er ihnen daraus vorlas. Selbst Egozentriker wie Bierce ertrugen ihn, und London überließ ihm für eine Weile die Hauptrolle – er konnte es sich leisten. Und alle waren sie (theoretisch) bereit, seinem Traum eines Utopia zu folgen, in der megapolitanische Gebäude verboten waren (zerstört oder irgendwie gezähmt) und sie selbst die aristokratische Elite und führenden Geister des Ganzen.

Natürlich fühlten sich die meisten der Damen sehr stark von ihm angezogen, und einige von ihnen waren mehr als bereit, mit ihm ins Bett zu gehen, und scheuten sich nicht, dabei die Initiative zu

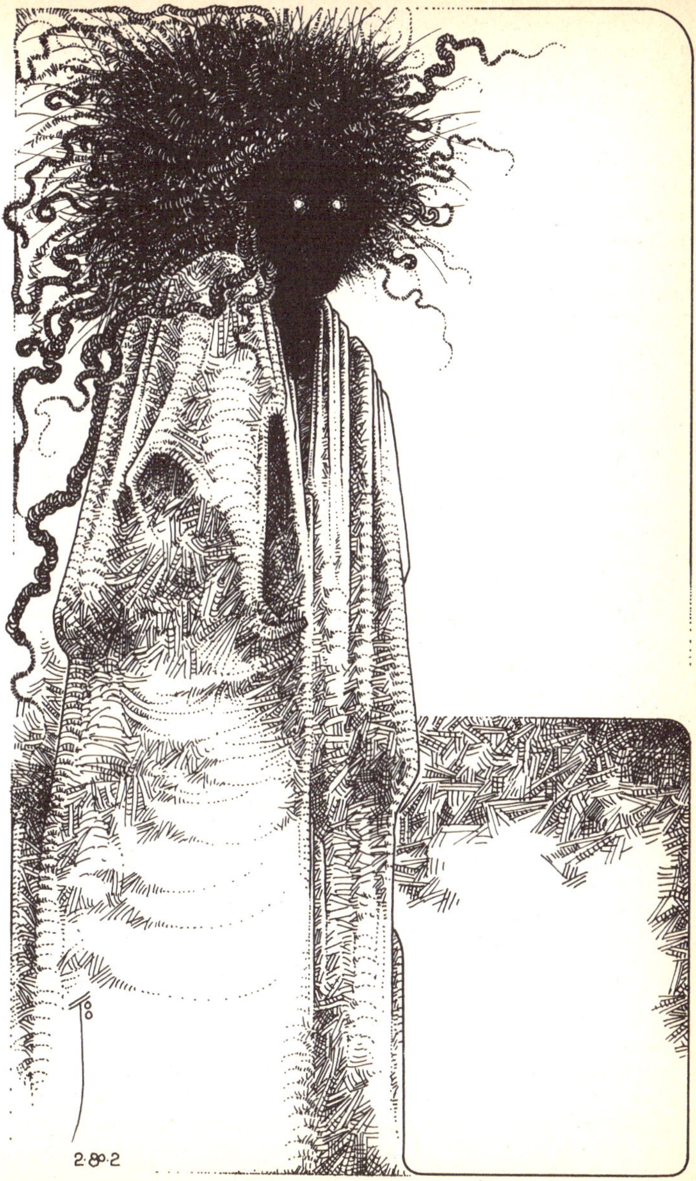
2·80·2

übernehmen – es waren die dramatischen und emanzipierten Frauen jener Ära, müssen Sie wissen –, es gibt jedoch keinerlei Beweise dafür, daß er mit einer von ihnen eine Affäre hatte. Anscheinend hat er immer, wenn es soweit war, zu der betreffenden Dame gesagt: ›Meine Liebe, es gibt wirklich nichts, was ich lieber täte, ehrlich, aber ich muß Ihnen beichten, daß ich eine sehr gewalttätige und eifersüchtige Geliebte habe, und wenn ich auch nur wagte, mit Ihnen zu flirten, würde sie mir im Bett die Kehle durchschneiden oder mich im Bad erdolchen‹ (er *war* ein wenig wie Marat, müssen Sie wissen, und wurde ihm in seinen späteren Jahren immer ähnlicher), ›ganz abgesehen davon, daß sie Ihnen, meine Liebe, Salzsäure in Ihr hübsches Gesicht schütten oder eine Hutnadel in diese verführerischen Augen stechen würde. Sie ist überaus belesen und gebildet, besonders auf dem Gebiet des Übersinnlichen, aber sie ist eine Tigerin.‹

Er hat für sie wirklich diese – erfundene? – Frau aufgebaut, wie mir berichtet wurde, bis es manchmal nicht mehr klar war, ob sie eine wirkliche Frau, eine Göttin oder ein metamorphosisches Wesen war. ›Sie ist ein erbarmungsloses Nachttier‹, sagte er manchmal, ›doch von einer Weisheit, die bis auf Ägypten zurückgeht, und noch weiter – und die mir unersetzlich ist. Denn sie ist meine Spionin, die ich auf Gebäude ansetze, müssen Sie wissen, meine Agentin für metropolitane Megastrukturen. Sie kennt ihre Geheimnisse und ihre verborgenen Schwächen, ihre schwerfälligen Rhythmen und dunklen Gesänge. Sie ist meine Königin der Nacht, Mutter der Finsternis, unsere Herrin der Dunkelheit.‹«

Während Byers diese letzten Worte de Castries' mit dramatischem Tonfall vortrug, fiel Franz ein, daß die ›Mater Tenebrarum‹ eine von de Quinceys Müttern der Trauer war, und zwar die dritte und jüngste der Schwestern, die sich stets mit einem Schleier verhüllte. Hatte de Castries das gewußt? Und war diese Königin der Nacht die von Mozart? – Allmächtig, nur nicht gegen die Zauberflöte und die Glocken Papagenos?

Doch Byers fuhr fort: »Sie müssen wissen, Franz, daß es ständig Berichte und Gerüchte gab, daß de Castries von einer verschleierten Dame besucht oder bedrängt wurde, die weite, fließende Kleider trug und entweder einen Turban oder einen weiten, breitkrempigen Hut, sich aber äußerst schnell und behende bewegen konnte. Man hatte sie gelegentlich zusammen gesehen, auf der anderen Seite einer Hauptverkehrsstraße, oder auf dem Embarcadero, oder in einem Park, oder am anderen Ende einer überfüllten Theater-Lobby; zumeist waren sie in Eile gewesen und hatten sich lebhaft gestikulierend unterhalten, doch wenn man versuchte, sie zu erreichen, war die Frau verschwunden. Oder wenn sie, bei einigen wenigen Gelegenheiten, noch da war, wurde sie von de Castries niemals vorgestellt, und er sprach in Gegenwart anderer auch niemals mit ihr und tat immer so, als ob er sie überhaupt nicht kennen würde. Doch schien er in Gegenwart anderer Menschen immer irritiert und – wie einige seiner Freunde behaupteten – voller Furcht.«

»Wie war *ihr* Name?« drängte Franz.

Byers lächelte. »Wie ich Ihnen eben sagte, mein lieber Franz, hat er sie niemals vorgestellt. Und wenn er von ihr sprach, so höchstens von ›dieser Frau‹, oder manchmal, seltsamerweise, von ›diesem dickköpfigen, aufdringlichen Mädchen‹. Vielleicht *hatte* er, trotz all seines dunklen Charmes, seiner Tyrannei und SM-Aura Angst vor Frauen, und sie war die Personifizierung und Verkörperung dieser Angst.

Die Reaktionen gegenüber dieser geheimnisvollen Gestalt waren unterschiedlich. Die Männer waren zumeist nachsichtig, interessiert und spekulativ, und manche ihrer Spekulationen waren überaus fantasievoll – es gab, zu verschiedenen Zeiten, die Vermutung, daß sie Isadora Duncan, Eleonora Duse oder Sarah Bernhardt sei, obwohl sie dann entweder zwanzig, vierzig oder sechzig Jahre alt gewesen sein müßte. Aber wirkliche Schönheit ist alterslos, wird behauptet; denken Sie doch an Marlene Dietrich oder die Arletty, oder die Doyenne aller schönen Frauen, Kleopatra. Sie hat sich immer hinter ihrem dunklen Schleier versteckt, wie ich Ihnen sagte, der allerdings gelegentlich mit farbigen Punkten verziert war – ›als ob sie schwarze Pocken hätte‹, wie es eine der Damen einmal bösartig beschrieben haben soll.

Aber da war sie nicht einzige: Alle Frauen haßten sie.

Natürlich ist meine Schilderung sicher etwas gefärbt, da ich fast alle Informationen über sie durch die Filter von Ricker und Klaas erhalten habe. Ricker, der häufig von ihrer Gelehrsamkeit und ägyptischen Weisheit sprach, war überzeugt, daß diese geheimnisvolle Lady noch immer die polnische Geliebte war, die vor Liebe zu de Castries den Verstand verloren hatte, und er kritisierte häufig die nachlässige Behandlung, die sie durch ihn erfuhr.

All dies führte natürlich zu endlosen Spekulationen über de Castries' Sexualleben. Manche waren der Ansicht, daß er homosexuell sei. Selbst in jenen Tagen hatte ›die kühle, graue Stadt der Liebe‹, wie Sterling sie nannte, ihre Homophilen – ›kühle, graue Stadt‹? Andere waren überzeugt, daß er auf eine SM-Art abartig war. (Eine ganze Reihe von Männern haben sich auf diese Weise unbeabsichtigt erdrosselt, wußten Sie das?) Und fast im selben Atemzug wurde er für einen Päderasten, einen Perversen, einen Fetischisten und für völlig asexuell gehalten, und es wurde gemunkelt, daß nur unentwickelte kleine Mädchen seine tiberianischen Gelüste befriedigen könnten. Es tut mir leid, falls ich Ihre Gefühle verletzt haben sollte, Franz, aber es wurden wirklich alle Abartigkeiten, die wir kennen, in diese Spekulationen einbezogen.

Aber natürlich nicht sofort, und auch nicht gleichzeitig, sondern nach und nach. Das wichtigste ist jedoch, daß de Castries für eine gewisse Zeit seine Gruppe der Auserwählten dort hatte, wo er sie haben wollte.«

20

Donaldus fuhr fort: »Der Höhepunkt von Thibaut de Castries' San Francisco-Abenteuer war erreicht, als er – nach viel Geheimniskrämerei und sorgfältiger Auswahl und geheimen Botschaften – und mit großem Pomp und Zeremoniell, wie ich vermute – seinen Hermetischen Orden begründete.«

»Ist das der Hermetische Orden, den Smith, oder zumindest dieses Tagebuch, erwähnt?« unterbrach Franz. Er hatte mit einer Mischung aus Faszination, Irritation und leichtem Humor zugehört, und wenigstens die Hälfte seiner Aufmerksamkeit hatte anderen Dingen gegolten, doch bei der Erwähnung der Grand Cipher hatte er sich wieder völlig auf Byers Bericht konzentriert.

»Sehr richig«, nickte Byers. »Ich werde es Ihnen erklären. In England gab es zu jener Zeit den Hermetischen Orden der Goldenen Dämmerung, einen okkulten Zirkel, zu dessen Mitgliedern auch der mystische Poet Yeats gehörte, der mit Pflanzen und Bienen und der See sprach, und Dion Fortune und George Russel – A. E. – und Ihr geliebter Arthur Machen – Sie müssen wissen, Franz, ich war immer davon überzeugt, daß die sexuell finstere *femme fatale* Helen Vaughan in seinem *The Great God Pan* nach der Satanistin Diana Vaughan modelliert worden war, obwohl ihre Memoiren – und vielleicht sogar sie selbst – ein Schwindel des französischen Journalisten Gabriel Jogand waren...«

Franz nickte ungeduldig und mußte an sich halten, um nicht zu drängen: ›Nun machen Sie schon weiter, Donaldus!‹

Der andere verstand ihn trotzdem. »Auf jeden Fall«, fuhr er fort, »gelang es Aleister Crowley im Jahr 1898, Mitglied der Gilded Dayspringers zu werden, und er hätte diese Gesellschaft durch seine Forderung nach der Einführung satanistischer Riten – Schwarze Magie und anderem wirklich hartem Zeug – fast zum Auseinanderbrechen gebracht.

In Imitation, aber auch als eine sardonische Herausforderung, nannte de Castries *seine* Gesellschaft den Hermetischen Orden der Onyx-Dämmerung. Er soll angeblich einen großen, schwarzen Ring in *pietra dura*-Arbeit getragen haben, mit Schrägflächen aus Onyx, Obsidian, Ebenholz und schwarzem Opal, die, mosaikartig zusammengefügt, einen schwarzen Raubvogel darstellten, vielleicht einen Raben.

Es war zu diesem Zeitpunkt, als sich die Dinge zum Nachteil de Castries zu entwickeln begannen, und die Atmosphäre, nach und nach, sehr häßlich wurde. Unglücklicherweise ist es auch die Periode, über die ich nur unter erheblichen Schwierigkeiten einigermaßen zuverlässige Informationen erhalten konnte – wenn überhaupt irgendwelche Informationen –, und zwar aus Gründen, die, wie Sie gleich sehen werden, sehr einleuchtend sind.

So weit es mir gelungen ist, die Ereignisse zu rekonstruieren, geschah folgendes: Sobald seine Geheimgesellschaft konstituiert worden war, verkündete de Castries ihren etwa zehn sorgfältig ausgewählten Mitgliedern, daß sein Utopia kein ferner Traum sei, sondern sofort realisiert werden würde, und zwar durch eine gewalttätige Revolution, sowohl materiell als auch spirituell (d. h. paramental), und daß das Hauptinstrument dieser Revolution – und zu ihrem Beginn das einzige – der Hermetische Orden der Onyx-Dämmerung sein würde.

Diese gewaltsame Revolution sollte durch terroristische Unternehmen in Gang gesetzt werden, die sich auf gewisse Weise an die Aktivitäten anlehnten, welche die Nihilisten zu jener Zeit in Rußland betrieben (kurz vor der gescheiterten Revolution von 1905), doch mit einer Menge neuer Schwarzer Magie (seiner Megapolisomancy) aufgestockt. Das Ziel sollte Demoralisierung sein, und nicht das Töten, zumindest in der Anfangsphase. Schwarzpulver-Bomben sollten während der Nachtstunden auf Plätzen und Hausdächern der Stadt zur Explosion gebracht werden. Hochhäuser sollten durch Zerschlagen von Hauptschaltern und -sicherungen für Stunden verdunkelt werden. Anonyme Briefe und Anrufe würden die Hysterie noch steigern.

Doch wichtiger als das sollte die megapolisomantische Operation werden, die ›Hochhäuser zu Schutt zusammenfallen lassen und Menschen zum Wahnsinn treiben sollte, bis sie in panischer Flucht die Stadt verlassen, alle Straßen verstopfen und die Fähren zum

Sinken bringen würden‹. So jedenfalls hat de Castries viele Jahre später, in einer seiner seltenen kommunikativen Stimmungen, seinen Plan Klaas geschildert. Sagen Sie, Franz, haben Sie gewußt, daß Nicola Tesla, der andere große amerikanische Magier, in seinen letzten Lebensjahren behauptet hat, ein Gerät erfunden oder zumindest erdacht zu haben, das handlich genug sei, um in einer größeren Aktentasche in ein Gebäude geschmuggelt werden zu können und dieses zu einer vorher eingestellten Zeit durch sympathetische Vibrationen zum Einsturz zu schütteln? Auch das habe ich von Herman Klaas erfahren. Aber ich weiche vom Thema ab.

Die magischen oder pseudowissenschaftlichen Unternehmen – oder wie würden Sie sie nennen? – erforderten von Thibauts Helfern absoluten Gehorsam – und das scheint die nächste Forderung gewesen zu sein, die er an seine Akolyten im Hermetischen Orden der Onyx-Dämmerung stellte. Einer von ihnen mochte, zum Beispiel, den Befehl erhalten, zu einer bestimmten Zeit zu einer bestimmten Adresse in San Francisco zu gehen und dort nur zwei Stunden lang zu stehen, alles Denken abzuschalten, oder sich auf einen einzigen Gedanken zu konzentrieren. Oder er – oder sie – bekam den Auftrag, einen Kupferbarren, oder einen kleinen Karton mit Kohlen, oder einen mit Wasserstoffgas gefüllten Kinderballon in ein bestimmtes Stockwerk eines bestimmten Hochhauses zu bringen und dort zurückzulassen (den Ballon an der Decke). Anscheinend sollten diese Elemente als Katalysatoren wirken. Oder zwei oder drei von ihnen bekamen die Order, sich im Foyer eines bestimmten Hotels oder auf einer Parkbank zu treffen und dort eine halbe Stunde lang beieinander zu sitzen, ohne ein Wort zu sprechen. Und von jedem – und jeder – seiner Mitverschworenen wurde erwartet, jeden Befehl ohne Frage und unverzüglich in allen Details auszuführen; anderenfalls wurden sie – wie ich vermute – sadistischen Strafen im Carbonari-Stil unterworfen.

Hochhäuser und andere große Gebäude waren stets die Hauptziele seiner Megapolisomancy. Er behauptete, daß sie die Konzentrations-Punkte für Stadt-Material seien, wie er es nannte, von dem die großen Städte vergiftet oder unerträglich überlastet würden. Zehn Jahre früher soll er angeblich der Vereinigung von Parisern angehört haben, die sich der Errichtung des Eiffel-Turms widersetzten. Ein Mathematik-Professor hatte errechnet, daß die Konstruktion unter ihrer eigenen Last zusammenbrechen mußte, wenn sie die Höhe von siebenhundert Fuß erreicht hatte, Thibaut aber behauptete schlicht und einfach, daß diese Masse nackten Stahls, die von allen Punkten der Stadt aus zu sehen wäre, ganz Paris zum

Wahnsinn treiben würde. (Und wenn man spätere Ereignisse und Entwicklungen in Betracht zieht, Franz, so bin ich der Ansicht, daß er vielleicht gar nicht so unrecht hatte. Die beiden Weltkriege sind wie Heuschreckenplagen durch übergroße Konzentration von Lebewesen, von Menschen, ausgelöst worden, die ihrerseits durch das Fieber der Bauwut hervorgerufen wurden. Ist das so abwegig?) Aber da Thibaut wußte, daß er die Errichtung von Hochhäusern nicht verhindern konnte, wandte er sich dem Problem ihrer Kontrolle zu. In gewisser Weise hatte er die Mentalität eines Tierbändigers – vielleicht von seinem Afrika-erfahrenen Vater ererbt?

Thibaut schien zu glauben, daß es eine Art mathematischer Formel gab – oder daß er eine solche gefunden hatte –, durch die menschliches Denken und große Gebäude (und paramentale Wesen?) manipuliert werden konnten. ›Neo-pythagoräische Metageometrie‹ nannte er sie. Es sei lediglich eine Frage, die richtigen Zeiten und Orte zu kennen, behauptete er, (und zitierte Archimedes: ›Gebt mir einen festen Standort, und ich werde die Welt aus den Angeln heben‹) und dann dort die richtigen Personen (und Gehirne) oder Materialien einzusetzen. Er schien auch zu glauben, daß bestimmte Orte in Großstädten bestimmten Menschen eine begrenzte Gabe des Hellsehens, Stimmenhörens und Vorauswissens ermöglichten. Einmal hat er damit begonnen, Klaas einen einzelnen Fall von Megapolisomancy im Detail zu beschreiben – ihm seine Formel zu geben, sozusagen – wurde dann jedoch mißtrauisch.

Aber es *gibt* noch eine andere Anekdote über diese megamagische Sache: Ich bin zwar geneigt, ihre Authentizität anzuzweifeln, finde sie jedoch überaus attraktiv. Es scheint, daß Thibaut vorhatte, das Hobart Building, oder zumindest eines jener frühen Hochhäuser an der Market Street, durch eine Art ›Warnschütteln‹ zu erschüttern –, ob es dabei eventuell zusammenfallen würde, hinge von der Integrität seiner Erbauer ab, soll der alte Knabe gesagt haben. In diesem Fall waren seine vier Freiwilligen Jack London, George Sterling, eine Octoroon*, die Ragtime-Sängerin Olive Church, eine Protegée der alten Voodoo-Königin Mammy Pleasant, und ein Mann namens Fenner.

Kennen Sie Lotta's Fountain an der Market Street? – Ein Geschenk Lotta Crabtrees, ›der Perle der Goldfelder‹, die ihre Tanzkunst von Lola Montez lernte (der Meisterin des Spinnentanzes, Gefährtin des geistig umnachteten bayerischen Ludwig, und so weiter) an die Stadt San Francisco. Diesem Brunnen sollten sich die

---

* *Octoroon:* Mulattin mit einem Achtel Negerblut. – *Anm. d. Übers.*

vier Akolyten aus verschiedenen Richtungen nähern, und zwar auf Straßen, welche die vier Arme eines gegenläufigen Hakenkreuzes bildeten und dessen Mittelpunkt der Brunnen war, sich dabei auf die vier Himmelsrichtungen konzentrieren und Objekte in ihren Händen halten, die die vier Elemente symbolisierten: Olive eine Topfblume für die Erde, Fenner eine Magnumflasche Champagner für das Wasser, Sterling einen ziemlich umfangreichen, wasserstoffgefüllten Ballon für die Luft (oder das gasförmige Element) und Jack London eine brennende Zigarre für das Feuer.

Sie sollten gleichzeitig am Brunnen eintreffen und ihm ihre Gaben ›vorstellen‹ – George, indem er seinen wasserstoffgasgefüllten Ballon durch das Wasser zog, und Jack, indem er seine Zigarre darin löschte.

Olive und Fenner trafen als erste ein, Fenner ein wenig betrunken – vielleicht hatte er unterwegs seine Opfergabe probiert –, doch wir können unterstellen, daß alle vier etwas in Hochstimmung waren. Anscheinend war Fenner scharf auf Olive, und sie hatte ihn abgewiesen, und jetzt wollte er sie dazu bringen, mit ihm Champagner zu trinken, und als sie es ablehnte, versuchte er, ihn ihr zwangsweise einzuflößen und goß ihr dabei eine ganze Menge auf ihre Bluse *und* auf die Topfblume, die sie in ihren Händen hielt.

Während die beiden so miteinander rauften, traf George ein und versuchte, Fenner von Olive zu trennen, ohne seinen Ballon loszulassen, und Olive kreischte vor Vergnügen, als nun die beiden Männer miteinander rangen, und drückte ihre Topfblume gegen ihren nassen Busen.

Jetzt trat Jack von hinten auf sie zu – er war noch betrunkener als die anderen – und drückte, einer plötzlichen Inspiration nachgebend, das glühende Ende seiner Zigarre an den Ballon.

Es gab eine Stichflamme und eine ziemlich laute Explosion. Augenbrauen und Haare wurden angesengt. Fenner, der glaubte, daß Sterling auf ihn geschossen habe, fiel in das Wasserbecken des Brunnens und ließ dabei die Magnum-Flasche fahren, die auf den Steinen der Einfassung zerschellte. Olive ließ ihren Blumentopf fallen und begann hysterisch zu lachen. George lief vor Wut auf Jack rot an, und Jack lachte wiehernd, wie ein wahnsinniger Gott – und Thibaut, der bestimmt irgendwo im Hintergrund stand, verfluchte alle vier.

Am folgenden Tag entdeckten sie alle fast zur selben Zeit, daß ein kleines Lagerhaus hinter dem Rincon Hill eingestürzt und nur noch ein wüster Haufen von Ziegeln war. Alter und Baumängel wurden offiziell als Grund angegeben, doch Thibaut behauptete natürlich, daß es auf den Fehlschlag seiner Mega-Magie zurückzuführen sei, der durch die allgemeine Frivolität der vier Beteiligten und Jacks idiotischen Scherz verursacht worden wäre.

Ich weiß nicht, ob in dieser Geschichte auch nur ein Körnchen Wahrheit steckt – zumindest ist sie um ihrer anekdotischen Wirkung willen stark verzerrt worden.

Auf jeden Fall aber können Sie sich jetzt besser vorstellen, wie diese Primadonnen, die Thibaut rekrutiert hatte, auf seine Befehle reagierten. Wahrscheinlich hätten Jack London und George Sterling bei Unternehmen wie dem Abschalten von Beleuchtung in Hochhäusern – oder auch ganzen Häuserblocks – schon aus reinem Spaß an der Sache mitgemacht, vorausgesetzt, sie wären betrunken genug gewesen, wenn Thibaut ihnen den Befehl dazu gab. Und selbst der querköpfige alte Bierce hätte vielleicht Spaß an einem bißchen Schwarzpulver-Donner gefunden, wenn ein anderer die ganze Arbeit getan und auch die Zündschnur angesteckt hätte. Doch als de Castries sie beauftragte, *langweilige* Dinge zu tun, deren Sinn er ihnen nicht erklärte, war es einfach zuviel. Eine temperamentvolle und exzentrische Dame der Gesellschaft, eine auffallende Schönheit (und Akolytin), soll gesagt haben: ›Wenn er mich nur beauftragt hätte, etwas *Herausforderndes* zu tun, zum Beispiel, Präsident Roosevelt die Hose aufzuknöpfen (sie meinte natürlich Teddy Roosevelt, Franz), oder mich nachts splitternackt auf die Rotunde von Paris zu stellen, oder zu den Seal Rocks hinauszuschwimmen und mich an die Klippen zu ketten wie Andromeda; aber nur vor der Stadtbücherei zu stehen, mit sieben ziemlich großen Kugellagern in meinem Büstenhalter, an den Nordpol zu denken und eine Stunde und zwanzig Minuten nicht ein einziges Wort zu sprechen... ich *bitte* dich, Darling!‹

Der springende Punkt war wohl, daß sie sich schlichtweg geweigert haben, ihn ernst zu nehmen – und auch seine Revolution und seine Schwarze Magie. Jack London war ein eingefleischter marxistischer Sozialist und hatte sich mit seinem Science Fiction-Roman *The Iron Heel* seinen Weg durch einen gewalttätigen, blutigen Klassenkampf geschrieben. Er war in der Lage, Löcher in Theorie und Praxis von Thibauts Herrschaft des Terrors zu bohren, und hätte es mit Sicherheit auch getan. Und er wußte, daß die erste Großstadt, in der eine Regierung der Gewerkschaftspartei an die Macht gewählt worden war, bestimmt nicht der richtige Ort für den Beginn einer Konterrevolution sein konnte. Er war außerdem ein darwinistischer Materialist und wissenschaftlich gebildet. Er wäre in der Lage gewesen, Thibauts ›neue schwarze Wissenschaft‹ als eine pseudowissenschaftliche Travestie und als lediglich eine neue Bezeichnung für Magie zu entlarven.

Auf jeden Fall weigerten sich alle, ihm selbst bei einem Test-Unternehmen seiner Mega-Magie zu helfen. Vielleicht haben sogar ein paar von ihnen ein- oder zweimal mitgemacht – bei dieser Komödie an Lotta's Fountain, zum Beispiel – doch es geschah nichts.

Ich vermute, daß er zu diesem Zeitpunkt die Geduld verlor, Befehle zu brüllen begann und Strafen verhängte. Und sie haben ihn sicher nur ausgelacht – und als er immer noch nicht einsah, daß er sein Spiel verloren hatte, sind sie einfach fortgegangen.

Oder sie haben aktiver reagiert. Ich kann mir sehr gut vorstellen, daß jemand wie Jack London den wütenden, schreienden kleinen Mann einfach bei Kragen und Hosenboden packte und ihn auf die Straße warf.«

Byers hob die Brauen. »Das erinnert mich daran, Franz, daß Lovecrafts Feind-Freund de Castro Ambrose Bierce kannte und behauptet hatte, mit ihm zusammengearbeitet zu haben, doch bei ihrem letzten Treffen soll de Castro den Abschied von Bierce etwas beschleunigt haben, indem er einen Spazierstock auf seinem Kopf zerbrach. Wirklich eine gute Parallele zu dem, was ich eben für de Castries als Hypothese aufgestellt habe. Eine wirklich attraktive Theorie – daß beide Fälle gleich liegen! Aber es war nicht so, denn de Castro war bei Lovecraft, um seine Stories und seine Memoiren umzuschreiben, als de Castries bereits tot war.«

Er seufzte tief, bevor er fortfuhr. »Jedenfalls könnte ein Zwischenfall wie dieser die Transformation de Castries von einem faszinierenden Außenseiter, den die Menschen irgendwie mochten, zu einem aufdringlichen, alten Langweiler, quengelnden Nassauer, Streithammel und *Erpresser* herbeigeführt haben, vor dem man sich mit allen Mitteln schützen mußte. Ja, Franz, es gibt hartnäckige Gerüchte, daß er versucht hat – und in einigen Fällen sogar erfolgreich –, seine früheren Jünger mit Eröffnungen und Bekenntnissen, die sie in den Taten gemeinsamer Freizügigkeit begangen hatten, zu erpressen, sogar mit der Drohung, ihre frühere Mitgliedschaft zu einer Terror-Organisation anzuzeigen – seiner eigenen! Zweimal schien er während dieser Zeit für mehrere Monate spurlos verschwunden zu sein – sehr wahrscheinlich, weil er Gefängnisstrafen absitzen mußte. Einige seiner Ex-Akolyten waren einflußreich genug, um so etwas ohne große Schwierigkeiten arrangieren zu können, obwohl es mir nicht gelungen ist, dafür irgendwelche Beweise zu erbringen; die meisten Akten sind bei dem Erdbeben vernichtet worden.

2·8·3

Doch etwas von dem alten, dunklen Glanz muß ihm für geraume Zeit noch geblieben sein – zumindest in den Augen seiner Ex-Akolyten – die dumpfe Ahnung, daß er ein Mensch mit dunklen, übernatürlichen Kräften war, denn als am frühen Morgen des achtzehnten April 1906 das Erdbeben losbrach, vom Westen her in langgezogenen Wellen von Mauerwerk und Beton die Market Street hinaufdonnerte und Hunderte von Menschen verschlang, soll einer seiner abgefallenen Akolyten, wahrscheinlich in der Erinnerung an eine Zauberei, die Wolkenkratzer zum Einstürzen bringen würde, gesagt haben: ›Er hat es geschafft! Der alte Teufel hat es wirklich geschafft!‹

Und es gibt Hinweise darauf, daß Thibaut das Erdbeben für seine Erpressungen auszunutzen versuchte – so auf die Art: ›Ich habe es einmal getan, ich kann es wieder tun!‹ Anscheinend hat er alles, was ihm einfiel, dazu benutzt, anderen Angst einzujagen. In zwei Fällen soll er Menschen gedroht haben, seine Königin der Nacht, seine Herrin der Dunkelheit (seine mysteriöse, verschleierte Lady) gegen sie einzusetzen – das heißt, wenn sie kein Geld ausspuckten, würde er seine Schwarze Tigerin auf sie hetzen.

Doch die meisten meiner Informationen über diese Periode sind sehr dünn und einseitig. Die Menschen, die ihn am besten gekannt hatten, versuchten alles, um ihn zu vergessen (ihn zu unterdrücken, kann man sagen), und meine beiden Hauptinformanten, Klaas und Ricker, haben ihn erst in den zwanziger Jahren als alten Mann kennengelernt und nur *seine* Version (oder Versionen!) der Geschichte gehört. Ricker, ein völlig unpolitischer Mann, hielt de Castries für einen großen Gelehrten und Metaphysiker, dem eine Gruppe reicher, leichtlebiger Menschen Geld und Unterstützung versprochen und ihn dann enttäuscht und im Stich gelassen hatte. An die Revolutionspläne hat er niemals ernsthaft geglaubt. Aber Klaas glaubte an ihre Existenz und sah de Castries als einen großen, gescheiterten Rebellen, einen modernen John Brown oder Sam Adams oder Marat, der von seinen reichen, pseudokünstlerischen, sensationsgeilen Anhängern fallengelassen wurde, als sie kalte Füße bekamen. Beide wiesen die Erpresser-Gerüchte empört zurück.«

»Und was war mit seiner geheimnisvollen Lady?« unterbrach Franz. »Gab es die noch? Was haben Klaas und Ricker über sie gesagt?«

Byers schüttelte den Kopf. »Sie war Anfang der zwanziger Jahre spurlos verschwunden – falls sie überhaupt wirklich existiert haben sollte. Für Ricker und Klaas war sie lediglich eine Story wie alle anderen – eine der endlos faszinierenden Geschichten, die sie im Lauf der Zeit aus dem alten Mann herausholten. Oder (bei den weniger faszinierenden) in mehrfacher Wiederholung über sich ergehen ließen. Nach ihren Informationen gab es während der Zeit, als sie ihn kannten, überhaupt keine Frau in seiner Nähe. Klaas rutschte aber einmal ungewollt die Bemerkung heraus, daß de Castries sich habe ab und zu eine Prostituierte kommen lassen – weigerte sich jedoch, mir Einzelheiten zu berichten, so sehr ich ihn auch dazu drängte, und erklärte mir, daß dies Thibauts eigene, ganz private Angelegenheit sei. Ricker erklärte mir jedoch, daß der alte Knabe ein sentimentales Interesse an – oder eine Schwäche für – kleine Mädchen gehabt habe – natürlich in aller Unschuld, ein moderner Lewis Caroll, betonte er. Sowohl Ricker wie Klaas wiesen jede Andeutung über ein abartiges Sexualleben des alten Mannes so entschieden und indigniert zurück wie die Erpresser-Stories und die später aufkommenden, noch häßlicheren Gerüchte: daß de Castries seine letzten Lebensjahre dazu verwandt hätte, sich an den ›Verrätern‹ zu rächen, indem er sie durch Schwarze Magie zu Tode brachte oder zum Selbstmord trieb.«

»Ich habe von einigen dieser Fälle gehört«, sagte Franz, »zumindest von denen, die Sie, wie ich vermute, gleich anführen werden. Was ist mit Nora May French geschehen?«

»Sie war die erste, die starb. 1907, nur ein Jahr nach dem Erdbeben. Ein klarer Fall von Selbstmord. Sie ist sehr elend an Gift gestorben – äußerst tragisch.«

»Und wann ist Sterling gestorben?«

»Am siebzehnten November 1926.«

Franz sagte nachdenklich: »Es scheint wirklich ein selbstmörderischer Zwang am Werk gewesen zu sein, obwohl sich die Todesfälle über einen Zeitraum von zwanzig Jahren erstreckten. Man könnte sich sogar vorstellen, daß es der Todeswunsch war, der Bierce dazu trieb, zu diesem Zeitpunkt nach Mexiko zu gehen – ein von Krieg gezeichnetes Leben, also warum kein gewaltsamer Tod? – wo er sich wahrscheinlich als eine Art inoffizieller Revolutions-Korrespondent den Rebellen Pancho Villas anschloß und genauso wahrscheinlich erschossen wurde, weil er ein hochnäsiger, starrköpfiger alter Gringo war, der nicht mal für den Teufel selbst den Mund gehalten hätte.

Und von Sterling war bekannt, daß er schon viele Jahre lang eine Ampulle mit Zyankali in seiner Westentasche trug; ob er das Gift schließlich aus Versehen nahm (ziemlich weit hergeholt) oder vorsätzlich, ist natürlich nicht mit Sicherheit festzustellen. Und dann gab es eine Zeit (Rogers Tochter berichtet darüber in ihrem Buch), als Jack London für fünf Tage spurlos verschwand und in seine Wohnung zurückkehrte, als sich dort Charmian und Rogers Tochter und noch einige andere Menschen, die sich um ihn Sorgen machten, versammelt hatten, und er mit der eiskalten Logik eines Mannes, der sich wieder nüchtern getrunken hat, George Sterling und Rogers aufforderte, *nicht für ihn Totenwache zu sitzen.*

Was hat er damit gemeint?« fragte Byers und kniff ein Auge zu, als er sich sorgfältig einen neuen Brandy einschenkte.

»Daß ihre Kräfte nachzulassen beginnen würden, wenn sie die Freude am Leben verlören, und dann würden sie den Nasenlosen beim Arm nehmen und lachend abtreten.«

»Den Nasenlosen?«

»Londons Spitzname für den Tod – der Schädel unterhalb der Haut. Die Nase besteht aus Knorpeln, und deshalb ist der Totenschädel...«

Byers' Augen weiteten sich, und er deutete plötzlich mit ausgestrecktem Finger auf seinen Gast.

»Franz!« sagte er aufgeregt. »Dieser Paramentale, den Sie gesehen haben... war er nasenlos?«

Als ob er gerade einen posthypnotischen Befehl erhalten hätte, schloß Franz die Augen, bog den Kopf zurück und streckte abwehrend beide Hände vor. Byers Worte hatten die fahlbraune, spitze Schnauze wieder mit plastischer Deutlichkeit in seine Erinnerung zurückgerufen.

»Sagen Sie...«, murmelte er verhalten, »so etwas nie wieder, ohne mich vorher zu warnen. Ja, er war nasenlos.«

»Mein lieber Franz, ich werde es nicht wieder tun. Bitte, entschuldigen Sie. Ich habe mir nicht klargemacht, was für ein Schock dieser Anblick für Sie gewesen sein muß.«

»Schon gut, schon gut«, sagte Franz ruhig. »Vier der Akolyten sind also etwas vor Ablauf ihrer Zeit gestorben, Opfer ihrer gestörten Psyche – oder etwas anderem.«

»Und mindestens die gleiche Anzahl weniger prominenter Akolyten«, ergriff Byers wieder das Wort. »Wissen Sie, Franz, ich war sehr davon beeindruckt, wie in Londons letztem großem Roman, *The Star Rover*, der Geist so völlig über die Materie triumphiert. Durch eine unglaubliche strenge Selbstdisziplin gelingt es einem Lebenslänglichen in St. Quentin, im Geist durch die dicken Gefängniswände zu entkommen, frei und ungehemmt durch die Welt zu streifen, seine früheren Reinkarnationen wiederzuleben, seine Tode wieder zu sterben. Irgendwie läßt mich das an den alten de Castries der zwanziger Jahre denken, der allein in schäbigen, billigen Hotels hauste und über vergangene Hoffnungen, Erfolge und Desaster grübelte, grübelte, grübelte. Und – während er an grausame, endlose Foltern dachte – über das Unrecht, das ihm angetan wurde, und über Rache, und über... wer kann sagen, über was er sonst noch nachdachte. Auf welche Reisen er seinen Geist schickte?«

21

»Und jetzt«, sagte Byers und senkte seine Stimme, »will ich Ihnen über Thibaut de Castries' letzten Akolyten und sein Ende berichten. Sie müssen sich dabei vor Augen halten, daß wir ihn uns in dieser Periode als einen gebeugten, alten Mann vorstellen müssen, verschlossen und schweigsam, der unter ständigen Depressionen litt und paranoid wurde. So hatte er, zum Beispiel, eine pathologische Angst, irgendwelches Metall zu berühren, da er glaubte, seine Feinde versuchten, ihn durch Stromschläge zu töten. Manchmal hatte er auch Angst, daß sie sein Leitungswasser vergiftet hätten. Er verließ nur noch selten das Haus, weil er befürchtete, daß ein Automobil plötzlich auf den Gehsteig springen und ihn überrollen könnte; und er war nicht mehr behende genug, um ausweichen zu können. Oder seine Feinde könnten ihm den Schädel zertrümmern, indem sie einen Ziegelstein von einem Hochhaus auf ihn warfen. Er wechselte in dieser Zeit sehr häufig sein Hotel, um sie von seiner Spur abzubringen. Seine einzigen Kontakte mit früheren Bekannten waren seine hartnäckigen Versuche, alle Exemplare seines Buches zurückzuholen und zu verbrennen – aber es ist durchaus möglich, daß er nebenher nach wie vor ein bißchen Erpressung betrieb, oder ganz schlicht bettelte. Ricker und Klaas waren Zeuge einer solchen Bücherverbrennung. Eine groteske Angelegenheit! – er verbrannte zwei Exemplare in seiner Badewanne. Sie erinnerten sich daran, das Fenster aufgerissen und den Rauch hinausgewedelt zu haben. Mit einer oder zwei Ausnahmen waren sie in jener Periode seine einzigen Besucher – selbst abseitige, exzentrische Typen und auch schon Versager, obwohl sie zu der Zeit erst in den Dreißigern waren.

Und dann kam Clark Ashton Smith – etwa im gleichen Alter, doch überquellend von Poesie, Fantasie und kreativer Energie. Clark war von George Sterlings grausamem Tod sehr getroffen worden und fühlte sich dazu gedrängt, alle Freunde und Bekannten seines poetischen Mentors aufzusuchen, die er finden konnte. De Castries spürte das fast erloschene Feuer wieder aufflammen. Hier war ein neuer der brillanten, vitalen Menschen, die er immer gesucht hatte. Er fühlte sich versucht (und erlag dieser Versuchung schließlich rückhaltlos), seinen umwerfenden Charme ein letztes Mal einzusetzen, seine faszinierenden Geschichten zu erzählen und seine bezwingend unheimlichen Theorien zu erklären, um seinen Besucher in seinen Bann zu zwingen.

Und Clark Ashton, ein Liebhaber des Unheimlichen, hochintelligent, doch in gewisser Weise noch immer ein naiver Junge aus der Kleinstadt, emotionell turbulent, war ein überaus dankbarer Zuhörer. Clark schob seine Rückkehr nach Auburn mehrere Wochen lang immer wieder hinaus; er genoß die beklemmende, unheilschwangere, Wunder-reiche, seltsam *reale* Welt, die der alte Tiberius, der Vogelscheuchen-Kaiser des Terrors und des Geheimnisvollen jeder Tag frisch für ihn malte – ein San Francisco aus strahlenden mentalen und unsichtbaren paramentalen Wesen, das wirklicher war als die Wirklichkeit. Es ist nur zu verständlich, daß die Tiberius-Metapher Clark faszinierte. An einer Stelle eines Tagebuchs schrieb er – warten Sie einen Moment, Franz, bis ich die Stelle auf den Fotokopien gefunden habe...«

»Nicht nötig«, sagte Franz und zog das Journal selbst aus der Jackentasche. Dabei riß er auch das Fernglas heraus, und es fiel mit einem leisen Klirren von zerbrochenem Glas auf den dicken Teppich.

Byers blickte es mit morbider Neugier an. »Das also ist das Glas, das mehrere Male – seien Sie vorsichtig, Franz! – ein paramentales Wesen sah und schließlich von ihm zerstört wurde.« Sein Blick glitt zu dem Journal. »Franz, Sie schlauer Fuchs! Sie haben sich auf dieses Gespräch – zumindest auf einen Teil davon – vorbereitet, *bevor* Sie zum Gipfel der Corona Heights hinaufgestiegen sind!«

Franz hob sein Fernglas auf und legte es auf den kleinen Tisch neben den überquellenden Aschenbecher; dabei warf er einen raschen Blick durch den Raum und auf die Fenster. »Es scheint, Donaldus«, sagte er dann ruhig, »als ob auch Sie einiges zurückgehalten hätten. Sie sind jetzt ziemlich sicher, daß dieses Tagebuch von Smith aufgeschrieben wurde, aber bei unseren früheren Treffen, und selbst in den Briefen, die Sie mir später schrieben, haben Sie immer wieder betont, daß Sie nicht sicher seien.«

»*Touché*«, gab Byers mit einem seltsamen, kleinen Lächeln zu, vielleicht beschämt. »Aber es schien mir damals richtig und *weise* zu sein, Franz, so wenig Menschen wie möglich darüber aufzuklären. Jetzt wissen Sie natürlich genauso viel wie ich, oder werden es in wenigen Minuten wissen, aber... das billigste aller Clichés lautet: ›Es gibt Dinge, die der Mensch nicht wissen soll‹, doch es gibt Zeiten, in denen ich glaube, daß es für Thibaut de Castries und das Übernatürliche wirklich zutrifft. Darf ich das Journal sehen?«

Franz warf es ihm zu. Byers fing es auf, als ob es ein rohes Ei wäre, und warf seinem Gast einen schmerzvollen Blick zu, während er es öffnete und behutsam ein paar Seiten umblätterte. »Ja, hier ist es. ›Heute drei Stunden in 607 Rhodes. Was für ein Genie! Wie prosaick – wie Howard es buchstabieren würde. Und doch ist es Tiberius, der mit geiziger Zurückhaltung seine dunklen Thrasyllus-Geheimnisse in diesem bergigen, höhlenzerfressenen Capri, das San Francisco genannt wird, an seinen verängstigten, jungen Erben (Um Gottes willen! Nicht ich!) Caligula portioniert. Und ich frage mich, wie bald auch ich dem Wahnsinn verfallen werde.‹«

Als er mit dem Vorlesen der Seite fertig war, blätterte er sie um, und dann die nächste, und die übernächste, und er blätterte sogar weiter, als er zu den unbeschriebenen Seiten kam. Hin und wieder blickte er Franz an, doch er examinierte jede einzelne Seite sorgfältig mit Augen und Fingerspitzen, bevor er sie umblätterte.

»Clark dachte an San Francisco als ein modernes Rom«, sagte er im Konversationston. »Sie verstehen: beide Städte wurden auf sieben Hügeln erbaut. Und auf einen Einwohner von Auburn wirkte das Leben von George Sterling und seiner Freunde sicherlich wie ein römisches Bacchanal. Wobei Carmel vielleicht das Analogon zu Capri bildete, das Tiberius' Klein-Rom war, und wo Spaß und Spiele für Fortgeschrittene stattfanden. Fischer brachten frisch gefangene Hummer für den kauzigen, alten Imperator; Sterling tauchte nach riesigen Muscheln. Natürlich war Rhodes das Capri von Tiberius' frühen mittleren Jahren. Ja, ich kann verstehen, warum Clark nicht Caligula sein wollte. ›Die Kunst ist, genau wie der Barmann, niemals betrunken.‹ – Hallo, was ist dies?«

Seine Fingernägel zupften behutsam am Rand eines Blattes. »Sie sind kein Bibliophile, lieber Franz. Ich hätte damals, als wir uns trafen, Ihnen dieses Buch stehlen sollen, so wie ich es zu einem gewissen Zeitpunkt ernsthaft vorgehabt hatte; aber irgend etwas Rührendes in Ihrer Trunkenheit hat mein Gewissen angerührt, das *niemals* ein guter Führer ist. – So!«

Mit einem leisen, fast unhörbaren Rascheln löste sich das Blatt von einem anderen und enthüllte eine beschriebene Seite, die zwischen den zusammenklebenden Blättern versteckt gewesen war.

»Die Schrift ist schwarz und wie neu«, berichtete Byers. »Indische Tinte, würde ich sagen – und mit sehr leichter Hand aufgetragen, um auch nicht die geringsten Eindrucksspuren auf der anderen

Seite des Blattes zu verursachen. Dann eine winzige Spur Gummi arabicum auf dem Rand, zu gering, um das Papier zu verwerfen, und Presto! – die Eintragungen sind unauffällig und sehr effektiv versteckt. Die Raffinesse des Offensichtlichen. ›Auf ihren Kleidern ist eine Schrift, die kein Mensch erblicken darf...‹ *Oh, mein Gott! Nein!*«

Er wandte mit einer raschen, resoluten Bewegung den Blick von der Tagebuchseite, die er während des Sprechens überflogen hatte. Dann stand er auf, hielt das Journal auf Armeslänge von sich, hockte sich so nahe neben Franz, daß der seinen Brandy-Atem roch, und hielt das Tagebuch so, daß sie beide die neuentdeckten Seiten vor Augen hatten. Nur die rechte war beschrieben, mit schwarzen und spinnenfadendünnen Buchstaben, die sehr sauber geschrieben waren und mit Smiths Handschrift auch nicht die entfernteste Ähnlichkeit aufwiesen.

»Danke«, sagte Franz. »Dies ist unheimlich. Ich habe alle Seiten mehr als ein Dutzendmal durchgeblättert.«

»Aber Sie haben nicht jede einzelne mit dem tiefen Mißtrauen eines Bibliophilen genau und gründlich geprüft. Die Initialen am Schluß der Eintragung deuten darauf hin, daß sie von dem alten Tiberius selbst geschrieben wurde. Und ich teile diese Entdeckung mit Ihnen nicht so sehr aus Gründen der Höflichkeit, wie aus Angst. Als ich einen Blick auf die ersten Zeilen geworfen hatte, überkam mich das Gefühl, daß dies etwas ist, das ich nicht allein lesen möchte. Zusammen mit Ihnen fühle ich mich sicherer – zumindest wird die Gefahr etwas verteilt.«

Gemeinsam lasen sie folgendes:

EIN FLUCH auf Master Clark Ashton Smith und all seine Erben, der sich einbildete, mein Gehirn anzapfen und sich dann davonmachen zu können, dieser falsche Agent meiner Feinde. Auf ihn komme der Lange Tod – die Paramentale Agonie! –, wenn er zurückgekrochen kommt, wie es alle Menschen tun. Der Drehpunkt (0) und die Cipher (A) werden dort sein, an seinem geliebten 607 Rhodes. Ich werde an dem mir zugewiesenen Ort (1) ruhen, unter dem Bischofssitz, die schwerste Asche, die er jemals fühlte. Dann, wenn die Lasten auch auf Sutro Mountain (4) und Monkey Clay (5) sind, [(4) + (1) = (5)] wird sein Leben zermalmt werden. Bin an Cipher in meinem 50-Buch (A) gebunden. Ziehe hinaus in die Welt, mein kleines Buch (B), und liege auf der Lauer in Läden und auf Regalen, ein Köder für den arglosen

> *Käufer. Ziehe hinaus, mein kleines Buch, und breche einigen Leuten das Genick!*
>
> TdC

Als Franz zu Ende gelesen hatte, wirbelten in seinem Gehirn so viele Namen von Orten und Dingen herum, die sowohl bekannt als auch fremd waren, daß er sich dazu zwingen mußte, die Fenster und Türen und dunklen Ecken von Byers elegantem Wohnzimmer visuell zu überprüfen. Diese Formulierung ›Wenn die Lasten... ruhen‹ – er konnte sich nicht vorstellen, was damit gemeint sein konnte, doch im Zusammenhang mit ›der schwersten Asche‹ ließ sie ihn an einen alten Mann denken, der von schweren Steinen, die auf seiner Brust lagen, zu Tode gequetscht wurde, weil er beim Hexenprozeß in Salem, im Jahr 1692, die Aussage verweigert hatte, als ob ein Geständnis buchstäblich aus ihm herausgepreßt werden könnte, wie der letzte Atemzug.

»Monkey Clay«, murmelte Byers verwundert. »Affe aus Lehm? Der arme, leidende Mensch, aus Staub geformt?«

Franz schüttelte den Kopf. Und im Mittelpunkt von allem, dachte er, dieses verdammt rätselhafte 607 Rhodes, das immer wieder und überall auftauchte und auf gewisse Weise diese ganze Sache ins Rollen gebracht hatte.

Wenn er nur daran dachte, daß er das Buch jahrelang in seinem Besitz gehabt hatte, ohne sein Geheimnis zu entdecken! Das ließ einen Menschen gegenüber allen Dingen mißtrauisch werden, die seine Umwelt bildeten, gegenüber seinen vertrautesten Besitztümern. Was konnte nicht unter dem Futter seiner Anzüge verborgen sein, oder in der rechten Hosentasche? (bei einer Frau in der Handtasche, oder in ihrem Büstenhalter) oder in dem Stück Seife, mit dem er sich täglich wusch (es konnte eine Rasierklinge enthalten)?

Doch wenn er nur daran dachte, daß er endlich de Castries Handschrift vor Augen hatte, so gestochen sauber; und so unglaublich verworren...

Ein Detail löste in ihm eine weitere Frage aus. »Donaldus«, sagte er, »wie konnte Smiths Tagebuch in de Castries Hände gelangen?«

Byers stieß einen langen, alkoholgesättigten Seufzer aus, massierte sein Gesicht mit beiden Händen (Franz hielt das Journal fest, das sonst zu Boden gefallen wäre) und sagte: »Oh, das. Klaas und Rickert haben mir übereinstimmend erklärt, daß de Castries ehrlich besorgt und verletzt war, als Clark nach Auburn (wie es sich herausstellte) gefahren war, ohne sich von ihm zu verabschieden, nachdem er den alten Mann länger als einen Monat täglich aufgesucht hatte. De Castries war so verstört, erklärten sie mir, daß er eines Tages zu Clarks billiger Absteige ging und die Wirtin überzeugte, daß er Clarks Onkel sei, so daß sie ihm einige Sachen aushändigte, die Clark zurückgelassen hatte, als er Hals über Kopf ausgezogen und abgereist war. ›Ich werde sie für den kleinen Clark aufheben‹, erklärte er Ricker und Klaas, und später, nachdem er von Clark gehört hatte, fügte er hinzu: ›Ich habe ihm seine Sachen zugeschickt.‹ Den beiden war nie der Verdacht gekommen, daß der alte Mann auf Clark wütend sein könnte.«

Franz nickte. »Aber wie ist das Journal (jetzt mit de Castries Fluch zwischen den zusammengeklebten Seiten) von ihm zu dem Trödler gekommen, bei dem ich es gekauft habe?«

»Wer weiß?« sagte Byers müde. »Dieser Fluch erinnert mich jedoch an eine andere Seite von de Castries' Charakter, von der ich bisher noch nicht gesprochen habe: seine Vorliebe für recht sadistische Scherze. Trotz seiner morbiden Angst vor der Elektrizität präparierte er einmal unter Mithilfe Rickers einen seiner Stühle so, daß der Benutzer einen elektrischen Schlag erhielt; auf diese Weise wollte er Vertreter, Hausierer, Kinder und andere lästige Besucher verjagen. Durch diese Sache wäre er beinahe mit der Polizei in Konflikt geraten. Ein junges Mädchen, das sich um Schreibarbeiten bemühte, versengte sich auf seinem Stuhl den Hintern. Wenn man es genau überlegt, riecht diese Geschichte stark nach SM, finden Sie nicht auch? – das echte sadomasochistische Medium, die Elektrizität – Quelle von Entzücken und Schmerz. Sprechen Dichter nicht von elektrifizierenden Küssen? Ah, das Böse lauert in den Herzen der Menschen«, schloß Byers salbungsvoll und erhob sich, das Journal in Franz' Händen lassend, und ging zu seinem Platz zurück. Franz sah ihn fragend an und streckte ihm das Journal entgegen, doch sein Gastgeber sagte, während er sich einen neuen Brandy einschenkte: »Nein, behalten Sie es. Es gehört Ihnen. Schließlich haben Sie es – gekauft. Aber geben Sie um Gottes willen besser darauf acht! Es ist eine *große* Rarität.«

»Aber was halten Sie davon, Donaldus?« fragte Franz.

Byers zuckte die Achseln und nahm einen kleinen Schluck Brandy. »Ein wirklich unheimliches Dokument«, sagte er und lächelte Franz an, als ob er sehr froh sei, daß der es jetzt in den Händen hielt. »Und es hat tatsächlich viele Jahre lang in Läden und auf Regalen gelauert. Sagen Sie, Franz, können Sie sich überhaupt nicht erinnern, wo Sie es gekauft haben?«

»Ich habe es immer wieder versucht«, sagte Franz gequält. »Es muß auf der anderen Seite der Corona Heights gewesen sein, da bin ich ziemlich sicher, und der Laden hieß ... The In Group? The Black Spot? The Black Dog? The Grey Cockatoo? Nein, bestimmt nicht, und ich habe Hunderte von Namen probiert. Ich glaube, daß ›Black‹ darin vorkam, aber ich bin fast sicher, daß der Inhaber ein Weißer war. Und ich erinnere mich, daß ein kleines Mädchen – vielleicht seine Tochter – ihm im Laden half. Nicht wirklich ein ›kleines Mädchen‹, sie war schon ein ganzes Stück in der Pubertät, erinnere ich mich, und sie wußte das auch recht gut. Sie hat sich an mich gedrängt – auch diese Erinnerung ist nur vage –, und ich glaube (ich war natürlich ziemlich betrunken), daß ich sie recht reizvoll fand«, gestand er etwas beschämt.

»Ist so eine Reaktion nicht nur allzu menschlich, mein lieber Franz?« sagte Byers. »Diese kleinen Schätzchen, kaum vom Sex geküßt – aber sie kennen ihre Wirkung auf Männer bereits sehr gut! Wer kann ihnen widerstehen? – Können Sie sich erinnern, was Sie für die beiden Bücher bezahlt haben?«

»Ziemlich viel, fürchte ich. Aber auch das ist mir entfallen.«

»Sie sollten versuchen, wenigstens das Stadtviertel wiederzufinden und es dann Straße für Straße absuchen.«

»Das könnte ich tun – falls der Laden noch existiert und seinen Namen nicht geändert hat. Warum fahren Sie nicht mit Ihrer Geschichte fort, Donaldus?«

»Da gibt es nicht mehr viel zu sagen, Franz. Es scheint jedoch, als ob dieser ... äh ... Fluch nicht besonders wirksam gewesen ist. Clark lebte noch dreißig Jahre, und es waren glückliche und produktive Jahre. Sehr beruhigend, finden Sie nicht auch?«

»Er ist auch nicht nach San Francisco zurückgekommen«, stellte Franz sachlich fest, »bis auf sehr seltene, kurze Besuche.«

»Das stimmt. – Nachdem Clark ihn verlassen hatte, war de Castries wieder, was er vorher gewesen war: ein einsamer, von Depressionen geplagter, alter Mann. Etwa um diese Zeit erzählte er George Ricker eine sehr unromantische Geschichte aus seiner Vergangenheit: daß er von Geburt Franko-Kanadier und in Vermont aufgewachsen sei; sein Vater sei zunächst selbständiger Drucker in einer Kleinstadt und dann Farmer gewesen, und in beiden Berufen ein Versager. Thibaut habe eine sehr einsame, unglückliche Kindheit gehabt, behauptete er. Es klingt wahr, finden Sie nicht auch? Und man fragt sich, wie das Sexualleben eines solchen Menschen ausgesehen haben muß. Niemals eine Geliebte, würde ich sagen, und schon gar nicht eine intellektuelle, mysteriöse, ausländische. Auf jeden Fall hatte er jetzt den letzten Höhepunkt seines Lebens hinter sich (mit Clark), für den er noch einmal die Rolle des allmächtigen, finsteren Zauberers gespielt hatte, und das Ende dieser Affäre war genauso bitter wie das seiner ersten im San Francisco des *fin de siècle* (falls das die erste gewesen sein sollte). Verbittert und einsam. Er hatte nur noch einen anderen literarischen Bekannten zu dieser Zeit – oder eine Art Freund, vielleicht. Klaas und Rikker haben es bestätigt. Es war Dashiell Hammett, der eine Wohnung in Post and Hyde hatte und gerade *The Maltese Falcon* schrieb. Die Namen von Buchläden, die Sie nannten, haben es mir wieder in Erinnerung gerufen: The Black Dog und irgend etwas mit Cockatoo. Sie wissen sicher, daß der kostbare, mit Juwelen besetzte goldene Falke, der schwarz emailliert war (und später als Fälschung entlarvt wurde) in Hammetts Kriminalstory manchmal ›der schwarze Vogel‹ genannt wird. Er und de Castries haben sich häufig über schwarze Schätze unterhalten, wurde mir von Klaas und Rikker berichtet. Und was die historischen Tatsachen betrifft, auf denen Hammett seinen Roman aufgebaut hat, so waren die Malteser Ritter, die den Falken schufen, früher die Ritter von Rhodos...«

»Schon wieder Rhodos!« unterbrach Franz erregt. »Dieses verdammte 607 Rhodes!«

»Ja«, stimmte Byers ihm zu. »Zuerst Tiberius, dann die Ritter. Sie hatten die Insel zweihundert Jahre lang in ihrem Besitz und wurden schließlich, im Jahre 1522, durch Sultan Sulaiman I. von ihr vertrieben. Aber was den schwarzen Vogel betrifft – Sie werden sich erinnern, daß ich Ihnen von de Castries' *pietra dura*-Ring aus mosaikartig zusammengesetzten Halbedelsteinen erzählte, die einen schwarzen Vogel darstellten. Klaas behauptete, daß dieser Ring Hammett zu seinem Roman *The Maltese Falcon* inspiriert habe! Vielleicht ist es ein wenig übertrieben, aber auf jeden Fall recht seltsam, finden Sie nicht auch? De Castries und Hammett. Der Schwarze Magier und der Autor harter Kriminalstories.«

»Nicht so seltsam, wie Sie anzunehmen scheinen, wenn man es genau überlegt«, erwiderte Franz, und seine Blicke wanderten wieder durch den Raum. »Abgesehen davon, daß Dashiell Hammett einer von Amerikas wirklich großen Romanautoren war, führte er ebenfalls ein ziemlich einsames und abgeschlossenes Leben und war von einer fast unglaublichen Integrität. So zog er es einmal vor, ins Gefängnis zu gehen, anstatt einen Vertrauensbruch zu begehen. Und im Zweiten Weltkrieg meldete er sich freiwillig und diente jahrelang auf den eisigen, sturmgepeitschten Aleuten. Nein, Hammett ist sicher an einem verschrobenen alten Knacker wie de Castries rein intellektuell interessiert gewesen und hat seiner Einsamkeit und Verbitterung und seinem Versagen ein hartes unsentimentales

Mitgefühl entgegengebracht. Sprechen Sie weiter, Donaldus.«

»Es gibt nichts mehr zu sagen«, erklärte Donaldus, doch seine Augen blitzten. »De Castries starb 1929 nach zwei Wochen Krankenhausaufenthalt an Herzversagen. Es war im Sommer – ich erinnere mich, daß Klaas mir sagte, der alte Mann habe nicht lange genug gelebt, um den Zusammenbruch der Börse und den Beginn der großen Wirtschaftskrise miterleben zu können, beides für ihn äußerst befriedigende Ereignisse, da er sie als eine Bestätigung seiner Theorie interpretiert hätte, nach der durch die Schuld der Riesenstädte die Welt in den Abgrund der Hölle stürzen würde.

Das also war sein Ende. De Castries wurde eingeäschert, wie er es gewünscht hatte, und die Verbrennung seiner Leiche kostete den letzten Rest seines Geldes. Ricker und Klaas teilten sich die wenigen Sachen, die er hinterließ. Er hatte natürlich keine Verwandten.«

»Ich bin froh darüber«, sagte Franz, »ich meine, daß er eingeäschert worden ist. Ich wußte natürlich, daß er tot ist – er mußte nach all den Jahren gestorben sein – aber irgendwie hatte ich die Vorstellung, daß er noch immer durch San Francisco streunte, ein uralter Mann, doch drahtig und noch sehr agil und schnell. Zu hören, daß er nicht nur in einem Krankenhaus gestorben, sondern auch eingeäschert worden ist, macht seinen Tod noch endgültiger.«

»Ja, auf gewisse Weise«, stimmte ihm Byers zu und sah ihn mit einem seltsamen Blick an. »Klaas hat die Asche eine Zeitlang in seiner Wohnung aufbewahrt, in dem billigen, schäbigen Kanister, den das Krematorium gestellt hatte, bis er und Ricker entschieden hatten, was sie damit anfangen sollten. Sie kamen schließlich überein, auch in diesem Punkt de Castries Wunsch zu folgen, obwohl es eine illegale Bestattung war und sie sie heimlich und während der Nacht durchführen mußten. Ricker nahm eine kleine Hacke mit, die er in Zeitungspapier gewickelt hatte, und Klaas einen kurzen Feldspaten, ebenfalls in Papier eingeschlagen.

Noch zwei weitere Personen gehörten zu der Begräbnisgruppe, Dashiel Hammett – er hatte ihnen geholfen, ein weiteres Problem zu lösen. Sie hatten darüber gestritten, ob de Castries' schwarzer Ring (Klaas hatte ihn an sich genommen) zusammen mit der Asche begraben werden sollte, und als sie sich nicht einigen konnten, baten sie Hammett, diese Frage zu entscheiden. ›Aber selbstverständlich‹, hatte er ohne Zögern geantwortet.

»Das kann ich mir vorstellen«, sagte Franz und nickte. »Und dennoch seltsam.«

»Nicht wahr?« sagte Byers. »Sie banden den Ring mit einem dicken Kupferdraht an den Kanister mit der Asche. Der vierte Teilnehmer an diesem Begräbnis war – Clark. Ich wußte, daß Sie das überraschen würde. Sie hatten sich mit ihm in Verbindung gesetzt (er war in Auburn), und er war nur für diese eine Nacht nach San Francisco gekommen. Und das beweist, glaube ich, daß Clark keine Ahnung von de Castries Fluch hatte – oder sind Sie anderer Meinung? Jedenfalls brach das Quartett kurz nach Einbruch der Dunkelheit von Klaas' Wohnung auf. Es war eine klare Nacht mit hellem Mondlicht, und das war ein Glück für sie, da sie ein Stück klettern mußten, in einer Gegend, wo es keine Straßenbeleuchtung gab.«

»Nur diese vier Männer?« fragte Franz, als Byers eine Pause machte.

»Seltsam, daß Sie das fragen«, sagte Byers. »Als alles vorüber war, fragte Hammett Ricker: ›Wer, zum Teufel, war diese Frau, die sich im Hintergrund herumdrückte? Eine alte Flamme von ihm? Ich hatte erwartet, daß sie verschwinden würde, als wir zu den Felsen kamen – oder sich uns anschließen –, aber sie ist die ganze Zeit auf Distanz geblieben.‹ Ricker war von dieser Eröffnung ziemlich betroffen – denn er hatte niemanden gesehen. Und auch Klaas und Smith nicht. Doch Hammett blieb bei seiner Behauptung.«

Byers blickte Franz mit einer Art genüßlichem Gesichtsausdruck an und kam dann rasch zum Schluß. »Das Begräbnis verlief ohne jeden Zwischenfall, obwohl sie die Hacke wirklich brauchten – der Boden war sehr hart. Das einzige, was fehlte, war, daß der Fernsehturm, diese fantastische Kreuzung zwischen einer Schneiderpuppe und einer burmesischen Pagode beim Fest der roten Laternen, sich im Dunkel der Nacht verneigte und einen kryptischen Segen spendete. Die Stelle befand sich dicht unterhalb eines glatten, hockerähnlichen Felsens, den de Castries den Bischofssitz genannt hatte, nach einem ähnlichen in Poes ›Gold Bug‹-Erzählung, und unmittelbar zu Füßen der großen Klippe, die den Gipfel der Corona Heights bildet. Ach, übrigens, da war noch eine Laune de Castries, den sie ihm erfüllt hatten: er wurde in seinem uralten, abgetragenen Bademantel eingeäschert – fahlbraun und mit einer Kapuze.

Franz' Augen, die wieder einmal ihre allumfassende Inspektion durchführten, erhielten den Befehl, das Dunkel der Schatten nicht nur nach einem schmalen, fahlen Gesicht mit einer unruhigen Schnauze abzusuchen, sondern auch nach dem habichtartigen, geisterhaften, zerquält und quälend-mordlüsternen Gesicht eines hyperaktiven alten Mannes, der wie etwas aus Dorés Illustrationen zu Dantes *Inferno* aussah. Da er niemals eine Fotografie von de Castries gesehen hatte – falls es überhaupt welche geben sollte – mußte diese Vorstellung ausreichen.

Sein Verstand war damit beschäftigt, sich an den Gedanken zu gewöhnen, daß die Corona Heights im wahrsten Sinne des Wortes mit Thibaut de Castries imprägniert waren. Daß er sowohl gestern als auch heute für geraume Zeit den Platz eingenommen hatte, der mit größter Wahrscheinlichkeit der Bischofssitz des Fluches war, und nur ein paar Fuß von der Stelle entfernt, wo in dem harten Boden der essentielle Staub (oder Salz?) und der schwarze Ring vergraben lagen. Wie hieß es in der Cipher von Poes Erzählung? ›Nimm ein gutes Glas auf den Bischofssitz...‹ Sein Glas war zerbrochen, aber er brauchte es kaum für diese kurze Entfernung. Was war schlimmer, Geister oder Paramentale? – oder waren beide dasselbe? Wenn man auf das Erscheinen beider oder eines von ihnen wartete, war das eine ziemlich akademische Frage, ganz gleich, wie viele interessante Probleme über verschiedene Ebenen der Realität durch sie aufgeworfen wurden. Irgendwo, tief in seinem Inneren, wurde er sich bewußt, wütend zu sein – oder vielleicht auch nur streitsüchtig.

»Schalten Sie ein paar Lampen ein, Donaldus«, sagte er tonlos.

»Ich muß sagen, daß Sie das alles sehr ruhig aufnehmen«, sagte sein Gastgeber ein wenig enttäuscht, und ein wenig ehrfürchtig.

»Was sollte ich denn sonst tun? In Panik ausbrechen? Auf die Straße rennen und mich abschießen lassen? Oder mich von einstürzenden Mauern begraben lassen? Oder von herumfliegenden Glassplittern geschnitten zu werden? Ich habe Sie im Verdacht, Donaldus, daß Sie die Enthüllung von der Lage von de Castries' Grab so lange hinausgezögert haben, damit sie einen größeren dramatischen Effekt hat, und in Befolgung Ihrer Theorie der Identität von Wirklichkeit und Kunst.«

»Sehr richtig! Sie *haben* mich verstanden, und ich *habe* Ihnen gesagt, daß ein Geist auftauchen würde; und wie passend ist das astrologische Graffiti als Thibauts Epitaph, oder Grabschmuck!

Aber ist das alles nicht äußerst seltsam, Franz? Wenn man daran denkt, daß Sie, als Sie zum ersten Mal von Ihrem Fenster aus zu den Corona Heights hinaufblickten, keine Ahnung hatten, daß Thibaut de Castries sterbliche Überreste...«

»Schalten Sie Licht an«, wiederholte Franz. »Was ich wirklich erstaunlich finde, Donaldus, ist, daß Sie seit vielen Jahren von paramentalen Wesen und von den höchst bedrohlichen Aktivitäten de Castries und den suggestiven Umständen seines Begräbnisses gewußt haben und doch keinerlei Vorsichtsmaßnahmen treffen. Sie sind wie ein Soldat, der unbekümmert im Niemandsland tanzt. Wobei wir uns immer vor Augen halten wollen, daß ich, oder Sie, oder wir beide, absolut wahnsinnig sein könnten. Natürlich haben Sie von dem Fluch erst eben erfahren, falls ich Ihnen in diesem Punkt vertrauen kann. Und Sie haben die Tür verriegelt, als ich ins Haus getreten war. Machen Sie Licht!«

Byers tat endlich, was Franz von ihm verlangte. Goldfarbenes Licht strömte aus einer riesigen Kugellampe, die über ihnen von der Decke hing. Er stand auf, ging in die Eingangshalle, etwas widerwillig, wie es schien, und schaltete auch dort das Licht ein. Dann kam er ins Wohnzimmer zurück und öffnete eine neue Brandy-Flasche. Die Fenster wurden zu dunklen Rechtecken mit Netzen von Gold. Es war draußen inzwischen völlig dunkel geworden. Aber wenigstens die Schatten im Inneren des Hauses waren nun gebannt.

»Natürlich können Sie mir vertrauen«, sagte Byers mit einer Stimme, die matt und farblos klang, nun, nachdem seine Geschichte erzählt war. »Nur mit Rücksicht auf Ihre Sicherheit habe ich Ihnen nichts von de Castries berichtet. Bis heute, als ich erkannte, daß Sie bereits tief in dieser Affäre steckten, ob Sie wollten oder nicht. Ich bin kein Schwätzer, das können Sie mir glauben. Wenn ich eines im Lauf der Jahre gelernt habe, so ist es die Erkenntnis, daß man anderen eine Gnade erweist, wenn man ihnen *nicht* von den dunkleren Seiten de Castries' und seiner Theorien erzählt. Das ist der Grund, warum ich niemals auch nur daran *gedacht* habe, eine Monographie über diesen Mann zu schreiben. Welchen anderen Grund sollte ich wohl dafür gehabt haben? – So ein Buch müßte brillant werden. Fa Lo Suee weiß alles – vor einer wirklich Liebenden kann man nichts verbergen – und sie hat einen sehr starken Willen, wie ich bereits angedeutet habe. Übrigens habe ich sie kurz nach Ihrem Anruf, als sie das Haus verlassen wollte, gebeten, noch einmal nach dem Laden zu suchen, in dem Sie die beiden Bücher gekauft haben, falls sie Zeit dazu hätte – sie hat ein ausgesprochenes Talent für solche Probleme. Sie lächelte und sagte, daß sie das ohnehin vorgehabt habe.

Sie haben vorhin behauptet, daß ich keinerlei Vorsichtsmaßnahmen treffen würde«, fuhr er fort, »aber da irren Sie. Wie mir Klaas und Ricker berichteten, erwähnte der alte Mann einmal drei Schutzmittel gegen Unerwünschte: *Silber*, ein altes, bewährtes Mittel gegen Werwölfe (ein weiterer Grund, warum ich Fa Lo Suee in ihrer Kunst ermutigt habe), *abstrakte Formen*, diese alten Aufmerksamkeits-Fallen (in der Hoffnung, daß sie auch die Aufmerksamkeit der Paramentalen fangen würden – deshalb all diese labyrinthartigen Arabesken, die Sie hier sehen), und *Sterne*, das Ur-Pentagramm – ich war es, der einige Male in den frühen, kalten Morgenstunden, wenn ich sicher sein konnte, keine Zuschauer zu haben, die meisten der astrologischen Graffiti auf die Felsen der Corona Heights gesprüht hat!«

»Donaldus!« sagte Franz scharf. »Sie haben tiefer und länger in dieser Sache gesteckt, als Sie es mir gesagt haben – und Ihre Freundin auch, wie es mir scheint.«

»Gefährtin«, korrigierte Byers, »oder Geliebte, wenn Ihnen der Ausdruck lieber ist. Ja, Sie haben recht – es war meine wichtigste sekundäre Sorge – jetzt die primäre – für eine ganze Reihe von Jahren. Aber wovon habe ich gesprochen? Ach ja richtig; daß Fa Lo Suee alles weiß. Und auch zwei ihrer Vorgängerinnen – eine berühmte Innenarchitektin und eine Tennismeisterin, die auch Schauspielerin war. Clark, Klaas und Ricker wußten es auch – sie waren schließlich meine Quellen – aber sie sind tot. Sie sehen, daß ich versuche, andere zu schützen – und auch mich selbst bis zu einem gewissen Grad. Ich betrachte paramentale Wesen als sehr reale und gegenwärtige Gefahren, ihrer Natur nach etwa in der Mitte zwischen der Atombombe und den Archetypen des kollektiven Unbewußten stehend. Oder zwischen Charles Manson oder einem Zodiac-Killer und Kappa-Phänomenen, wie von Meleta Denning in *Gnostica* definiert. Oder zwischen Muggers und Elementalen, oder Hepatitis und Incubi. Es sind alles Dinge, vor denen sich jeder gesunde Mensch in acht nimmt.

Aber eins sollten Sie beachten, Franz«, sagte er mit Emphase und goß sich Brandy nach, »trotz meiner Vorkenntnisse, die um so vieles älter sind als die Ihren, und sehr viel intensiver, habe ich noch nie ein paramentales Wesen *gesehen*. In diesem Punkt sind Sie mir gegenüber im Vorteil. Und es scheint ein erheblicher Vorteil zu sein.« Er blickte Franz mit einer Mischung aus Neid und Grauen an.

Franz erhob sich. »Vielleicht«, sagte er knapp, »zumindest, wenn es darum geht, einen Menschen wachsam werden zu lassen. Sie sagten, daß Sie versuchten, sich selbst zu schützen, aber Sie verhalten sich nicht entsprechend. Jetzt, zum Beispiel – entschuldigen Sie, Donaldus – betrinken Sie sich so, daß Sie hilflos wären, falls ein paramentales Wesen...«

»Glauben Sie im Ernst?« – Byers hob die Brauen – »daß Sie sich gegen sie verteidigen könnten, ihnen widerstehen, sie bekämpfen, sie vernichten könnten, wenn sie jetzt hier auftauchen würden?« fragte er erstaunt. »Können Sie eine Atomrakete aufhalten, die in diesem Augenblick durch die Ionosphäre auf San Francisco zurast? Können Sie Cholera-Bazillen kontrollieren? Könnten Sie Ihre Amima oder Ihren Schatten beseitigen? Können Sie einem Poltergeist befehlen, mit dem Klopfen aufzuhören? Oder der Königin der Nacht, draußen zu bleiben? Sie können nicht monate- und jahrelang vierundzwanzig Stunden pro Tag Wache stehen. Glauben Sie mir, ich weiß es. Ein Soldat, der in seinem Schützenloch hockt, kann nicht berechnen, ob die nächste Granate ein Volltreffer sein wird oder nicht. Er würde wahnsinnig werden, wenn er es versuchte. Nein, Franz, alles, was man tun kann, ist, Türen und Fenster zu schließen, alle Lichter anzudrehen und zu hoffen, daß sie an einem vorbeiziehen werden. Und versuchen, sie zu vergessen. Essen Sie, trinken Sie, und seien Sie fröhlich. Hier, nehmen Sie einen Drink!« Er trat auf Franz zu, in jeder Hand ein halbgefülltes Brandyglas.

»Danke, nein«, sagte Franz fast grob und rammte das Journal in seine Jackentasche. Dann nahm er das klirrende Fernglas vom Tisch und steckte es in die andere Seitentasche; dabei dachte er sekundenlang an das Fernglas in James' Geistergeschichte ›A View from a Hill‹, dem die magische Eigenschaft verliehen worden war, in die Vergangenheit blicken zu können, nachdem es mit einer schwarzen Flüssigkeit gefüllt worden war, die aus gekochten Knochen floß, als man sie zerschlug. Konnte auch sein Fernglas irgendwie präpariert worden sein, so daß er Dinge sah, die es gar nicht gab? Ein sehr weit hergeholter Gedanke, und außerdem war sein Glas zerbrochen.

»Es tut mir leid, Donaldus, aber ich muß jetzt gehen«, sagte er und schritt auf die Eingangshalle zu. Er wußte, daß er einen Drink annehmen würde, wenn er länger bliebe, und daß damit der alte Zyklus wieder von vorn beginnen würde; und die Vorstellung, bewußtlos zu werden, *und unfähig, sich zu wehren*, war äußerst beklemmend.

Byers lief ihm nach. Seine Eile und sein Bemühen, nichts von dem Brandy zu verschütten, hätten sehr komisch gewirkt, wenn er nicht in einem entsetzten, klagenden, flehenden Tonfall gesagt hätte: »Sie dürfen nicht gehen. Es ist dunkel. Sie können nicht auf die Straße, wenn der alte Teufel oder seine Paramentalen dort draußen lauern. Hier, nehmen Sie einen Drink und bleiben Sie über Nacht im Haus! Bleiben Sie wenigstens zur Party! Wenn Sie heute nacht Wache stehen wollen, brauchen Sie vorher etwas Ruhe und Abwechslung. Ich bin sicher, daß Sie heute abend eine willige und angenehme Partnerin finden werden. Sie sind alle Huren – aber intelligent. Und wenn Sie Angst haben, daß Alkohol Sie benebeln könnte, ich habe etwas Kokain im Haus, den reinsten Kristall.« Er leerte eins der beiden Gläser, die er in den Händen hielt, und setzte es auf einem kleinen Tisch ab. »Hören Sie, Franz, ich habe auch Angst – und Sie sind leichenblaß von dem Augenblick an, als ich Ihnen gesagt habe, wo der Staub des alten Teufels liegt. Bleiben Sie zur Party. Und nehmen Sie wenigstens einen Drink – nur zur Entspannung. Wenn Sie ehrlich sind, gibt es keinen anderen Weg, glauben Sie mir. Sie werden zu müde, wenn Sie ewig wachen.« Er schwankte ein wenig und hatte sein freundlichstes Lächeln aufgesetzt.

Eine Last von Müdigkeit senkte sich auf Franz. Er griff nach dem Glas, das Donaldus ihm entgegenstreckte, doch als er es berührte, riß er seine Hand zurück, als ob er sie verbrannt hätte.

»Schsch«, sagte er, als Byers sprechen wollte, und umklammerte warnend seinen Ellbogen. Durch die Stille hörten sie ein winziges, knirschendes, gleitendes, metallisches Geräusch, das von einem leisen Klicken abgeschlossen wurde, als ob ein Schlüssel in einem Schloß gedreht würde. Sie blickten auf die Haustür und sahen, wie der Bronzeknauf sich drehte.

»Es ist Fa Lo Suee«, sagte Byers. »Ich muß den Riegel zurückschieben.« Er setzte sich in Bewegung.

»Warten Sie!« flüsterte Franz eindringlich. »Hören Sie!«

Sie vernahmen ein kratzendes Geräusch, das nicht aufhören wollte, als ob ein intelligentes Tier seine hornige Klaue immer wieder über die Tür gleiten ließe. In Franz' Fantasie entstand das paralysierende Bild eines großen, schwarzen Panthers, der dicht an der anderen Seite der olivfarbenen Tür hockte, eines grünäugigen, schimmernden, schwarzen Panthers, der gerade begann, zu etwas Schrecklicherem zu metamorphosieren.

»Sie kann es einfach nicht lassen«, murmelte Byers, und bevor Franz ihn daran hindern konnte, riß er den Riegel zurück.

Die Tür wurde halb aufgedrückt, und in der Öffnung erschienen zwei fahlgraue, längliche, flache, katzenartige Gesichter, und sie schrien. »Aiiiii-eeeee!«

Beide Männer fuhren zurück. Franz riß den Kopf zur Seite, seine Augen wichen ohne sein Wollen von dem Anblick der beiden fahlgrauen, schimmernden Gestalten, einer größeren und einer kleineren, die jetzt an ihm vorbeiwirbelten und drohend auf Byers zuschossen, der halbgebückt in sich zusammengefallen war, einen Arm schützend vor die Augen gepreßt, den anderen vor den Unterleib, und das Glas mit der goldgelben Flüssigkeit segelte in einem weiten Bogen auf den dicken Teppich.

Franz' Gehirn registrierte den Geruch von Brandy, verbranntem Hanf und schwerem Parfüm.

Die grauen Gestalten drangen auf Byers ein, griffen nach seinem Unterleib, und als er mit inartikuliertem Stöhnen und Blubbern zaghafte Abwehrversuche machte, sagte die größere der beiden Gestalten mit einer heiseren Altstimme: »In China, Mr. Nayland Smith, haben wir unsere Methoden, um Menschen zum Reden zu bringen.«

Dann war der Brandy an der fahlgrünen Tapete, das unzerbrochene Glas auf dem braunen Teppich, und die mit Marihuana vollgepumpte, bildschöne Chinesin und ein schmalgesichtiges Mädchen in demselben Zustand, die ihre grauen Katzenmasken heruntergerissen hatten, lachten ausgelassen über den gelungenen Scherz und fuhren fort, Byers kräftig zu kitzeln, und Franz hörte, daß beide »Jaime! Jaime!« kreischten, den Vornamen seines Gastgebers.

Franz' extreme Angst war verschwunden, nicht aber seine Lähmung. Selbst seine Stimmbänder waren gelähmt, so daß er von dem Augenblick an, als die beiden grau-gekleideten Mädchen auf so seltsame Weise ins Haus geplatzt waren, bis zu dem Moment, an dem er es verließ, nicht ein Wort herausbrachte, sondern schweigend neben dem dunklen Rechteck der offenen Tür stand und das unruhige Tableau in der Halle mit kühler Distanziertheit beobachtete.

Fa Lo Suee hatte eine schlanke, etwas kantig wirkende Figur, ein flaches Gesicht mit grobknochiger Struktur, dunkle Augen, die paradoxerweise sowohl glänzend als auch stumpf wirkten – ein Effekt des Marihuanas (und was sie sonst noch genommen haben mochte) – und glattes, blauschwarzes Haar. Ihre dunkelroten Lippen waren schmal. Sie trug graue Strümpfe und Handschuhe, und ein engan- liegendes Kleid (aus gerippter silbergrauer Seide) von chinesischem Schnitt, der irgendwie immer modern wirkt. Ihre linke Hand kitzelte Byers' Bauch, während ihr rechter Arm um die schmale Taille ihrer Gefährtin gelegt war.

Diese war einen Kopf kleiner, beinahe, doch nicht ganz, hager, und hatte aufreizende, kleine Brüste. Ihr Gesicht war wirklich katzenähnlich: ein zurückweichendes Kinn, ein Schmollmund, eine Stupsnase, etwas vorquellende, blaue Augen und eine niedrige Stirn. Sie wirkte wie siebzehn, görenhaft und altklug, und sie schlug in Franz' Erinnerung eine Saite an. Sie trug ein fahlgraues Leotard, silbergraue Handschuhe und einen grauen Umhang aus einem leichten Material. Sie kitzelte Byers mit beiden Händen, und ihr Lachen klang bösartig.

Die beiden Katzen-Masken, die sie auf einen kleinen Tisch in der Eingangshalle geworfen hatten, waren mit leuchtenden Rändern und ein paar steifen Schnurrbarthaaren verziert, und sie behielten auch ausgezogen ihre schmale, langschnauzige Form, deren Anblick die beiden Männer so entnervt hatte, als sie in dem Spalt der halboffenen Tür aufgetaucht waren.

Donaldus (oder Jaime) sprach während der Zeit bis zu Franz' formlosem Abschied ebenfalls kein einziges Wort, vielleicht mit Ausnahme eines halberstickten »Nein, nicht!«, aber er lachte und quietschte und brabbelte ziemlich viel. Er stand halb gebeugt und wand sich von einer Seite zur anderen, während seine Hände erfolglos versuchten, die vier kitzelnden Hände der Mädchen abzuwehren. Sein fahlvioletter, offener Morgenmantel wehte wie eine Fahne hin und her.

Es waren die Frauen, die das Gespräch bestritten, zu Anfang nur Fa Lo Suee.

»Wir haben dir einen ganz schönen Schreck eingejagt, wie?« sagte sie mit ihrer rauchigen Altstimme. »Jaime ist leicht zu erschrecken, Shirley, besonders, wenn er betrunken ist. Das war mein Schlüssel, der an der Tür gekratzt hat. Nun mach schon weiter, Shirley. Fester!« Dann fuhr sie in ihrer Fu Manchu-Stimme fort: »Was haben Sie und Dr. Petrie hier getrieben? In Honan, Mr. Nayland Smith, werden wir einen sehr zuverlässigen, chinesischen Test für Homophilie durchführen. Oder könnte es sein, daß Sie bilateral sind? Wir sind im Besitz aller alten Weisheit des Ostens, all der dunklen Geheimnisse, die Mao Tse-tung vergessen hat. Kombiniert mit westlicher Wissenschaft, ist ihre Wirkung verheerend. (Gut so, Mädchen! Tu ihm weh!) Denken Sie an meine Thugs und Dacoits, Mr. Smith, meine goldenen Skorpione und die sechs Zoll langen Tausendfüßler, meine schwarzen Spinnen mit Diamant-Augen, die im Dunkeln lauern, und dann zuspringen! Wie würde es Ihnen gefallen, wenn ich Ihnen eine davon in den Hosenlatz schöbe? Ich wiederhole: Was haben Sie und Dr. Petrie hier getrieben? Überlegen

Sie sich Ihre Antwort sehr gut. Meine Assistentin, Miß Shirley Soames (Mach weiter, Shirley!) hat ein Gedächtnis, das so scharf ist wie eine Rattenfalle. Keine Lüge bleibt ihr unentdeckt.«

Franz, der wie angefroren neben der Tür stand, hatte das Gefühl, Krabben und Seeanemonen miteinander ringen zu sehen, deren Scheren und Blumenmünder sich öffneten und schlossen – das endlose Spiel des Lebens.

»Ach, übrigens, Jaime, habe ich das Problem des Smith Journals gelöst«, sagte Fa Lo Suee mit heller, gleichgültiger Stimme, während ihre Hände jetzt auch aktiv wurden. »Dies ist Shirley Soames, Jaime – jetzt hast du ihn gleich soweit, Mädchen! –, die viele Jahre lang im ›Gray's Inn‹, dem Buchladen ihres Vaters, gearbeitet hat. Und sie kann sich noch genau an den Kauf erinnern, obwohl er vier Jahre zurückliegt – wie gesagt, sie hat ein Gedächtnis wie eine *Rattenfalle*!«

Der Name ›Gray's Inn‹ flammte wie eine Leuchtschrift in Franz' Kopf auf. Wie hatte er ihm nur entfallen können?

»Oh, Rattenfallen scheinen Sie zu verstimmen, Mr. Nayland Smith«, fuhr Fa Lo Suee fort. »Sie bringen den Tieren einen grausamen Tod, nicht wahr? Westliche Sentimentalität! Zu Ihrer Information, Mr. Smith: Shirley Soames kann genauso gut *beißen* – wie sie zärtlich knabbern kann.«

Während sie das sagte, glitt ihre behandschuhte rechte Hand langsam über das Hinterteil des Mädchens und dann zwischen ihre Beine, bis die Spitze ihres Mittelfingers zwischen den Öffnungen der reproduktiven und digestiven Systeme zu liegen schien. Das Mädchen schob genüßlich die Lippen vor und schloß die Augen.

Franz registrierte diesen Vorgang mit kühlem, klinischen Interesse, genauso wie die Tatsache, daß er ihn unter unter anderen Umständen sehr erregend gefunden und sich gewünscht hätte, es selbst zu tun. – Aber warum gerade bei diesem Mädchen? Erinnerungen drängten sich an die Oberfläche.

Fa Lo Suee bemerkte Franz und wandte den Kopf. Nachdem sie ihm ein glasäugiges, zivilisiertes Lächeln geschenkt hatte, sagte sie höflich: »Sie müssen Franz Westen sein, der Schriftsteller, der Jaime heute morgen angerufen hat. Also werden Sie genauso interessiert sein wie er, was Shirley Ihnen zu sagen hat.

Shirley, laß Jaime jetzt in Ruhe. Er ist genug gestraft. Ist dies der Gentleman?« Ohne ihre Hand fortzuziehen, drehte sie das Mädchen sanft herum, bis es Franz gegenüberstand.

Hinter ihnen atmete Byers, der noch immer halb gebeugt stand und von ausklingendem Lachen geschüttelt wurde, tief durch und begann sich von der Attacke der beiden Mädchen zu erholen.

Shirley blickte Franz mit amphetamin-hellen Augen von Kopf bis Fuß an. Als ihm bewußt wurde, daß er dieses katzenhafte, fuchsartige, schmale Gesicht kannte (das Gesicht einer Katze, die Milch aufleckt), fiel ihm auf, daß sie noch magerer und noch kleiner war, als er sie in Erinnerung hatte.

»Ja, das ist er«, sagte sie mit einer scharfen, görenhaften Stimme. »Stimmt's, Mister? Vor vier Jahren haben Sie zwei alte, mit Bindfaden zusammengeschnürte Bücher gekauft, sie gehörten zu einem Posten, der viele Jahre lang unverkäuflich herumgelegen hatte – mein Vater hat ihn billig gekauft – aus dem Nachlaß eines gewissen George Ricker. Sie waren voll! Stockvoll! Sie haben fünfundzwanzig Dollar für diese alten Schmöker hingeblättert. Ich dachte, Sie wollten dafür bezahlen, mich ein bißchen zu befummeln. War es so? So viele ältere Männer wollten mich befummeln.« Sie schien etwas in Franz' Gesichtsausdruck zu lesen, ihre Augen wurden heller, und sie lachte gurrend. »Nein. Ich habe kapiert! Sie haben so viel bezahlt, weil Sie ein Schuldgefühl hatten. Sie waren so betrunken, daß Sie glaubten – es ist wirklich zum Lachen! – mich belästigt zu haben, dabei war doch ich es, die ein bißchen auf Tuchfühlung gegangen ist! Ich bin sehr gut darin, mit Männern auf Tuchfühlung zu gehen. Das war das erste, was mein lieber, guter Daddy mir beigebracht hat. Ich war Daddys Hauptanziehungspunkt in seinem Laden – und ob er das wußte! Aber ich habe schon sehr bald herausgefunden, daß Mädchen viel netter sind als Männer.«

Während sie sprach, lehnte sie sich ein wenig zurück, und jetzt griff sie mit der rechten Hand hinter sich, anscheinend nach der Hand Fa Lo Suees.

Franz blickte von Shirley Soames zu den beiden anderen, und er wußte, daß alles, was sie gesagt hatte, der Wahrheit entsprach. Und er wußte auch, daß Jaime Donaldus Byers auf diese Weise seinen Ängsten entkommen war (und Fa Lo Suee den ihren?). Ohne ein Wort oder eine Änderung seines ziemlich dümmlichen Gesichtsausdrucks wandte er sich um und ging durch die offene Tür.

Er spürte einen scharfen Gewissensbiß – ›Ich lasse Donaldus im Stich!‹ – und zwei flüchtige Gedanken – ›Shirley Soames und ihre Nähe waren die dunkle, nebelhafte, tentakelhafte Erinnerung, die gestern morgen auf der Treppe an meinem Verstand gezerrt hat‹, und: ›Würde Fa Lo Suee ihre exquisite Geste in schimmerndem Silber unsterblich machen, vielleicht als eine Figur mit dem Titel ›Die liebende Gans‹?‹ – doch keiner der Gedanken war stark genug, um ihn zur Umkehr bewegen zu können. Als er die Stufen der Freitreppe hinabschritt, die von dem herausfallenden Licht erhellt wurden, überprüften seine Blicke bereits systematisch das Dunkel, das vor ihm lag, nach feindlichen Gestalten – jede Ecke, jeden gähnenden Hauseingang, jedes schattendunkle Dach, jede mögliche Deckung. Als er die Straße erreichte, wurde die Haustür lautlos geschlossen, und das sanfte Licht erlosch. Es erleichterte ihn – nun war er nicht mehr ein so deutliches Ziel in der onyxfarbenen Dämmerung, die sich über San Francisco senkte.

23

Als Franz vorsichtig die Beaver Street hinabschritt und mit seinen Blicken das Dunkel zwischen den Lichtkreisen der wenigen Straßenlampen zu durchdringen versuchte, dachte er daran, daß de Castries nun nicht mehr nur ein parochialer Teufel war, der auf dem verlassenen Buckel der Corona Heights (und in Franz' Apartment) herumspukte, sondern ein allgegenwärtiger Dämon, Geist, oder Paramentaler, der die ganze Stadt und sämtliche umliegenden Hügel bewohnte. Um alle Überlegungen materialistisch zu halten: waren nicht einige Atome von de Castries' Körper noch aus seiner Lebenszeit und von seinem Begräbnis vor vierzig Jahren jetzt um Franz, an dieser Stelle, in der Luft, die er einatmete? – Atome, unendlich winzig und in einer unvorstellbar feinen Verteilung. So wie auch die Atome Francis Drakes (der in der *Golden Hind* an der späteren San Francisco Bay vorübersegelte) die Atome von Shakespeare, Sokrates und Salomon (und von Dashiell Hammett und Clark Ashton Smith). Und, was das betrifft, sind nicht die Atome, die einmal Thibaut de Castries werden sollten, schon um die Welt gezogen, als die Pyramiden erbaut wurden, und hatten sich dann an einem Punkt konzentriert (In Vermont? In Frankreich?), wo der alte Teufel geboren werden sollte? Und waren diese Atome nicht vorher von ihrem gewalttätigen Ursprungsort im ganzen Universum zu dem Raum-Zeit-Punkt geeilt, wo die Erde mit all ihrem Pandora-Jammer geboren werden sollte.

Irgendwo, mehrere Häuserblocks entfernt, heulte eine Sirene, eine dunkle Katze sprang durch einen schwarzen Spalt zwischen zwei Hauswänden, zu eng, um einen Menschen hindurchzulassen. Das ließ Franz daran denken, daß große Gebäude die Menschen zu zermalmen drohten, seit die ersten Großstädte errichtet worden waren. Wirklich, Sauls verrückte (?) Mrs. Willis war gar nicht so weit von der Wahrheit entfernt, und auch nicht Lovecraft (und Smith?)

mit seiner krankhaften Angst vor großen Räumen mit Decken, die wie interne Himmel waren, und Wänden wie Horizonte. San Francisco war mit riesigen Bauten übersät wie mit Geschwüren, und jeden Monat kam ein neues dazu. Waren die Zeichen des Universums auf ihnen? Wessen wandernde Atome mochten sie enthalten? Und die Paramentalen, waren sie die Personifizierungen ihres Ungeziefers, oder ihre natürlichen Raubtiere? Auf jeden Fall erwies sich alles als so logisch und unauslöschlich wie das Reispapier-Journal mit seinen Eintragungen in violetter Tinte, das von Smith zu de Castries gekommen war, der seinen Zusatz mit tödlich schwarzer Tinte geschrieben hatte, von ihm zu Ricker, der ein Schlosser war, und kein Bibliophile; zu Soames, der eine frühreife auf Kunden abgerichtete Tochter hatte; zu Franz Westen, der sich für alle unheimlichen, übernatürlichen und sexuellen Dinge interessierte.

Ein blaues Taxi rollte langsam und fast lautlos die abfallende Straße hinab und hielt auf der anderen Seite.

Kein Wunder, weshalb Donaldus darauf bestanden hatte, daß Franz das Journal mit seinem neuentdeckten Fluch bei sich behielt! Byers war ein alter Streiter gegen Paramentale, mit einer Verteidigungslinie, die aus einem tiefgestaffelten System von Schlössern, Riegeln, Lampen, Sternen und Labyrinthen bestand – und Alkohol, Drogen und Sex, und *outre* Sex – Fa Lo Suee hatte Shirley Soames sowohl für ihn als auch für sich selbst mitgebracht; das humorvoll aggressive Kitzeln war dazu gedacht gewesen, ihn aufzuheitern. Sehr einfallsreich, wirklich. Der Mensch muß schlafen. Vielleicht sollte er lernen, überlegte Franz, die Byers-Methode eines Tages selbst auszuprobieren, ohne den Alkohol – aber nicht heute, nicht, bevor es nötig werden würde.

Die Scheinwerfer eines nicht sichtbaren Wagens beleuchteten die vor ihm liegende Straßenkreuzung am unteren Ende der Beaver Street.

Während Franz das voraus liegende Straßenstück nach Gestalten absuchte, die sich im Dunkeln versteckt haben mochten und nun vom Licht der Scheinwerfer enttarnt werden mußten, dachte er an Donaldus' innere Verteidigungslinie, seine ästhetische Einstellung zum Leben; seine Theorie, daß Kunst und Wirklichkeit, Dichtung und Wahrheit eins seien, so daß man sich die Mühe sparen sollte, das eine von dem anderen zu unterscheiden.

Aber war selbst diese Verteidigung schon eine Rationalisierung? fragte sich Franz, ein Versuch, der alles andere überragenden Frage auszuweichen, die sich hier stellte: *Sind Paramentale Wirklichkeit?*

Aber wie konnte man diese Frage beantworten, wenn man nicht auf der Flucht vor ihnen war und immer müder und kraftloser wurde?

Und plötzlich sah Franz den Weg, auf dem er ihnen dieses Mal sicher entkommen konnte, wie er zumindest etwas Zeit gewinnen konnte, um in Ruhe und Sicherheit nachdenken zu können. Und er brauchte dazu weder Alkohol, noch Sex, noch mußte er seine Wachsamkeit einschränken. Er fühlte nach seiner Brieftasche und griff hinein. Ja, er hatte sein Ticket bei sich. Er warf einen Blick auf die Uhr – kurz vor acht, noch genügend Zeit, wenn er sich beeilte. Das dunkelblaue Taxi, das seinen Passagier abgesetzt hatte, wendete und kam ihm entgegen, die Beaver Street herauf. Er trat auf die Straße und winkte. Er wollte einsteigen, zögerte jedoch und warf einen prüfenden Blick in den Innenraum des Wagens. Erst als er sich überzeugt hatte, daß er bis auf den Fahrer leer war, stieg er ein, warf die Tür zu und stellte befriedigt fest, daß alle Fenster des Taxis geschlossen waren.

»Zum Civic Center«, sagte er. »Halten Sie vor dem Veterans Building. Dort findet heute ein Konzert statt.«

»Kultur tanken, wie?« sagte der Fahrer, ein älterer Mann. »Wenn es Ihnen nichts ausmacht, werde ich nicht über die Market Street fahren; zu viele Baustellen. Wenn wir einen anderen Weg nehmen, sind wir schneller dort.«

»In Ordnung«, sagte Franz und lehnte sich zurück, als das Taxi in die Noe Street einbog und nach Norden fuhr. Er wußte – er hatte es zumindest angenommen –, daß die gewöhnlichen physikalischen Gesetze für Paramentale keine Gültigkeit hatten, selbst wenn sie real sein sollten, und daß folglich die Tatsache, sich in einem geschlossenen, rasch fahrenden Fahrzeug zu befinden, seine Situation nicht sicherer machte. Aber er fühlte sich sicherer, und das war ihm eine Hilfe.

Das vertraute Drama einer Taxifahrt nahm ihn ein wenig gefangen: die dunklen Häuserfronten, die vorüberzogen, das Verlangsamen der Fahrt an den hell ausgeleuchteten Straßenkreuzungen, das Stoppen und Anfahren vor den Verkehrsampeln. Trotzdem aber behielt er ständig seine Umgebung im Auge, wandte den Kopf nach rechts und nach links und blickte in regelmäßigen Abständen durch das Heckfenster nach hinten.

»Als ich ein Junge war«, sagte der Taxifahrer, »haben sie die Market Street nicht so oft aufgerissen. Aber jetzt sind sie ständig am Buddeln. Die verdammte BART. Auf anderen Straßen auch. All diese verdammten Hochhäuser. Ohne sie wäre das Leben schöner.«

»Da bin ich völlig Ihrer Meinung«, sagte Franz.

»Und das Fahren wäre erheblich leichter«, fuhr der Taxifahrer fort. – Paß auf, du Bastard!«

Die letzte, leise Bemerkung galt dem Fahrer eines Wagens, der sich auf der McAllister Road auf die rechte Fahrspur drängen wollte. In einer Querstraße sah Franz eine riesige, orangefarbene Kugel, die frei im Raum zu hängen schien, wie ein Jupiter, der nur aus Roten Flecken bestand – das Symbol einer Union 76-Tankstelle. Sie bogen in die Van Ness Street ein und hielten dicht hinter der Kreuzung. Franz bezahlte, gab dem Fahrer ein großzügiges Trinkgeld und ging über die Straße zum Eingang des Veterans Building, stieß die breite Glastür auf und trat in die geräumige Lobby. Sie war mit tubusförmigen modernistischen Skulpturen von acht Zoll Durchmesser dekoriert, die aussahen wie riesige Würmer, die gegeneinander Krieg führten.

Zusammen mit anderen spätkommenden Konzertbesuchern ging er zu den Aufzügen am Ende der Lobby und fühlte sowohl Erleichterung als auch klaustrophobische Enge, als die Türen zuglitten. Im vierten Stock drängten sie sich in das Foyer, gaben ihre Karten ab und ließen sich ein Programmheft geben, bevor sie den von einer mittelhohen, mit Karomustern dekorierten Decke abgeschlossenen, in Knochenweiß gehaltenen Konzertsaal betraten. Die langen Reihen von Klappstühlen schienen zum größten Teil bereits besetzt zu sein.

Anfangs verursachte die unmittelbare Nähe der Menschen, die sich mit ihm durch den Eingang drängten, ein ungutes Gefühl (jeder von ihnen konnte irgend etwas sein, irgend etwas verstecken), aber sehr bald war er von ihrer Konzert-Normalität überzeugt: die Mehrzahl von ihnen, in konservativer Kleidung, waren Establishment, eine Minderheit in bunter, ausgefallener Aufmachung Hippies oder Kunstjünger; die älteren Besucher, die Damen in dunklen Abendkleidern mit einem Hauch von Silber, die Herren pedantisch in Smoking oder dunklem Anzug. Ein junges Paar fesselte Franz' Aufmerksamkeit ein wenig länger. Sie waren beide klein und zierlich und wirkten makellos sauber. Sie trugen brandneue, wie maßgeschneidert sitzende Hippie-Kleidung; er eine Kordhose und eine Jacke aus einer Lederimitation, sie wunderbar ausgebleichte Jeans mit einer Jacke aus dem gleichen Material. Sie sahen aus wie Kinder, doch sein sorgfältig gestutzter Bart und ihre sanfte Busenwölbung wiesen sie als Erwachsene aus. Sie hielten sich an den Händen, so behutsam und zärtlich, als ob sie daran gewöhnt wären, einander mit allergrößter Behutsamkeit zu behandeln. Man dachte unwillkürlich an einen Prinzen und eine Prinzessin auf einer von Graubärten arrangierten Maskerade.

Ein sehr wachsames und kühl kalkulierendes Segment in Franz' Gehirn sagte ihm, daß er hier nicht um einen Deut sicherer war als draußen, auf der dunklen Straße. Trotzdem aber wurde seine Angst ein wenig eingedämmt, genau wie bei seinem Eintreffen in der Beaver Street und später, ein wenig, im Taxi.

Und dann, als er den Mittelgang des Konzertsaals erreichte und sich noch einmal umsah, entdeckte er auf der anderen Seite des Foyers einen kleinen, grauhaarigen Mann im Smoking und eine hochgewachsene, schlanke Frau mit einem beigefarbenen Turban und einem fahlbraunen, fließenden Abendkleid. Sie standen mit dem Rücken zu ihm und schienen sich angeregt zu unterhalten, und als sie sich plötzlich umwandten, fühlte er ein eisiges Schaudern, denn die Frau schien einen dunklen Schleier zu tragen. Dann erkannte er, daß sie eine Negerin war, während das Gesicht des Mannes irgendwie an ein Schwein erinnerte.

Als er eilig den Gang entlangschritt, hörte er, daß jemand seinen Namen rief. Er fuhr zusammen, entdeckte dann Gunnar und Saul in der dritten Reihe, die zwischen sich einen Platz für ihn freihielten.

»Wird auch langsam Zeit«, sagte Saul ein wenig sauer, als Franz sich an ihm vorbeidrängte.

Er setzte sich. Gun grinste ihn an und legte kurz die Hand auf seinen Arm. »Wir befürchteten schon, daß du nicht kommen würdest«, sagte er. »Du weißt doch, wie stark Cal von dir abhängig ist, nicht wahr?« Dann trat ein verwunderter Ausdruck auf sein Gesicht, als das Fernglas in Franz' Tasche klirrte.

»Ich habe es auf den Corona Heights zerbrochen«, erklärte Franz kurz. »Ich werde euch später davon erzählen.« Dann kam ihm ein Gedanke. »Verstehst du etwas von Optik, Gun? Ich meine von optischer Praxis, Instrumente und so weiter, Prismen und Linsen?«

»Ein wenig«, antwortete Gun und runzelte fragend die Stirn. »Aber ich habe einen Freund, der fast ein Experte ist. Warum ...?«

»Hältst du es für möglich«, sagte Franz langsam, »daß jemand ein Teleskop, oder ein Fernglas, so präparieren kann, daß man in der Ferne etwas zu sehen glaubt, das gar nicht vorhanden ist?«

»Ich weiß nicht ...«, begann Gunnar. Sein Gesicht drückte Unsicherheit und Verwirrung aus, und seine Hände machten eine Geste von Hilflosigkeit. Dann lächelte er. »Wenn du durch ein zerbrochenes Fernglas blickst, würdest du sicher etwas wie ein Kaleidoskop sehen, vermute ich.«

»Hat Taffy dir einen Streich gespielt?« fragte Saul von der anderen Seite.

»Lassen wir das jetzt«, sagte Franz zu Gunnar, grinnste Saul kurz an (und warf einen raschen Blick nach beiden Seiten und hinter sich – die dicht besetzten Stuhlreihen des Konzertsaals waren eine ausgezeichnete Deckung), und blickte dann zur Bühne, auf der die ersten Instrumentalisten bereits Platz genommen hatten, in einem flachen, konkaven Halbkreis hinter dem Podium des Dirigenten, und einer der Streicher stimmte noch einmal sein Instrument. Die hohe, schlanke Harfe stand vor der noch leeren Bank am linken Ende der Reihe, etwas zurückgesetzt, um ihren leisen Klängen eine bessere Akustik zu geben.

Franz blickte auf sein Programm. Das Fünfte Brandenburgische Konzert war das Finale. Es gab zwei Pausen. Das erste Stück des Abends war:

**Konzert in C-dur
für Harfe und Kammerorchester
von Giovanni Paisiello**
1. Allegro
2. Larghetto
3. Allegro (Rondo)

Saul stieß ihn an. Er blickte auf. Cal war unauffällig auf die Bühne getreten. Sie trug ein weißes, schulterfreies Abendkleid, dessen Ränder sparsam mit schimmernden Pailletten bestickt waren. Sie sagte etwas zu einem der Holzbläser, dann wandte sie sich um und warf einen raschen Blick in den Zuschauerraum.

Franz glaubte, daß sie ihn bemerkt hatte, war jedoch nicht sicher. Sie setzte sich. Die Lichter erloschen langsam. Applaus klang auf, als der Dirigent auf die Bühne trat und seinen Platz auf dem Podium einnahm. Er blickte seine Instrumentalisten an, klopfte mit dem Taktstock auf das Notenpult und riß ihn mit einer energischen Bewegung empor.

Saul murmelte fast unhörbar: »Und jetzt, im Namen Bachs und Sigmund Freuds, hau sie zusammen, Calpurnia.«

»Und im Namen von Pythagoras«, sekundierte Gun genauso leise.

Die sanften Klänge der Streicher und das dunkle Rufen der Holzbläser hüllte Franz ein. Zum ersten Mal seit den Corona Heights fühlte er sich völlig sicher, zwischen seinen Freunden und in den Armen harmonischer, geordneter Klänge, als ob die Musik ein intimer, kristalliner Himmel wäre, und eine unüberwindliche Barriere für übernatürliche Kräfte.

Dann klangen die ersten, herausfordernden Töne der Harfe auf, zerrissen den behüteten Schlummer, warfen mit ihren glitzernden, sprudelnden Bändern heller, hoher Klänge Fragen auf und forderten fröhlich und doch unabweisbar Antworten. Die Harfe erzählte Franz, daß die Konzerthalle in jeder Beziehung genauso ein Refugium war wie alles, was man ihm in der Beaver Street angeboten hatte.

Bevor er wußte, was er tat, jedoch nicht, bevor er sich völlig darüber im klaren war, was er empfand, war Franz aufgestanden und drängte sich nun halb gebückt an Saul vorbei, wobei er sich der Wellen von Schock, Protest und Tadel, die sich von den Zuschauern auf ihn konzentrierten, sehr intensiv bewußt war.

Er nahm sich nur Zeit, sich zu Sauls Ohr zu beugen und ihm leise, aber sehr deutlich zuzuflüstern: »Sage Cal – aber erst, nachdem sie das Brandenburgische hinter sich hat –, daß ihre Musik mich darauf gebracht hat, eine Antwort auf die ›607 Rhodes‹-Frage zu suchen«, dann drückte er sich seitlich aus der Reihe, die rechte Hand in einer Geste der Entschuldigung erhoben.

Als er das Ende der Sitzreihe erreichte, blickte er zurück und sah Sauls Gesicht, mit einem intensiv nachdenklichen Ausdruck, den Blick auf ihn gerichtet. Dann schritt er eilig zwischen den feindlichen Sitzreihen den Mittelgang entlang, vorangepeitscht – wie von einer Knute mit Tausenden winziger Diamanten – von den Klängen der Harfe. Er zwang sich dazu, nicht zurückzublicken, und starrte stur geradeaus.

Er fragte sich, warum er ›die 607 Rhodes-Frage‹ gesagt hatte, anstatt ›die Frage, ob Paramentale real sind oder nicht‹, doch dann erkannte er, daß er es getan hatte, weil Cal sich diese Frage mehr als einmal selbst gestellt hatte und deshalb ahnen könnte, wohin sie führte. Und es war wichtig, daß sie verstand und wußte, daß er dahinter her war.

Er fühlte sich versucht, einen letzten Blick zurückzuwerfen, tat es jedoch nicht.

Auf der Straße vor dem Veterans Building nahm Franz seine wachsame Umschau nach allen Seiten wieder auf, wenn auch etwas flüchtiger als zuvor, doch fühlte er jetzt nicht so sehr Angst als angespannte Wachsamkeit, als ob er ein Wilder wäre, der einen Auftrag in diesem Beton-Dschungel durchzuführen hatte und auf dem Grund einer Schlucht mit gefährlichen, senkrecht abfallenden Wänden entlangschlich. Nachdem er sich durch eigenen Entschluß in Gefahr begeben hatte, fühlte er sich beinahe übermütig.

Zwei Häuserblocks weiter bog er in die Larkin Street ein. Er ging rasch, doch fast geräuschlos. Es waren nur wenige Menschen unterwegs. Der Mond stand fast senkrecht über ihm. In der Turk Street hörte er aus einiger Entfernung das Jaulen einer Sirene. Er blickte unaufhörlich nach beiden Seiten und hinter sich, ständig auf der Suche nach den Paramentalen, die er durch sein Fernglas gesehen hatte und/oder nach Thibauts Geistern – vielleicht nach einem materiellen Geist, der aus Thibauts im Raum treibender Asche oder einem Teil von ihr geformt worden war. Solche Dinge waren natürlich nicht Wirklichkeit, es konnte durchaus eine natürliche Erklärung für sie geben (oder er mochte verrückt sein), aber bis er des einen oder des anderen sicher war, würde er auf der Hut bleiben.

Die Lücke zwischen den Hochhäusern der Ellis Street, in der sein Lieblingsbaum stand, war dunkel, doch die fingernden Zweigenden, die er über den Gehsteig streckte, schimmerten grün im grellen Licht der Straßenlampen.

Ein halbes Dutzend Häuserblocks weiter, an der O'Farrell Street, sah er die modernistische Masse der St. Mary's Cathedral, fahlgrau im Mondlicht, und dachte etwas beunruhigt an eine andere Lady.

Er bog in die Geary Street ein, ging an dunklen Schaufenstern, zwei erleuchteten Bars und dem grellen Licht vorbei, das aus dem gähnenden Rachen der De Soto-Garage fiel, dem Heim der blauen Taxis, und erreichte den von einer kleinen, weißen Markise überdachten Eingang mit der Hausnummer 811.

In der Eingangshalle saßen zwei schäbig gekleidete Männer auf dem Rand der kleinen, hexagonalen Marmorbank unter den zwei Reihen der Briefkästen. Anscheinend betrunken. Sie folgten ihm mit den Blicken, als er in den Lift trat.

Im sechsten Stock stieg er aus, schloß leise die Lifttüren (die äußere, feste Tür und die innere Falttür) und ging an dem schwarz gestrichenen Fenster und der schwarzen Tür des Besenschranks vorbei (die ein rundes Loch an der Stelle hatte, an der sich ein Drükker befinden sollte) und blieb vor der Tür seines Apartments stehen.

Nachdem er ein paar Sekunden lang gelauscht hatte, ohne irgendein Geräusch zu hören, steckte er seinen Schlüssel ins Schloß, drehte ihn zweimal herum und trat hinein – mit einem Gefühl von Erregung und Angst. Dieses Mal schaltete er nicht die helle Deckenlampe ein, sondern blieb reglos in der Türöffnung stehen, lauschend und angespannt, und wartete darauf, daß sich seine Augen an das Fastdunkel gewöhnten.

Der Raum lag in einem düsteren Grau. Vor dem offenen Fenster lag ein fahler Schimmer (ein helleres Grau, genaugenommen) von Mondlicht und dem indirekten Schein der Straßenlampen. Alles war still, bis auf das leise, ferne Grollen und Rauschen des Verkehrs und das Pulsieren seines Blutes. Plötzlich ertönte aus dem Rohrsystem der Wasserleitung ein lautes, dumpfes Dröhnen, als ob jemand in einem der benachbarten Etagen einen Wasserhahn aufgedreht hätte. Es stoppte so plötzlich, wie es eingesetzt hatte.

Mit einem plötzlichen Entschluß drückte Franz die Tür ins Schloß und tastete sich an der Wand entlang, um den hohen Kleiderschrank herum, in einem vorsichtigen, weiten Bogen an dem mit Papier und Büchern überladenen Schreibtisch vorbei zum Kopfende des Bettes, wo er die Lampe einschaltete. Er warf einen Blick auf sein ›Studentenliebchen‹, das schlank, dunkel und schweigend auf der Wandseite des Bettes lag, und sah dann zu dem offenen Fenster.

Zwei Meter vom Fenster entfernt lag das lange Rechteck aus fluoreszierender roter Pappe auf dem Boden. Er trat darauf zu und hob es auf. Es war in der Mitte eingebeult, die Kanten waren ausgefranst. Er schüttelte den Kopf, lehnte es an die Wand und trat ans Fenster. Die beiden Längsränder des Kartons waren noch mit Reißzwecken an den Rahmen gepinnt. Die Vorhänge hingen glatt und ordentlich. Krümel und winzige Schnitzel eines fahlbraunen Papiers lagen auf dem schmalen Tisch und auf dem Boden zu seinen Füßen. Er konnte sich nicht erinnern, ob er die vom Tag zuvor zusammengekehrt hatte oder nicht. Er bemerkte, daß der ordentlich aufgeschichtete, kleine Stapel von Taschenbüchern verschwunden war. Hatte er sie irgendwo anders hingeräumt? Auch daran konnte er sich nicht erinnern.

Vielleicht hatte ein besonders starker Windstoß den Karton abgerissen, aber hätte der nicht auch die Vorhänge ins Zimmer wehen und die Papierschnitzel vom Schreibtisch blasen müssen? Er blickte zu den roten Lichtern des Fernsehturms hinüber; dreizehn brannten matt und gleichmäßig, sechs waren heller und blinkten. Unter ihnen, eine Meile näher, wurde der dunkle Buckel der Corona Heights von dem gelblichen Licht der Straßenlampen und dem aus den Fenstern der Hochhäuser fallenden Lichtschein kontrastiert. Wieder schüttelte er den Kopf.

Wieder durchsuchte er das Apartment, und dieses Mal kam er sich dabei nicht albern vor. Als er den Kleiderschrank geöffnet hatte, drückte er die darin hängenden Sachen zur Seite und blickte hinter sie. Er bemerkte einen fahlgrauen Regenmantel, den Cal einmal vor geraumer Zeit hiergelassen hatte. Er sah auch unter das Bett und hinter den Duschvorhang.

Auf dem Tisch zwischen Kleiderschrank und Badezimmertür lag seine ungeöffnete Post, zuoberst ein Brief von einer Krebshilfe-Organisation, der er nach dem Tod Daisys mehrmals Geldbeträge überwiesen hatte. Er runzelte die Stirn und preßte die Lippen zusammen, einen schmerzvollen Ausdruck auf seinem Gesicht. Neben dem kleinen Stapel von Briefen lagen eine kleine Schiefertafel, ein paar Stücke Kreide und seine Prismen, mit denen er hin und wieder mit dem Sonnenlicht spielte, das er zu Spektren auffächerte, und zu Spektren von Spektren. Er sagte zu seinem ›Studentenliebchen‹: »Wir werden dir bald wieder deine hellen, fröhlichen Kleider anziehen, mein Schatz, sowie dies alles vorbei ist.«

Er nahm einen Stadtplan und ein Lineal vom Tisch und ging zum Bett, nahm vorsichtig das zerbrochene Fernglas aus der Jackentasche und legte es behutsam auf einen freien Platz des kleinen Kaffeetisches. Es gab ihm ein Gefühl von Sicherheit, zu wissen, daß der schnauzengesichtige Paramentale ihn nun nicht mehr erreichen konnte, ohne eine Barriere von zerbrochenem Glas zu überwinden, eine Sperre, wie auf Mauerkronen einzementierte Scherben – bis er erkannte, wie unlogisch das war.

Er holte sich auch Smiths Journal, setzte sich neben sein ›Liebchen‹ auf das Bett und faltete den Stadtplan auseinander.

Dann öffnete er das Journal auf der Seite mit de Castries' Fluch, wunderte sich wieder, daß er ihm so lange verborgen geblieben war, und las noch einmal den entscheidenden Passus:

Der Drehpunkt (o) und die Cipher (A) werden dort sein, an seinem geliebten 607 Rhodes. Ich werde an dem mir zugewiesenen Ort ruhen (1), unter dem Bischofssitz, die schwerste Asche, die er jemals fühlte. Dann, wenn die Lasten auf Sutro Mountain (4) und Monkey Clay (5) sind [(4) + (1) = (5)] WIRD sein Leben zermalmt werden.

Jetzt an die Berechnung, sagte er sich, an die Lösung dieser Aufgabe in Schwarzer Geometrie, oder ob es Schwarze Physik war? Wie, hatten Klaas und Byers gesagt, war es von de Castries bezeichnet worden? Richtig: ›Neo-pythagoräische Metageometrie‹.

Monkey Clay war wirklich die unwahrscheinlichste Bezeichnung in dem Fluch. Donaldus hatte etwas von Affen- oder Menschen-Lehm gemurmelt, aber das führte zu nichts. Es mußte ein *Ort* sein, wie Mount Sutro – oder Corona Heights (unter dem Bischofs-Sitz). Eine Clay Street gab es in San Francisco. Aber Monkey?

Franz' Gedanken machten einen großen Sprung von Monkey Clay zu Monkey Wards. Warum? Er hatte mal einen Mann gekannt, der bei dem großen Rivalen des Versandhauses Sears and Roebuck arbeitete, und der hatte behauptet, daß manche seiner Kollegen die Firma einen ›Affenstall‹ nannten. Nun...

Noch ein Sprung, von den Monkey Wards zum Monkey Block. Natürlich! Monkey Block war der Spitzname eines riesigen, alten Apartmenthauses von San Francisco gewesen, das längst abgerissen worden war, in dem Bohemiens und Künstler in den wilden zwanziger Jahren und während der Depression für billiges Geld gewohnt hatten. Monkey war eine Verballhornung des Namens der Straße, an der das Gebäude gestanden hatte: Montgomery Street! Noch ein Straßennahme, und die Montgomery Street kreuzte die Clay Street! (Es mußte noch mehr daraus zu ersehen sein, aber sein Geist war heiß, wie von einem starken Feuer, und er konnte nicht warten.)

Aufgeregt nahm er das Lineal zur Hand und legte es auf den Stadtplan, zwischen Mount Sutro und die Kreuzung von Clay Street und Montgomery Street am Nordende des Finanzdistrikts. Die Linie, die die Kante des Lineals bildete, verlief genau über den Gipfel der Corona Heights! (Und dicht an der Kreuzung von Geary Street und Hyde Street vorbei, bemerkte er und verzog das Gesicht.)

Er nahm einen Bleistift vom Tisch und malte eine kleine 5 neben die Montgomery-Clay-Kreuzung, eine 4 neben Mount Sutro, und eine 1 in die Mitte von Corona Heights. Er erkannte, daß die Gerade wie ein Waagebalken wirkte, dessen Mittelpunkt, oder Drehpunkt, irgendwo zwischen den Corona Heights und der Kreuzung von Montgomery- und Clay Street lag. Er war sogar mathematisch ausgewogen: vier plus eins sind fünf: genauso, wie es in dem Fluch aufgezeichnet war. Der bedauernswerte Drehpunkt würde sicher von den beiden mächtigen Hebelarmen zu Tode gequetscht werden (›Gebt mir einen festen Standort, und ich werde die Welt aus den Angeln heben‹ – Archimedes).

Ja, der Unglückliche (o) würde ohne jeden Zweifel erstickt werden, zu einem Nichts zerdrückt, besonders, wenn ›die Lasten‹ sich auf ihn senkten.

»Was jetzt?«

Plötzlich erkannte Franz, daß – was immer in der Vergangenheit geschehen sein mochte – die Lasten sich *jetzt* wirklich herabgesenkt hatten: Der Fernsehturm stand dreibeinig auf Mount Sutro, die Kreuzung von Montgomery- und Clay Street war der Standort der Transamerica Pyramide, dem höchsten Gebäude San Franciscos! (Vorher hatte hier der Monkey Block gestanden, er war abgerissen worden, um zunächst einem Parkplatz zu weichen, und später war dort die Transamerica Pyramide errichtet worden). Näher und näher!

Das war der Grund, warum der Fluch Smith nicht erreicht hatte. Er war gestorben, bevor die beiden Strukturen errichtet worden waren. Die Falle war erst *später* aufgestellt worden.

Die Transamerica Pyramide und der tausend Fuß hohe Fernsehturm – das waren wirklich Lasten, die alles zerdrücken konnten.

Aber es war doch lächerlich anzunehmen, daß de Castries den Bau dieser beiden Strukturen vorausgesehen haben konnte. Bestenfalls war der Zufall – Glückstreffer – eine einigermaßen plausible Erklärung. Man kann blind auf irgendeine Straßenkreuzung in der Innenstadt von San Francisco tippen, und mit fünfzigprozentiger Wahrscheinlichkeit stand dort, oder zumindest in unmittelbarer Nähe, ein Hochhaus.

Aber warum hielt er dann seinen Atem an? Warum hörte er ein leises Rauschen in seinen Ohren? Warum waren seine Finger kalt und feucht?

Warum hatte de Castries Klaas und Ricker erklärt, daß Hellsehen und Vorauswissen an bestimmten Stellen einer Großstadt möglich waren? Warum hatte er sein Buch (es lag jetzt neben Franz auf der Bettdecke, in einem verstaubten Grau) *Megapolisomancy* genannt?

Wie auch immer die Wahrheit aussehen mochte, die hinter allem steckte, die Lasten hatten sich wahrhaftig herabgesenkt.

Und das machte es noch wichtiger, den Ort zu finden, der als ›607 Rhodes‹ bezeichnet wurde, wo der alte Teufel gelebt (den letzten Rest seines Lebens in die Länge gezogen) und Smith ihm seine Fragen gestellt hatte ... und wo, nach dem Text des Fluches, die Kladde mit dem Text der Grand Cipher verborgen war ... und wo der Fluch erfüllt werden sollte. Es war wirklich wie eine Kriminalgeschichte. Von Dashiell Hammett? ›X markiert die Stelle‹, wo das Opfer, zu Tode gequetscht, liegt (liegen wird?). In die Wand des Hauses an der Ecke von Bush und Stockton Street, der Stelle, wo in Dashiell Hammetts Roman *The Maltese Falcon* Brigid O'Shaunnesy Miles Archer erschossen hatte, war eine Messingplatte eingelassen worden, die an dieses fiktive Ereignis erinnerte, aber es gab keine Gedenktafeln für Thibaut de Castries, einen wirklichen Menschen. Wo war das unfaßbare (X)? Wo die mysteriöse (O)? Wo war 607 Rhodes? Er hätte Byers fragen sollen, als er die Gelegenheit dazu hatte. Jetzt anrufen? Nein, er hatte die Verbindung abgebrochen. Beaver Street war eine Gegend, in die er nie wieder zurückkehren würde, auch nicht per Telefon. Zumindest vorläufig nicht. Er gab es auf, über dem Stadtplan zu brüten, weil es zu nichts führte.

Sein Blick fiel auf das San Francisco-Adreßbuch des Jahres 1927, das er an diesem Vormittag aus der Stadtbücherei entführt hatte, und das jetzt den Mittelteil seines ›Studentenliebchens‹ bildete. Er sollte sich jetzt mit diesem Detail seiner Recherchen befassen und versuchen, den Namen dieses Gebäudes festzustellen, falls es überhaupt einen gehabt hatte, und ob es zu jener Zeit tatsächlich ein Hotel gewesen war. Er wuchtete den dicken Band auf seinen Schoß und blätterte die leicht vergilbten Seiten um, bis er die Sektion ›Hotels‹ aufgeschlagen hatte. Zu einer anderen Zeit hätte er sich erst eine Weile mit den altväterlichen Inseraten für Patent-Medizinen und Friseur-Salons amüsiert.

Er dachte an die hektische Suche, die er am heutigen Vormittag unternommen hatte. Sie schien ihm jetzt weit zurückzuliegen und als reichlich naiv.

Die beste Methode war sicher, beim Durchsehen der Adressen nicht auf Geary Street zu achten (es gab wahrscheinlich eine Menge Hotels an der Geary Street), sondern auf die Hausnummer 811. Davon gab es höchstwahrscheinlich nur eine einzige in der Auflistung der Hotels. Oder gar keine. Mit dem Finger fuhr er die erste Spalte herunter, langsam aber stetig.

Erst in der vorletzten Spalte fand er eine 811. Ja, und an der Geary Street. Der Name hinter der Adresse lautete... *Rhodes Hotel.*

25

Franz stand auf dem Korridor vor der geschlossenen Tür seines Apartments. Sein Körper vibrierte – ein feiner Tremor.

Dann fiel ihm ein, warum er hier stand. Er war auf den Korridor getreten, um die Nummer an der Tür zu überprüfen, das kleine, dunkle Rechteck mit der fahlgrauen Einprägung ›607‹. Er wollte es mit eigenen Augen sehen (und sich nebenbei von dem Fluch trennen, aus seinem Zielgebiet verschwinden).

Er hatte das Gefühl, daß, wenn er jetzt an diese Tür klopfte, an die Clark Smith so oft geklopft haben mußte, der alte Thibaut de Castries sie öffnen würde, sein eingefallenes Gesicht ein Spinnennetz feiner, grauer Falten, als ob es mit feiner Asche gepudert worden wäre.

Wenn er ohne zu klopfen einträte, würde alles so sein, wie er es verlassen hatte. Doch wenn er vorher anklopfte, würde die alte Spinne aus ihrem Schlaf erwachen...

Er wurde von einem leichten Schwindelgefühl gepackt; ihm war, als ob das ganze Gebäude sich zur Seite zu neigen begänne und langsam um die eigene Achse rotierte. Seine Reaktion war eine Art Erdbeben-Panik.

Er mußte sofort seine Orientierung wiederfinden, sagte er sich, um nicht zusammen mit 811 umzustürzen. Er ging den dunklen Korridor entlang (die defekte Birne in der Kugellampe über der Lifttür war immer noch nicht ausgetauscht worden), an der schwarzen Tür der Besenkammer vorbei, an dem schwarzgestrichenen Fenster zum Luftschacht, dem Lift, und stieg dann leise die Treppe hinauf, wobei er sich am Geländer festhielt, um das Gleichgewicht zu bewahren. Er erreichte zwei Stockwerke höher das Ende des Treppenhauses und trat in den düsteren, schwarzen Raum, in dem unter einem Oberlicht der Liftmotor und die Relais untergebracht waren, der Grüne Zwerg und die Spinne, und dann hinaus auf das Dach, eine riesige Fläche aus in Teer gebettetem Kies.

Die Sterne standen in ihren normalen, gewohnten Konstellationen am Himmel, wenn auch ein wenig matter im Licht des fast vollen Mondes, der fast im Zenit stand. Der Polarstern stand an seiner unveränderlichen Stelle. Ringsherum war der Horizont von bizarren, kantigen Formen zerrissen, den Wolkenkratzern und Hochhäusern, die recht dürftig mit blinkenden, roten Warnlampen bestückt waren, als ob man sich schon irgendwie bewußt geworden wäre, daß Energie gespart werden mußte. Ein leichter Wind wehte aus dem Westen.

Sein Schwindelgefühl war endlich abgeklungen, und Franz trat zum Dachrand an der Rückfront des Gebäudes, vorbei an mehreren Lüftungsschächten, die wie ummauerte, quadratische Brunnen wirkten, und mit einem wachsamen Auge für Röhren und andere Hindernisse, über die er leicht stolpern konnte, bis er an der niedrigen Balustrade stand, unterhalb derer sein Fenster und das Cals lagen. Er stützte sich mit einer Hand auf die kleine Mauer. Dicht hinter ihm befand sich der Lüftungsschacht, zu dem das schwarzgestrichene Fenster führte, das neben der Lifttür seines Stockwerks war, und das gleiche auf allen anderen Etagen. Auf diesen Lüftungsschacht, erinnerte er sich, führten auch sein Badezimmerfenster und Fenster einiger Apartments sowie eine vertikale Reihe winziger Öffnungen, die nur zu den seit langem nicht mehr benutzten Besenkammern gehören konnten und ihnen anscheinend etwas Licht gegeben hatten. Er blickte nach Westen, zu den blinkenden Lichtern des Fernsehturms und dem unregelmäßig geformten Buckel der Corona Heights. Der Wind frischte etwas auf.

Dies also ist das frühere Rhodes Hotel, dachte er schließlich, und ich wohne in 607 Rhodes, dem Ort, den ich überall gesucht habe, nur nicht hier. In Wirklichkeit gibt es keinerlei Geheimnis darum. Hinter mir ist die Transamerica Pyramide (5). Er blickte über die Schulter auf die dreieckige Silhouette; an ihrer Spitze blinkte ein einziges, rotes Licht, und die erleuchteten Fenster wirkten so schmal wie die Stanzungen in einer Lochkarte. Vor mir – er wandte sich wieder zurück – der Fernsehturm (4) und die gekrönte, buckelige Eminenz (1), auf der die Asche des alten Spinnenkönigs vergraben liegt, wie sie behaupten. Und ich bin am Drehpunkt (O) des Fluches.

Als er sich das alles mit etwas Fatalismus sagte, schienen die Sterne noch matter zu werden – eine kranke Blässe anzunehmen –, und er fühlte eine dumpfe Schwere auf sich und auf allem, was um ihn herum war, als ob der auffrischende Wind etwas Bösartiges vom Westen auf dieses Dach wehte, als ob irgendeine universelle Krankheit oder kosmische Verschmutzung von den Corona Heights auf die ganze Stadt herabgeflossen und von ihr zu den Sternen aufgestiegen wäre und den Orion und den Schild infiziert hätte – als ob er mit Hilfe der Sterne die Dinge in ihre Ordnung gebracht hätte und als ob irgend etwas sich jetzt weigerte, an der ihm vorbestimmten Stelle zu bleiben, unter der Erde zu ruhen und vergessen zu werden, wie Daisys Krebs, und die Ordnung des Universums störte.

Ein plötzliches kratzendes, knirschendes Geräusch ließ ihn herumfahren. Nichts zu sehen, jedenfalls nichts, was irgendein Geräusch verursachen konnte, und doch...

Er trat an den nächsten Lüftungsschacht und blickte hinein. Das Licht des Mondes drang bis zu seinem Stockwerk hinab. Das kleine Fenster zur Besenkammer stand offen. Er hörte wieder ein scharrendes Geräusch, und es klang, als ob ein Tier sich anschliche, oder war es sein eigener, erregter Atem, der von den engen Wänden des Schachts widerhallte? Er glaubte, etwas zu sehen, eine Kreatur mit

2·8°·3

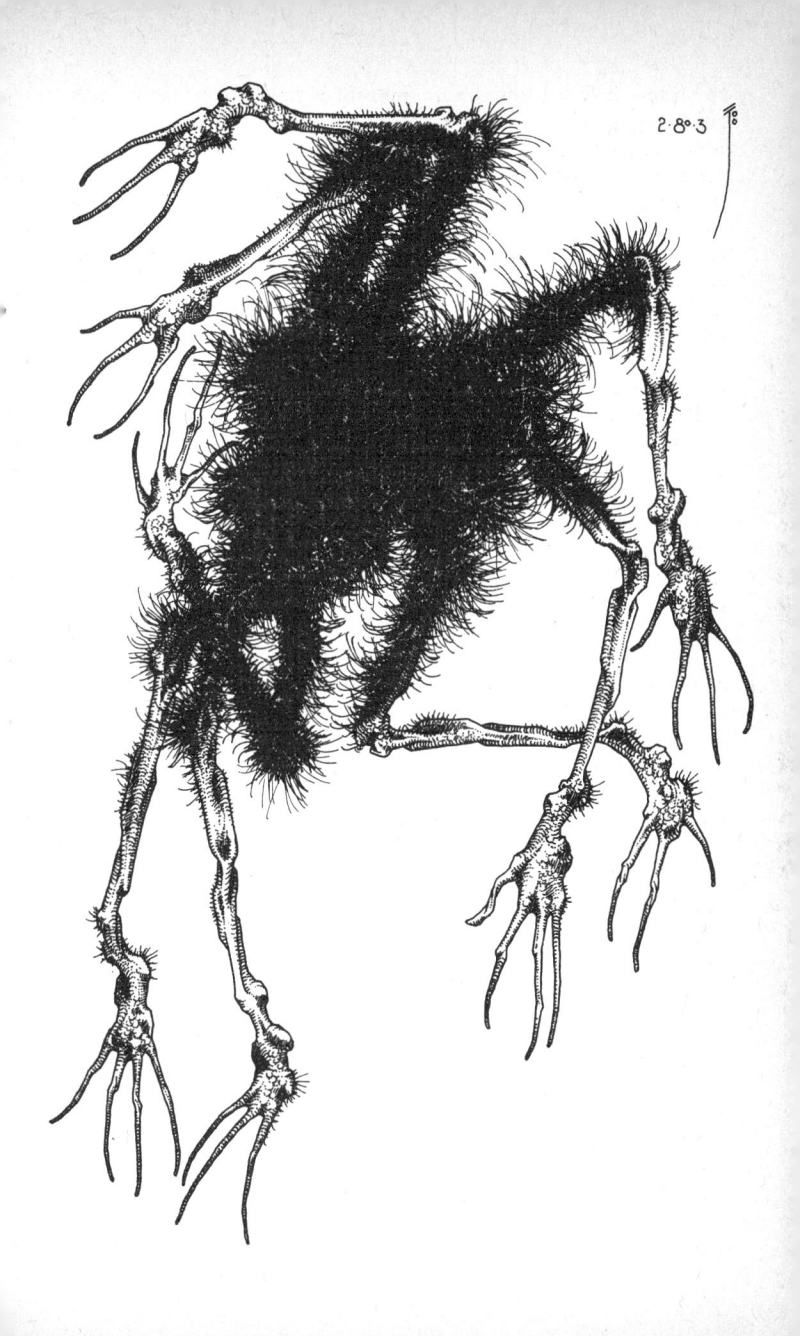

zu vielen Gliedern, die sich im Schacht bewegte, eilig auf und ab kroch.

Er fuhr zurück und blickte zum Himmel empor, als ob er von den Sternen Hilfe erwartete, aber sie wirkten so gleichgültig und einsam wie die weit entfernten, erleuchteten Fenster, die ein Mann sieht, der in der Weite eines Moors ermordet werden soll oder in einem Morast versinkt. Panik packte ihn, und er lief den Weg zurück, den er gekommen war. Als er durch den dunklen Raum mit der Lift-Mechanik kam, klickten die Kupfer-Schalter, und die Arme der Relais bewegten sich knirschend. Er lief noch schneller, als ob ein Spinnen-Monster an seinen Fersen klebte und auf das Kommando des gußeisernen Grünen Zwergs nach ihm schnappte.

Er bekam sich wieder etwas in die Gewalt, als er die Treppe hinabging, doch als er seinen Korridor entlanggehend an dem schwarzüberstrichenen Fenster vorbeikam (nahe der ausgebrannten Kugellampe), hatte er das Gefühl, daß irgend etwas auf der anderen Seite lauerte, mit scharfen Krallen in die Wände des Lüftungsschachts gekrallt, eine unheimliche Kreatur, wie eine Kreuzung zwischen einem Panther und einem Spinnenaffen, jedoch so vielbeinig wie eine Spinne und vielleicht mit dem eingesunkenen, aschgrauen Gesicht von Thibaut de Castries, die jeden Augenblick durch die überstrichene Drahtglasscheibe brechen konnte. Als er an der schwarzen Tür der Besenkammer vorbeikam, fiel ihm wieder das offenstehende Fenster ein, das in den Lüftungsschacht führte. Es war groß genug für so eine Kreatur. Und die Besenkammer lag neben seinem Zimmer, hinter der Wand, an der die Couch stand. Wie viele von uns, die wir in den großen Städten leben, fragte er sich, wissen, was auf der anderen Seite der Wände unserer Wohnungen ist? – oft auf der anderen Seite der Wand, an der wir schlafen? – zum Greifen nahe, und doch so verborgen und unerreichbar wie unsere inneren Organe. Wir können nicht einmal den Wänden trauen, die uns schützen sollen.

Die Tür der Besenkammer schien sich plötzlich nach außen zu wölben. Franz griff in die Tasche und fummelte nach seinen Schlüsseln. Einen schrecklichen Augenblick lang glaubte er, sie in seinem Apartment zurückgelassen zu haben, doch dann fand er sie, wählte den richtigen, öffnete die Tür, und als er eingetreten war, drehte er den Schlüssel zweimal herum, um das, was ihm vom Dach gefolgt sein mochte, auszusperren.

Aber war er sicher in seinem Apartment, dessen Fenster zum Schacht jetzt offen stand? Auch wenn es theoretisch unmöglich war, daß jemand eindringen konnte, durchsuchte er Zimmer und

Bad noch einmal, und jetzt sogar jeden kleinsten Winkel, jede Ecke, in der sich etwas verstecken konnte. Zuletzt durchsuchte er seinen Kleiderschrank und entdeckte auf dessen Boden, an der Rückwand und hinter einem Paar Stiefel, eine ungeöffnete Flasche Kirschwasser, die er dort vor mehr als einem Jahr versteckt haben mußte, als er noch trank.

Er blickte auf das Fenster, auf die braunen Schnitzel alten Papiers, die in seiner Nähe lagen, und versuchte sich vorzustellen, wie es gewesen sein mochte, als de Castries hier gewohnt hatte. Die alte Spinne hatte sicher stundenlang am Fenster gesessen und zu seinem künftigen Grab auf den Corona Heights und dem dahinter liegenden Mount Sutro hinübergestarrt. Hatte er auch den Turm vorausgesehen, der einmal dort stehen würde? Die alten Spiritualisten und Okkultisten waren überzeugt, daß die astralen Überreste eines Menschen, der atomare odische Staub, in den Räumen schwebte, in denen er gelebt hatte.

Von was hatte die alte Spinne hier sonst noch geträumt? Von seinen Tagen des Triumphs im San Francisco vor dem Großen Beben? Von den Männern und Frauen, die er in den Selbstmord getrieben oder unter verschiedene Drehpunkte geschoben hatte, wo sie erdrückt worden waren? Von seinem Vater (Afrika-Abenteurer oder kleiner Drucker), seinem schwarzen Panther (falls er jemals einen besessen haben sollte), von seiner jungen polnischen Geliebten (oder dem schlanken Mädchen Anima), seiner verschleierten Lady?

Wenn nur jemand hier wäre, mit dem er reden könnte, der ihn von diesen morbiden Gedanken befreien würde! Wenn nur Cal und die anderen vom Konzert zurückkämen. Aber seine Armbanduhr sagte ihm, daß es erst ein paar Minuten nach neun war. Er konnte kaum glauben, daß die beiden Durchsuchungen seines Apartments und der Besuch des Daches so wenig Zeit in Anspruch genommen hatten, doch seine Uhr ging, der Sekundenzeiger tickte in regelmäßigen, fast unsichtbar kleinen Zuckungen vorwärts.

Der Gedanke an die einsamen Stunden, die noch vor ihm lagen, ließ ihn verzweifeln, und die Flasche mit dem wasserhellen Versprechen von Vergessen, die er in der Hand hielt, war eine starke Versuchung, doch die Angst vor dem, was passieren mochte, wenn er nicht mehr Herr seiner Sinne und seiner Handlungen war, erwies sich als noch stärker.

Er stellte die Flasche mit dem Kirschwasser neben den kleinen Stapel von Briefen, die auch noch nicht geöffnet worden waren, und seine Prismen und die Schiefertafel. Er war überzeugt gewesen, daß die Tafel unbeschrieben war, doch jetzt glaubte er undeutliche Kreidezeichen auf ihr zu erkennen. Er nahm die Tafel, ein Kreidestück und eins der Prismen zur Hand und trug alles zum Kopfende des Bettes unter die Lampe, die dort brannte. Er dachte daran, die 200 Watt starke Deckenleuchte einzuschalten, doch irgendwie mißfiel ihm die Vorstellung, sein Fenster durch helles Licht zu markieren, möglicherweise für einen Beobachter, der auf den Corona Heights lauerte.

Es *waren* spinnenwebartige Kreidezeichen auf der Tafel – ein halbes Dutzend mit der Spitze nach unten gerichteter Dreiecke, als ob irgend jemand oder irgend etwas versucht hätte, das schnauzenförmige Gesicht seines Paramentalen mit leichten, kaum sichtbaren Strichen zu stilisieren (vielleicht war die Kreide über die Tafel geglitten wie die Planchette eines Ouija-Brettes). Und jetzt *sprangen* das Kreidestück und das Prisma auf der Tafel umher, weil seine Hände, welche sie hielten, so zitterten.

Sein Verstand war von plötzlicher Angst paralysiert – fast abgeschaltet – doch eine noch funktionierende Ecke seines Gehirns überlegte, wie ein weißer, fünfzackiger Stern, dessen einer Zacken *aufwärts* (oder auswärts) gerichtet war, einen Raum vor dem Eindringen böser Geister schützen konnte (wie es die Hexenbücher behaupteten), als ob die Wesen sich an dem aufwärts (oder auswärts) gerichteten, scharfen Zacken aufspießen würden, und es überraschte ihn kaum, als er sich dabei ertappte, solche fünfzackigen Sterne mit Kreide auf alle Fensterbretter zu malen (des Zimmerfensters und des verschlossenen im Bad) und auch an den Türrahmen. Er kam sich dabei ein wenig albern vor, dachte jedoch nicht einmal daran, auch nur einen einzigen Stern unvollendet zu lassen. Sein Verstand überlegte im Gegenteil, ob es nicht noch weitere, noch geheimere Zugänge und Verstecke geben mochte als die Lüftungsschächte und die Besenkammern (es mußte im Rhodes Hotel einen Speiseaufzug und einen Wäscheschacht gegeben haben und wer weiß wie viele Nebentüren und -zugänge), und es störte ihn, daß er nicht die engen Räume zwischen der Rückwand der Schränke und der Zimmerwand inspizieren konnte, und schließlich verschloß er die Türen beider Schränke und malte mit Kreide Sterne über sie – winzige Sterne auf die schmalen Leisten über den Türen...

Er überlegte, ob er nicht noch einen Stern auf die Wand über der Couch malen sollte, an die Wand, auf deren anderer Seite die Besenkammer lag, als es hart an seine Tür klopfte. Er legte die Kette vor, ehe er sie um die zwei Zoll öffnete, die diese Sperre zuließ.

Die Hälfte eines grinsenden Mundes und ein großes, braunes Auge zeigten sich in dem Spalt über der Kette, und eine Stimme sagte: »Schach?«

Franz löste mit vor Eifer zitternden Händen die Kette und öffnete die Tür. Er war unbeschreiblich erleichtert, einen bekannten, vertrauten Menschen bei sich zu haben, doch gleichzeitig sehr enttäuscht, daß es ausgerechnet der einzige Mensch war, mit dem kaum ein Gespräch möglich war – und bestimmt nicht über das Thema, das ihn jetzt so sehr beschäftigte – doch auch wieder versöhnt, daß zumindest die Sprache des Schachspiels sie verband. Auf jeden Fall würde es ihm über ein Stück der vor ihm liegenden Zeit hinweghelfen, hoffte er.

Fernando strahlte, als er ins Zimmer trat. Er hatte verwundert die Stirn gerunzelt, als er die vorgelegte Kette sah, und tat es wieder, als Franz hastig die Tür schloß und den Schlüssel zweimal umdrehte.

Franz bot ihm einen Drink an. Fernandos schwarze Augenbrauen fuhren in die Höhe, als er die volle, kantige Flasche sah, dann wurde sein Grinsen noch breiter, und er nickte; als Franz ihm ein kleines Weinglas vollgeschenkt hatte, zögerte er jedoch, und seine beweglichen Gesichtszüge und ausdrucksvollen Hände fragten, warum Franz nichts tränke.

Weil es die einfachste Lösung war, goß Franz sich ein wenig von dem Kirschwasser in ein anderes Glas, das er mit den Fingern umspannte, um zu verbergen, wie winzig die Menge war, hob das Glas an den Mund und kippte es, bis die stark aromatische Flüssigkeit seine geschlossenen Lippen benetzte. Er bot Fernando einen zweiten Drink an, doch der deutete auf die Schachfiguren und dann auf seinen Kopf, den er dabei schüttelte.

Franz setzte das Schachbrett vorsichtig auf den Haufen aufeinandergeschichteter Hefte, die auf dem Kaffeetisch lagen, und setzte sich auf den Bettrand. Fernando sah etwas skeptisch auf das wakkelige Arrangement, dann zuckte er die Achseln, lächelte und setzte sich Franz gegenüber auf einen Stuhl. Er zog den weißen Bauern, und nachdem sie ihre Figuren aufgestellt hatten, machte er voller Selbstvertrauen den ersten Zug.

Franz zog rasch und konzentriert. Er stellte fest, daß er fast automatisch die *en garde* Haltung einnahm, die er schon in der Beaver Street angewandt hatte, als er Byers zuhörte. Sein wachsamer Blick glitt ständig durch den ganzen Raum, von der Wand hinter ihm zum

Kleiderschrank und zur Tür, dann über ein kleines Bücherregal zur Badezimmertür, über das große Bücherregal und den Schreibtisch, ruhte eine Weile auf dem Fenster, bevor er weiterglitt, am Aktenschrank entlang zum Heizkörper der Zentralheizung und zum anderen Ende der Wand, die hinter seinem Rücken lag – und dann wieder zurück. Er spürte einen leicht bitteren Geschmack auf seinen Lippen – das Kirschwasser.

Fernando gewann die Partie in etwa zwanzig Zügen. Er blickte Franz ein paar Sekunden lang nachdenklich an, als ob er eine Bemerkung zu dessen schwachem Spiel machen wollte, doch dann lächelte er nur und stellte die Figuren neu auf, mit vertauschten Farben.

Franz eröffnete mit einem gefährlichen Zug, dem Königs-Gambit. Fernando begegnete ihm mit dem Königin-Bauern. Trotz der gefährlichen Situation konnte sich Franz, wie er feststellte, nicht auf das Spiel konzentrieren. Er zermarterte sich den Kopf, was für andere Sicherheitsmaßnahmen außer seiner visuellen Wachsamkeit er noch treffen könnte. Er lauschte auf Geräusche von der Tür, von den Fenstern und Wänden. Er wünschte verzweifelt, daß Fernando wenigstens ein bißchen englisch spräche und sein Wortschatz nicht nur auf etwa ein Dutzend Vokabeln beschränkt wäre, und daß er nicht fast völlig taub wäre. Diese Kombination war einfach zuviel.

Und die Zeit verging schleppend. Der große Zeiger seiner Armbanduhr schien festgefroren zu sein. Es war wie zu gewissen Momenten auf einer alkoholisierten Party – kurz vor dem Blackout –, wo die Sekunden sich zu Ewigkeiten zu dehnen schienen. Es würde Jahrhunderte dauern, bis das Konzert beendet war.

Und dann fiel ihm ein, daß er keinerlei Garantie dafür hatte, ob Cal und die anderen sofort nach Hause kommen würden. Nach der Vorstellung besuchten die Menschen in der Regel noch eine Bar oder ein Restaurant, um zu feiern oder auch nur zu reden.

Er fühlte, daß Fernando ihn zwischen seinen Zügen prüfend anblickte.

Natürlich stand es ihm frei, zum Konzert zurückzugehen, wenn Fernando gegangen war, aber das würde nichts nützen. Er hatte das Konzert verlassen, entschlossen, das Problem von de Castries' Fluch zu lösen und alle Ungereimtheiten, die sich mit ihm verbanden, aufzuklären. Und zumindest hatte er einigen Erfolg gehabt. Er hatte das Rätsel von ›607 Rhodes‹ gelöst; aber er hatte natürlich weitaus mehr als das erreichen wollen, als er mit Saul gesprochen hatte.

Aber wie konnte er überhaupt eine Antwort auf das ganze Problem finden? Ernsthafte psychische oder okkulte Forschung erforderte gründliche Vorbereitungen und Studien, die Verwendung von empfindlichen, sorgfältig adjustierten Instrumenten, und vor allem die Mitarbeit von sensitiven, ausgebildeten Menschen mit langjährigen, einschlägigen Erfahrungen: Medien, Telepathen, Hellsehern und so weiter – die ihre Befähigung anhand von Rhine-Karten und ähnlichen Tests nachgewiesen hatten. Was konnte er hoffen, allein und an einem einzigen Abend zu erreichen? Was hatte er sich eigentlich gedacht, als er Cals Konzert verlassen und ihr durch Saul seine Nachricht hatte zukommen lassen?

Aber irgendwie hatte er das Gefühl, daß alle Experten und ihre massierten Erfahrungen ihm jetzt nicht einen Schritt weiterhelfen könnten. Und genausowenig die Wissenschaftler mit ihren unglaublich empfindlichen elektronischen und radiologischen Detektoren, Kameras und allen möglichen anderen Geräten. Daß unter all den Arten okkulter und rand-okkulter Phänomene, die in dieser Zeit vorhanden waren – Hexerei, Astrologie, Biofeedback, Trance, Psychokinese, Auren, Akupunktur, exploratorische LSD-Trips, Schleifen im Zeitstrom (viele von ihnen zweifellos Schwindel, andere eventuell echt) –, dies, das ihm geschah, etwas völlig anderes war.

Er stellte sich vor, daß er zum Konzert zurückginge, und die Vorstellung gefiel ihm nicht. Sehr leise, weit entfernt, schien er die glitzernden, kaskadenhaften Töne der Harfe zu hören, die ihn wie immer zu locken und einzufangen versuchten.

Fernando räusperte sich. Franz erkannte, daß er ein Matt in drei Zügen glatt übersehen hatte und das zweite Spiel in genauso wenigen Zügen verlieren würde wie das erste. Automatisch räumte er die Figuren ab und begann sie für ein drittes Spiel aufzustellen.

Fernando hob die Hand zu einer emphatisch abwehrenden Geste. Franz blickte auf.

Fernando sah ihn prüfend an. Der Peruaner runzelte die Stirn und hob einen Finger, um Franz anzudeuten, daß er sich Sorgen um ihn mache. Dann deutete er auf das Schachbrett, und dann tippte er mit dem Finger gegen seine Schläfe. Schließlich schüttelte er entschieden den Kopf, runzelte die Stirn und deutete wieder auf Franz.

Franz verstand, was Fernando ihm sagen wollte: ›Deine Gedanken sind nicht beim Spiel.‹ – Er nickte.

Fernando stand auf, rückte den Stuhl aus dem Weg und mimte durch Gesten einen Mann, der vor etwas Angst hat, das ihn verfolgt. Er duckte sich ein wenig, blickte angstvoll nach allen Seiten, so wie es Franz getan hatte, jedoch ein wenig überzeichnet. Er drehte sich um die eigene Achse, fuhr plötzlich herum, um hinter sich zu blicken, riß den Kopf dann nach links und nach rechts, und sein rundes Gesicht und die weit aufgerissenen Augen waren ein Spiegel hysterischer Angst.

Franz nickte, zum Zeichen, daß er verstanden hatte.

Fernando ging geduckt im Zimmer umher, warf rasche Blicke zur Tür, zum Fenster und zur Wand. Während er in eine andere Richtung blickte, klopfte er mit den Fingerknöcheln hart an den Heizkörper, fuhr zusammen und taumelte rückwärts in die Mitte des Zimmers.

Ein Mann, der vor irgend etwas Angst hatte und von einem plötzlichen, unerwarteten Geräusch erschreckt worden war, sollte es bedeuten.

Franz nickte wieder.

Fernando wiederholte das Spiel vor der Badezimmertür und der Wand. Nachdem er dagegen geklopft hatte, starrte er Franz an und sagte: »*Hay hechiceria. Hechiceria occultado en murallas.*«

Wie hatte ihm Cal das neulich übersetzt? ›Hexerei, Hexerei, in Wänden versteckt.‹ Franz erinnerte sich an seine Gedanken über geheime Türen, Luken und Gänge. Aber hatte Fernando es wörtlich oder nur im übertragenen Sinne gemeint? Franz nickte, schob aber dabei die Unterlippe vor und versuchte auch durch Gesten seiner Hände einen gewissen Zweifel auszudrücken.

Fernando schien jetzt zum ersten Mal die mit Kreidestrichen gemalten Sterne zu bemerken. Doch das Weiß war auf dem hellen Holz wirklich schwer auszumachen. Er hob die Brauen, lächelte verständnisvoll und nickte zustimmend. Er deutete auf die Sterne und streckte dann seine Arme aus, die offenen Handflächen gegen das Fenster und die Tür gerichtet, als ob er etwas abwehren wollte – und fuhr fort, zustimmend zu nicken.

»*Bueno*«, sagte er.

Franz nickte und war verblüfft, daß seine Angst ihn dazu verleitet hatte, sich an eine so irrationale Schutzmaßnahme zu klammern, die jedoch von dem abergläubischen (?) Fernando sofort verstanden wurde: Sterne gegen Hexen. (Und es waren auch fünfzackige Sterne unter dem Graffiti auf den Corona Heights gewesen, das dazu bestimmt war, tote Knochen ruhen und Asche unter der Erde zu lassen. Byers hatte sie dort auf die Felsen gesprüht.)

Er stand auf, trat zum Tisch und bot Fernando noch einen Drink an, doch Fernando lehnte ihn mit einer knappen, entschiedenen Handbewegung ab, trat an die Stelle, wo Franz gesessen hatte, und klopfte mit der Hand an die Wand über der Couch. Dann wandte er den Kopf, blickte Franz an und wiederholte: »*Hechiceria occultado en muralla!*«

Franz blickte ihn fragend an. Doch der Peruaner neigte nur den Kopf und legte drei Finger an seine Stirn, eine Geste, die Nachdenken symbolisierte (und vielleicht dachte Fernando auch wirklich nach).

Dann hob er mit einer Geste von plötzlicher Erkenntnis den Kopf, nahm die Kreide von der Schiefertafel, die neben dem Schachbrett lag, und malte einen fünfzackigen Stern an die Wand über der Couch, größer, auffälliger und besser als alle Sterne, die Franz gemalt hatte.

»*Bueno*«, sagte Fernando wieder und nickte zufrieden. Dann deutete er auf das Bett und auf die Wand, vor der er stand, und wiederholte: »*Hay hechiceria en muralla*«, und ging rasch zur Tür, mimte, daß er hinausginge und wieder hereinkäme, und dann blickte er Franz besorgt an und hob die Brauen, als ob er sagen wollte:

»Glaubst du, daß alles noch in Ordnung ist, wenn ich zurückkomme?«

Etwas verwirrt von der Pantomime und mit einem Gefühl plötzlicher Müdigkeit nickte Franz lächelnd (dachte an den Stern, den Fernando gemalt hatte, und an das Gefühl der Kameradschaft, das er ihm gegeben hatte) und sagte: »*Gracias.*«

Fernando erwiderte Lächeln und Nicken, schloß die Tür auf, ging hinaus und zog die Tür hinter sich ins Schloß. Kurz darauf hörte Franz den Lift auf diesem Stockwerk halten, das Auf- und Zugleiten der Türen, und ihn dann surrend in die Tiefe sinken, als ob er in den Keller des Universums hinabglitte.

27

Franz fühlte sich so benommen wie ein angeschlagener Boxer. Seine Augen und Ohren waren nach wie vor scharf und wachsam für die geringste Bewegung, das leiseste Geräusch, kämpften jedoch müde, fast protestierend, gegen den unüberwindlichen Drang an, endlich abzuschalten. Trotz aller Schocks und Überraschungen, die dieser Tag gebracht hatte, gewann jetzt sein Abendbewußtsein (Sklave seiner Körperchemie) die Oberhand. Offensichtlich hatte Fernando irgend etwas vor – aber was? – und warum? – und würde irgendwann zurückkommen, so wie er es versprochen hatte – aber wann? – und noch einmal: warum? Im Grund genommen war es Franz nicht so wichtig. Er begann, ohne es wirklich zu wollen, etwas aufzuräumen.

Aber kurz darauf ließ er sich mit einem erschöpften Seufzer auf der Bettkante nieder, starrte auf das unglaubliche Durcheinander übereinandergeworfener Sachen auf seinem Kaffeetisch und überlegte, wo er anfangen sollte. Zuunterst lagen die ordentlich aufeinandergeschichteten Seiten des Manuskripts, an dem er zur Zeit arbeitete, und das er seit zwei Tagen nicht angerührt, mit dem er sich nicht einmal in Gedanken beschäftigt hatte. *Unheimlicher Untergrund* – was für eine Ironie. Auf dem Manuskript stand das Telefon mit seiner langen Schnur, daneben das zerbrochene Fernglas, sein großer, überquellender Aschenbecher (aber er hatte nicht geraucht, seit er heute abend hereingekommen war, und spürte auch jetzt keine Lust dazu), daneben lag das Schachbrett mit den zur Hälfte aufgestellten Figuren, neben ihm die Schiefertafel mit dem Kreidestück und einem Prisma und einigen geschlagenen Schachfiguren, und am Rand, neben der Tafel, standen die beiden Gläser und die noch immer geöffnete Flasche Kirschwasser.

Allmählich wirkte das Durcheinander auf Franz umwerfend komisch, viel zu verwirrend, um es aufzuräumen. Obwohl seine Augen und Ohren nach wie vor Wache hielten (es war zu einem fast zwanghaften Reflex geworden), kicherte er leise. Sein Abendbewußtsein besaß immer eine alberne Seite, eine Tendenz zu faulen Witzen, seltsam gemixten Klischees und leicht psychotischen Epigrammen – Narrheiten, aus der Erschöpfung geboren. Er erinnerte sich, wie genau und einleuchtend der Psychologe F. C. MacKnight den Übergang vom Wachsein zum Schlaf beschrieben hatte: die logischen, kurzen Tagesschritte des Verstandes wurden nach und nach länger, jeder geistige Sprung etwas unsicherer und gedankenloser, bis sie (ohne jede Zäsur) zu absolut unberechenbaren, gigantischen Schritten wurden und man zu träumen begann.

Er nahm den Stadtplan zur Hand, den er auseinandergefaltet auf dem Bett liegengelassen hatte, und breitete ihn wie eine Decke über das Durcheinander auf dem Kaffeetisch.

»Schlafe jetzt, du kleiner Misthaufen«, sagte er mit humoriger Zärtlichkeit.

Er legte das Lineal, das er vorhin gebraucht hatte, auf den Stadtplan, so wie ein Zauberer nach gelungener Vorstellung seinen Zauberstab auf seine Utensilien legt.

Dann (seine Augen und Ohren machten noch immer ihre Wachrunden) wandte er den Kopf und blickte zu der Wand, an die Fernando seinen großen Kreidestern gemalt hatte. Anschließend brachte er auch seine Bücher zu Bett, so wie eben den Misthaufen auf dem Kaffeetisch, sein ›Studentenliebchen‹, seine ›Scholar's Mistress‹ – eine gewohnte, normale Beschäftigung, das Berühren vertrauter Dinge, und das beste Gegenmittel zur Bekämpfung der wildesten Ängste.

Auf die vergilbten Seiten von *Megapolisomancy* – das Kapitel über ›elektro-mephytisches Städte-Material‹ war aufgeschlagen – legte er mit einer sanften Bewegung Smith's Journal, die neuentdeckte Seite mit dem Fluch offen.

»Du bist heute recht blaß, Liebling«, bemerkte er (das Reispapier), »und doch sehe ich auf deiner rechten Wange all die uralten Schönheitsflecken, eine ganze Seite davon. Träume von einer herrlichen Satanisten-Party in feierlicher Abendgarderobe, alles in Schwarz und Weiß wie *Letztes Jahr in Marienbad*, in einem riesigen Ballsaal, wo cremefarbene, schlanke Barsois umherschreiten wie riesige Spinnen.«

Er berührte ihre Schulter, die hauptsächlich aus Lovecrafts *Outsider* bestand, die vierzig Jahre alten, bräunlichen Seiten bei der Erzählung *The Thing on the Doorstep* aufgeschlagen. Er murmelte: »Du darfst jetzt nicht zerfließen, Liebling, wie die arme Asenath Waite. Denk daran, daß du keine ausgefallenen Zahnreparaturen hast (jedenfalls weiß ich nichts davon), nach denen man dich einwandfrei identifizieren könnte.« Er blickte auf ihre andere Schulter: die *Wonder Stories* und *Weird Tales*, die Schutzumschläge abgerissen, mit angeknickten Ecken, darauf Smiths *The Disinterment of Venus*. »Das ist ein viel schönerer Weg aus dieser Welt«, kommentierte er. »Nur rosiger Marmor unter den Würmern und dem Zerfall.«

Die Brust wurde von Mrs. Lettlands monumentalem Werk gebildet, das passenderweise bei jenem geheimnisvollen, provokativen und fundamentale Fragen aufwerfenden Kapitel *Die mystische Brust: Kalt wie...* geöffnet war. Er dachte an das seltsame, spurlose Verschwinden dieser Feministen-Autorin in Seattle. Jetzt würde niemand mehr von ihr Antworten auf die Fragen bekommen.

Seine Finger strichen über die schlanke, schwarze, graugesprenkelte Taille, die von James' Geistergeschichten gebildet wurde – das Buch war einmal vom Regen völlig durchweicht worden, anschließend hatte er es – eine tropfnasse, verkrumpelte Seite nach der anderen – mühsam getrocknet. Er richtete sich ein wenig auf, rückte das gestohlene Adreßbuch (das die Hüften repräsentierte und noch immer bei der Hotel-Sektion aufgeschlagen war) zurecht, und sagte: »So, jetzt ist es etwas bequemer für dich. Weißt du, Liebling, du bist jetzt auf zweifache Weise 607 Rhodes«, und er fragte sich ohne wirkliches Interesse, was er damit meinte.

Er hörte, wie der Lift stoppte und seine Türen aufglitten, doch er hörte nicht, daß er sich wieder in Bewegung setzte. Er wartete angespannt, doch es klopfte nicht an seine Tür, kein Geräusch von Schritten, die sich näherten. Durch die Wand hörte er das leise Knarren einer widerspenstigen Tür, die langsam geöffnet und wieder geschlossen wurde. Und dann war es wieder still.

Er berührte das Buch *The Spider Glyph in Time*, das direkt unterhalb des Adreßbuches lag. Früher hatte sein ›Studentenliebchen‹ auf dem Bauch gelegen, das Gesicht ins Kissen gedrückt, jetzt lag sie auf dem Rücken. Er überlegte ein paar Sekunden lang (was hatte Lettland gesagt?), weshalb die äußeren weiblichen Genitalien oft als Spinne bezeichnet wurden. Wegen des gekrausten Haarbüschels? Wegen des Spalts, der sich vertikal öffnete, wie die Kiefer einer Spinne, und nicht waagerecht, wie die Lippen eines Menschen oder die Labia der Chinesinnen in den Seemanns-Legenden? Der alte, vom Fieber geschüttelte Santos-Lobos meinte, es ginge auf die weibliche Fähigkeit zurück, geduldig ein Netz zu spinnen.

Seine sanft streichelnden Finger glitten weiter, zu *Knochenmädchen in Pelz (mit Peitsche)* – noch mehr von dunkler Haarigkeit, jetzt jedoch die eines weichen Fells (oder weicher Felle, genaugenommen), das die Skelett-Mädchen umhüllte – und *Âmes et Fantômes de Douleur*, der andere Oberschenkel; de Sade (oder sein posthumer Plagiator), des Fleisches müde geworden, hatte sich wirklich Mühe gegeben, den Verstand schreien und die Engel schluchzen zu lassen; sollten die *Ghosts of Pain* nicht *The Agonies of Ghosts* heißen?

Dieses Buch, zusammen mit Sacher-Masochs *Knochenmädchen in Pelz (mit Peitsche)* ließ ihn daran denken, was für ein Reichtum an Tod sich hier unter seinen Händen befand. Lovecraft, der im Jahr 1937 ziemlich überraschend gestorben war, hatte bis zum letzten Atemzug gearbeitet und sogar von seinen letzten Empfindungen auf dem Sterbebett Aufzeichnungen gemacht. (Hat er dort Paramentale gesehen?) Smith war ein Vierteljahrhundert später langsamer abgetreten, nachdem sein Gehirn von einer Reihe kleiner Schlaganfälle stückweise zerstört worden war. Santos-Lobos war von seinem brennenden Fieber zu einem Stück denkender Schlacke verbrannt worden. Und war auch die spurlos verschwundene Lettland tot? Montague (dessen *White Tape* das linke Knie seines ›Studentenliebchens‹ bildete) war an einem Emphysem erstickt, während er noch die Fußnoten über unsere an sich selbst erstickende Kultur schrieb.

Tod und Todesangst! Franz dachte daran, wie sehr Lovecrafts *The Color of Outer Space* ihn deprimierte, als er es in jungen Jahren zum ersten Mal gelesen hatte – das langsame Verfaulen des New England Farmers und seiner ganzen Familie, die von Radioaktivität vom anderen Ende des Universums vergiftet worden waren. Doch gleichzeitig war er auch fasziniert gewesen. Was war denn diese ganze Literatur des übernatürlichen Horrors, wenn nicht ein Essay, um selbst den Tod noch aufregend zu machen? – Spannung und Abseitigkeit bis zum Ende.

Doch während diese Gedanken noch durch sein Gehirn zogen, spürte er, wie todmüde er war. Müde, deprimiert und morbide – die unangenehmen Aspekte seines Abendbewußtseins, die dunkle Seite der Münze.

Und um von der Dunkelheit zu sprechen, wo war der Platz unserer Herrin der Dunkelheit in dieser Geschichte? (*Suspiria de Profundis* bildete das andere Knie, und *De Profundis* die Wade. »Was hältst du von Lord Alfred Douglas, Liebling? Macht er dich an? Ich bin der Meinung, daß Oscar viel zu gut für ihn war.«) War der Fernsehturm, der dort im Dunkel der Nacht stand, ihre Statue? – er war hoch genug dafür. War die Nacht ihr ›dreifacher Kreppschleier‹? und die neunzehn roten Lampen, von denen sechs regelmäßig blinkten, ›das wilde Licht, das Flackern des Schmerzes‹? Nun, er litt selbst genug, es würde für zwei ausreichen. Warum lachte sie nicht darüber? Komm, gute Nacht, und schlaf gut!

Er beeilte sich jetzt, sein ›Liebchen‹ zu Bett zu bringen. Professor Nostigs *The Subliminal Occult* (›Sie haben die Kirliansche Fotografie widerlegt, Doktor, aber ist Ihnen das auch bei den Paramentalen gelungen?‹), die Exemplare von *Gnostica* (irgendeine Verbindung zu Professor Nostig?), *The Mauritius Case* (hat Etzel Andergast in Berlin Paramentale gesehen? oder Waramme in Chicago?) *Hecate, or the Future of Witchcraft* von Yeats (›Warum hast du das Buch vernichten lassen, William Butler?‹), und *Reise ans Ende der Nacht* (»Und zu deinen Zehen, Liebling.«). – Er streckte sich müde neben ihr aus, noch immer hartnäckig wachsam für die geringsten verdächtigen Geräusche und Bewegungen. Er dachte daran, wie oft er zu ihr nach Hause gekommen war, wie zu einer wirklichen Frau oder Freundin, um bei ihr nach allen Anspannungen, Anforderungen und Gefahren des Tages (sie waren noch nicht vorbei!) Entspannung und Trost zu finden.

Ihm fiel ein, daß er wahrscheinlich noch rechtzeitig zum Fünften Brandenburgischen Konzert kommen würde, wenn er jetzt sofort aufspränge und sich beeilte, aber er war zu träge, um sich auch nur zu bewegen – um irgend etwas zu tun, außer wach und wachsam zu bleiben, bis Cal und Gun und Saul zurückkehrten.

Das Licht der Lampe am Kopfende des Bettes flackerte ein wenig, wurde trüber, flammte wieder hell auf, und wurde wieder dunkler, als ob die Birne gleich ausbrennen würde, aber er war zu müde, um aufzustehen und sie auszuwechseln, oder auch nur eine andere Lampe einzuschalten. Außerdem wollte er sein Fenster nicht zu hell machen, falls etwas auf den Corona Heights lauerte (konnte sehr wohl jetzt dort sein, und nicht hier. Wer konnte das wissen?)

Er bemerkte ein fahles Glitzern an den Rändern des Fensters – der nach Westen wandernde Mond begann von oben hereinzulugen, bevor er hinter den Hügeln versank. Franz fühlte sich versucht, aufzustehen und einen letzten Blick auf den Fernsehturm zu werfen, dieser schlanken, tausend Fuß hohen Göttin gute Nacht zu sagen, auch sie zu Bett zu bringen, sein letztes Gebet zu sprechen, doch seine Müdigkeit hinderte ihn daran. Außerdem wollte er sich nicht den Corona Heights zeigen und war entschlossen, diesen dunklen Buckel nie wieder anzublicken.

Die Lampe am Kopfende des Bettes brannte wieder ruhig, aber, wie es ihm schien, etwas trüber als vor dem Flackern des Lichts, oder war es nur ein Schatten, den sein Abendbewußtsein warf?

Vergiß das jetzt! Vergiß alles! Die Welt war ein elender Ort. Diese Stadt war ein häßlicher Dschungel von miserablen Hochhäusern und aufdringlichen Wolkenkratzern. Alles war bei dem großen Beben von 1906 zusammengestürzt und verbrannt (zumindest alles in der Umgebung dieses Gebäudes), und sehr bald würde es wieder geschehen, und alle Papiere würden in die Aktenvernichtungsmaschinen gefüttert werden, mit oder ohne die Hilfe von Paramentalen. (Bewegte sich der Buckel der Corona Heights nicht schon jetzt?) Und der Rest der Welt war genauso schlecht; sie erstickte an ihrem eigenen Dreck, ertrank in chemischen und atomaren Giften, Detergenzien und Insektiziden, industriellen Abgasen und Abwässern, Smog, dem Gestank von Schwefelsäure, den Massen von Stahl, Zement, Aluminium und Plastik, dem omnipräsenten Papier, an Gas und Elektronenfluten – elektro-mephytisches Stadt-Material, in der Tat! Die Menschheit brauchte wirklich nicht die Paramentalen dazu, um ihre Welt zu zerstören. Sie war von Krebsgeschwüren überwuchert, wie die Farmerfamilie in Lovecrafts Story, die durch eine unbekannte Radioaktivität langsam zu Tode kam, die durch einen Meteor vom Ende der Welt auf die Erde verschleppt worden war.

Doch das war nicht das Ende. (Er rückte etwas näher zu seinem

›Liebchen‹.) Die elektro-mephytische Krankheit breitete sich aus, hatte sich bereits ausgebreitet (metastasiert), die ganze Welt ergriffen. Das Universum befand sich im letzten Stadium der Krankheit; es würde thermodynamisch sterben. Selbst die Sterne waren bereits infiziert. Wer dachte schon daran, daß diese kleinen, hellen Lichtpunkte irgendeine Bedeutung hatten? Was waren sie denn? Doch nur ein Schwarm phosphoreszierender Fruchtfliegen, die momentan zu einem völlig willkürlichen Muster um einen Müll-Planeten festgefroren waren?

Er versuchte, das Fünfte Brandenburgische Konzert, das Cal jetzt spielte, zu ›hören‹, diese unendlich variablen, unwahrscheinlich geordneten diamantenen Kaskaden von Klängen, die es zur Mutter aller Klavierkonzerte machten. Musik hat die Macht, die Dinge zu befreien, hatte Cal gesagt, sie fliegen zu lassen.

Vielleicht konnte sie diese Stimmung zerbrechen. Papagenos Glocken waren magisch – und ein Schutz gegen die Magie. Aber es war völlig still.

Welchen Sinn hatte das Leben überhaupt? Er hatte sich mühsam aus den Fesseln des Alkoholismus befreit, nur um dem Nasenlosen, jetzt mit einer neuen, länglichen Maske, erneut gegenüberzustehen. Jetzt hätte er gerne nach der Flasche gegriffen und einen Schluck von dem scharfen, beißenden Kirschwasser genommen, wenn er nicht zu müde gewesen wäre, um diese Anstrengung auf sich zu nehmen. Er war ein alter Narr, wenn er glaubte, daß Cal sich etwas aus ihm mache, genauso ein Narr wie Byers mit seiner chinesischen Bilateralen und seinen sexbesessenen Teenagern, seinem perversen Paradies von aufreizenden, schlankfingrigen, fummelnden Cherubim.

Franz' Blick wanderte zu Daisys Gesicht, von dunklem Haar umrahmt, das in Ölfarben gemalt, auf ihn herabsah. In der verschobenen Perspektive wurden ihre Augen zu schmalen Schlitzen, und der Mund über dem in die Länge gezogenen, spitzen Kinn schien hämisch zu grinsen.

In diesem Augenblick begann er ein leises Kratzen in der Wand zu hören, wie von einer riesigen Ratte, die versuchte, sich möglichst lautlos durch das Mauerwerk zu graben. Aus welcher Tiefe kam das Kratzen? Er konnte es nicht feststellen. Wie waren die ersten Geräusche eines Erdbebens? – die leisen Vorboten der Katastrophe, die nur die Pferde und die Hunde wahrnehmen können? Noch ein letztes, lautes, energisches Kratzen – und dann Stille.

Er erinnerte sich an die Erleichterung, die er gefühlt hatte, als der wuchernde Krebs Daisys Gehirn lobotomisiert hatte und sie –

angeblich – in einen Zustand bewußtseinslosen Vegetierens versank.

Die Lampe hinter seinem Kopf flammte grellgrün auf, begann zu flackern und erlosch. Er setzte sich mit einem Ruck auf, tat aber sonst nichts. Die Dunkelheit in dem Zimmer nahm Formen an wie aus den schwarzen Bildern der Hexenkunst, massenpsychotischer Wunder und olympischen Horrors, wie sie Goya im Alter allein für sich selbst gemalt hatte, ein überaus passender Heimschmuck. Er hob die rechte Hand und deutete mit dem Finger auf Fernandos jetzt unsichtbar gewordenen Stern an der Wand, dann ließ er die Hand wieder sinken. Ein kleines Schluchzen formte sich in seiner Kehle und erstickte wieder. Er drängte sich enger an sein ›Studentenliebchen‹, und seine Finger berührten ihre Lovecraft-Schulter. Er sagte sich, daß sie der einzige wirkliche Mensch war, den er hatte. Dunkelheit und Schlaf schlossen sich über ihm ohne einen Laut.

Zeit verging.

Franz träumte von völliger Dunkelheit und von einem lauten, weißen, knatternden, reißenden Geräusch, als ob eine endlose Bahn Zeitungspapier zusammengeknüllt und Dutzende von Büchern gleichzeitig zerrissen und ihre steifen Einbanddeckel zerhackt und zermalmt werden würden – ein Papier-Pandämonium.

Aber vielleicht gab es dieses mächtige Geräusch gar nicht? (Es war nur die Zeit, die ihre Kehle freiräusperte), denn kurz darauf glaubte er, in zwei Zimmern gleichzeitig zu erwachen; in diesem, und einem anderen, das es überlagerte. Er versuchte, die beiden Räume zu einem verschmelzen zu lassen. Daisy lag ruhig neben ihm. Sie beide, er und sie, waren sehr, sehr glücklich. Sie hatten am Abend zuvor lange miteinander gesprochen, und es war alles gut. Ihre schlanken, seidigen Finger fuhren über seine Wangen, seinen Hals.

Mit einem kalten Schauder kam ihm plötzlich der Verdacht, daß sie tot war. Die streichelnden Finger fuhren beruhigend über seine Wangen. Nein, Daisy war nicht tot, sie war nur sehr krank. Sie war am Leben, aber in einem vegetabilen Zustand, barmherzigerweise von ihrer tödlichen Krankheit betäubt. Entsetzlich, und doch war es immer noch ein Trost, neben ihr liegen zu können. Wie Cal war sie noch so jung, selbst in diesem Halb-Tod. Ihre Finger waren so schlank und seidig-trocken, so kräftig, als sie jetzt zugriffen – und es waren keine Finger, sondern drahtige, schwarze Ranken, die aus ihrem Schädel wuchsen, in dichten Büscheln aus seinen Öffnungen sprossen, aus dem dreieckigen Loch unter dem Nasenbein, wie Tentakel unter ihren Zähnen hervorquollen, wie Gras aus einem Riß

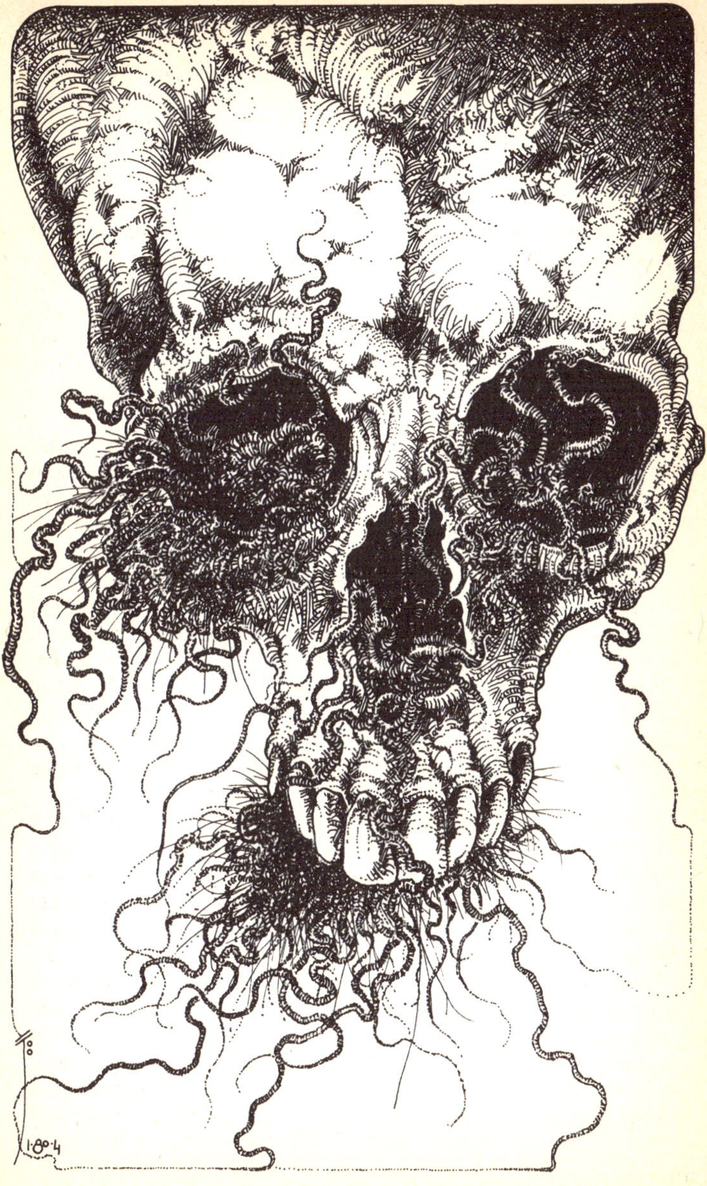
1·80·4

im Straßenpflaster, aus ihrem fahlbraunen Cranium wucherten und die *coronalen* Nähte auseinanderrissen.

Franz fuhr auf, fast von seinen Gefühlen erstickt. Sein Herz hämmerte, und kalter Schweiß perlte auf seiner Stirn.

28

Mondlicht fiel durch das Fenster, warf einen langen, sargförmigen Schein auf den Teppichboden hinter dem Kaffeetisch und ließ den Rest des Raums durch die Kontrastwirkung noch dunkler erscheinen.

Er war völlig angezogen, seine Füße schmerzten in den Schuhen.

Er erkannte mit überwältigender Dankbarkeit, daß er wach war, daß Daisy und der vegetative Horror, der sie zerstört hatte, verschwunden waren, verweht wie Rauch.

Er stellte fest, daß er sich all des Raums, der um ihn war, akut bewußt wurde: der kalten Luft an Gesicht und Händen, der Ecken seines Zimmers, des Spalts zwischen den beiden Hochhäusern, der Tiefe von sechs Stockwerken, die zwischen seinem Fenster und der Straße lagen, des siebenten Stockwerks und des Daches über ihm, der Halle auf der anderen Seite der Wand, hinter dem Kopfteil seines Bettes, der Besenkammer hinter der Wand, an der Daisys Porträt hing, über Fernandos Stern, und des Lüftungsschachts hinter der Besenkammer.

Und alle anderen Gefühle und Gedanken schienen genauso lebhaft und ursprünglich. Er sagte sich, daß er sein Morgenbewußtsein wiedererlangt hatte, vom Schlaf reingespült, frisch wie kühle Seeluft. Wie wunderbar! Er hatte die ganze Nacht durchgeschlafen (hatten Cal und die beiden Männer leise angeklopft und waren dann verständnisvoll grinsend wieder gegangen?) und war nun vielleicht eine Stunde vor Tagesanbruch aufgewacht, zu Beginn der langen, astronomischen Dämmerung, einfach, weil er zu früh eingeschlafen war. Ob Byers auch so gut geschlafen hatte? – er bezweifelte es, selbst nicht mit seinen mager-schlanken, dekadenten Gespielinnen.

Doch dann realisierte er, daß noch immer Mondlicht ins Zimmer fiel, wie um die Zeit, als er eingeschlafen war, und das bewies, daß er höchstens eine Stunde geschlafen haben konnte.

Seine Haut begann ein wenig zu prickeln, die Beinmuskeln spannten sich an, alle Lebensfunktionen seines Körpers waren beschleunigt, wie in Erwartung von... er wußte nicht, in Erwartung wessen.

Er fühlte eine paralysierende Berührung im Nacken. Dann fuhren die dünnen, stacheligen, trockenen Ranken – so fühlte es sich an – aber es waren jetzt weniger als in seinem Traum – leise raschelnd durch seine vor Angst gesträubten Haare, an seinem Ohr vorbei über die rechte Wange zum Kinn. Die Ranken wuchsen aus der Wand... nein... es waren keine Ranken, es waren die Finger der schmalen rechten Hand seines ›Studentenliebchens‹, die sich aufgerichtet hatte und jetzt nackt neben ihm saß, eine große, fahle Gestalt, deren Gesicht in dem unsicheren Licht unkenntlich blieb. Es war aristokratisch länglich, genau wie ihre Kopfform (schwarzes Haar?), darunter ein schlanker Hals, breite Schultern, schmale Hüften, und lange, lange Beine – die ihn stark an den skelettartigen Fernsehturm erinnerten, einen sehr viel schlankeren Orion (in dem Rigel als Fuß diente und nicht als Knie).

Die Finger ihrer rechten Hand – sie hatte ihren nackten Arm jetzt um seine Schultern gelegt – krochen über Wange und Kiefer auf seine Lippen zu, während sie sich umwandte und ihr Gesicht dem seinen näherte.

Es war noch immer unkenntlich, anonym im Dunkel, doch unwillkürlich formte sich in seinem Gehirn die Frage, ob die Hexe Asenath (Waite) Derby ihren Ehemann Edward Derby mit einem so intensiven Blick angesehen hatte, als sie zusammen im Bett waren und der alte Ephraim Waite (Thibaut de Castries?) gemeinsam mit ihr aus ihren hypnotisierenden Augen starrte.

Sie lehnte ihr Gesicht noch näher zu dem seinen, und die Finger ihrer rechten Hand krochen sanft, doch bedrängend höher, zu seinen Nasenlöchern, seinen Augen, und aus dem Dunkel zu ihrer linken Seite hob sich die andere Hand an ihrem schlangenschlanken Arm und näherte sich ebenfalls seinem Gesicht. Alle ihre Bewegungen waren elegant und ästhetisch.

Er fuhr zurück, wehrte ihre Berührung mit der linken Hand ab und schnellte sich mit der rechten und beiden Beinen über den Kaffeetisch, der dabei umgerissen wurde und alles, was auf seine Platte gehäuft war, polternd und krachend und splitternd – die Gläser, die Flasche und den Feldstecher – mit ihm zu Boden stürzte, wo er inmitten der Trümmer am Rand des sargförmigen Lichtrechtecks liegenblieb; nur sein Kopf befand sich im Dunkel. Unmittelbar vor seinem Gesicht lagen der große Aschenbecher, der seinen überquellenden Inhalt von Asche und Zigarettenstummeln verstreut hatte, und die ausrinnende Flasche Kirschwasser, und er atmete stinkenden Tabakteer und beißende, bittere Alkoholdämpfe ein. Er fühlte die harten Konturen der Schachfiguren unter sich. Er riß den Kopf herum und starrte in panischer Angst zu dem Bett, das er eben verlassen hatte, doch er sah nur Dunkel.

Doch dann erhob sich aus dem Dunkel, doch nicht sehr hoch, die große, fahle Gestalt seines ›Studentenliebchens‹. Sie schien umherzublicken, zu wittern wie ein Mungo oder ein Wiesel, ihr Kopf auf dem schlanken Hals nickte nach dieser und jener Richtung; und dann kam sie mit schlängelnden, eiligen Bewegungen, die ein entnervendes, trocken-raschelndes Geräusch verursachten, auf ihn zu – über den umgestürzten Tisch und all das auf dem Boden verstreute Chaos – ihre langfingerigen Hände an den drahtigen, bleichen Armen weit vorgestreckt. Und während er noch versuchte, auf die Beine zu kommen, packten sie ihn mit einem erschreckend kräftigen Griff an Schulter und Hüfte, und in derselben Sekunde zuckte eine Verszeile durch sein Gehirn: ›Geister sind wir, doch mit Skeletten aus Stahl.‹

Mit einer aufwallenden Kraft, die aus Todesangst geboren wurde, riß er sich los, befreite sich aus den Zangen der Hände. Doch sie hatten immerhin verhindert, daß er auf die Beine kam. Er hatte sich herumwerfen müssen, lag nun am Rand des hellen Rechtecks auf dem Rücken und strampelte und stieß mit Armen und Beinen.

Papiere und Schachfiguren und der Inhalt des Aschenbechers wurden noch weiter verstreut. Ein Weinglas zersplitterte, als er mit dem Absatz dagegentrat. Das ebenfalls zu Boden gefallene Telefon begann zu fiepen wie eine wütend pedantische Maus, von der Straße kam das Jaulen einer Sirene, und es klang, als ob ein Hund gequält würde, er hörte ein lautes reißendes Geräusch, wie in seinem Traum – die verstreuten Papiere wirbelten durcheinander und hoben sich, anscheinend in kleinen Fetzen, ein wenig vom Boden – und durch dieses Pandämonium hörte er ein ersticktes, kehliges, heiseres Schreien – sein eigenes.

Sein ›Studentenliebchen‹ trat mit wiegenden, schlängelnden Bewegungen ins Mondlicht. Ihr Gesicht blieb nach wie vor im Schatten, doch er konnte jetzt erkennen, *daß ihr schlanker, breitschulteriger Körper allein aus in Fetzen gerissenem, fest zusammengepreßtem Papier bestand*, das zu einem fahlen Braun vergilbt war, als ob es die Seiten aller alten Zeitschriften und Bücher wären, die ihren Körper auf dem Bett geformt hatten, und um ihr verschattetes Gesicht hing schwarzes Haar (die zerfetzten Bücherrücken?) Ihre drahtigen Glieder schienen aus fest zusammengedrehtem und zusammengeflochtenem fahlbraunem Papier zu bestehen; die langen Beine trugen sie mit beängstigendem Tempo auf ihn zu, die Arme schlangen sich um ihn, warfen ihn auf den Rücken, hielten seine

1·80·2

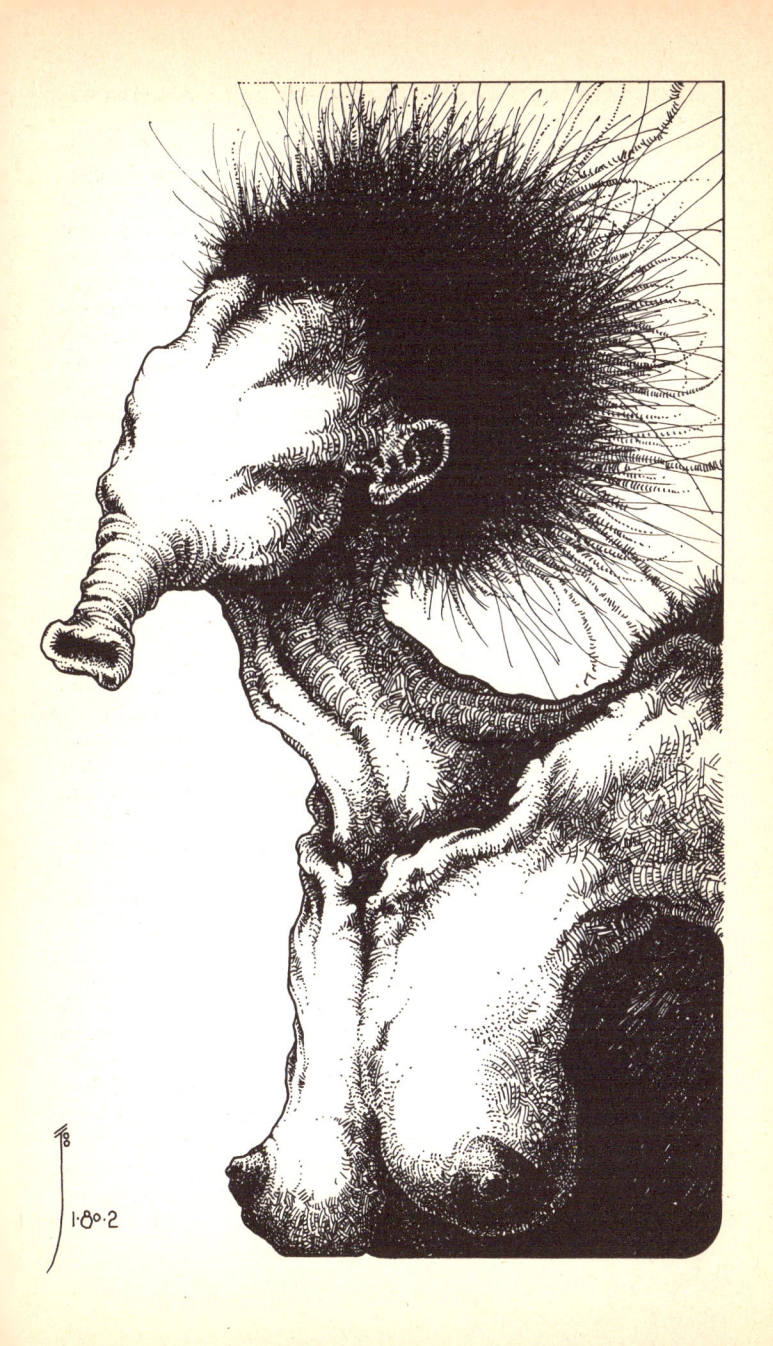

Arme fest (und die langen Beine umklammerten die seinen), obwohl er verzweifelt um sich stieß, und, völlig ausgepumpt von seinem Schreien, nur noch keuchte und stöhnte.

Dann wandte sie den Kopf, und Mondlicht fiel auf ihr Gesicht. Es war lang, spitz zulaufend, erinnerte an einen Fuchs oder ein Wiesel, und war, wie ihr Körper, aus fest zusammengepreßtem Papier geformt, das jedoch hier von einer weißen Schicht bedeckt wurde (das Reispapier?) und überall kleine, unregelmäßige schwarze Flecken zeigte. (Thibauts Tinte?) Das Gesicht hatte keine Augen, obwohl es in sein Gehirn und in sein Herz zu starren schien. Es hatte keine Nase. (War *dies* der Nasenlose?) Es hatte keinen Mund – doch dann begann das lange Kinn zu zittern und hob sich ein wenig, wie die Schnauze eines Tiers, und er sah, daß es unten eine rüsselartige Öffnung hatte.

Er wußte plötzlich, daß *dies* unter den losen Roben und schwarzen Schleiern von de Castries' geheimnisvoller Lady gesteckt hatte, die ihm selbst bis zum Grab gefolgt war, kompakte Intellektualität, nur Papier (ein ›Studentenliebchen‹ im wahrsten Sinne des Wortes!), die Königin der Nacht, die Gestalt auf dem Gipfel, das Ding, das selbst Thibaut de Castries gefürchtet hatte. Unsere Mater Tenebrarum, Mutter der Finsternis, Herrin der Dunkelheit.

Die Kabelstränge der geflochtenen Arme und Beine preßten sich immer enger um ihn, und das Gesicht, das jetzt wieder im Schatten war, näherte sich lautlos dem seinen. Und Franz konnte nichts weiter tun, als seinen Kopf zur Seite zu drehen.

Der Gedanke an das Verschwinden der alten Taschenbücher zuckte durch sein Gehirn und er wußte jetzt, daß sie, zu kleinen Fetzen zerrissen, das Rohmaterial für die fahlbraune Gestalt geliefert haben mußten, die er zweimal von den Corona Heights aus in seinem Fenster gesehen hatte.

Er sah in der dunklen Zimmerdecke, oberhalb der sich herabsenkenden Schnauze, einen kleinen Fleck sanfter, harmonischer, geisterhafter Farben – das Pastell-Spektrum des Mondlichts, von einem seiner im hellen Rechteck am Boden liegenden Prismen an die Decke geworfen.

Das trockene, rauhe, harte Gesicht preßte sich gegen das seine, verschloß ihm den Mund, drückte seine Nasenlöcher zusammen; die Schnauze grub sich in seinen Hals. Er fühlte ein erdrückendes, unerträglich schweres Gewicht auf sich lasten. (Der Fernsehturm und die Transamerica-Pyramide! Und die Sterne?) Und in Mund und Nase den knochentrockenen, bitteren Staub von Thibaut de Castries.

In diesem Augenblick strömte helles, weißes Licht ins Zimmer, und als ob man ihm ein sofort wirkendes Stimulans injiziert hätte, gelang es ihm, sein Gesicht von dem runzeligen Horror wegzudrehen und seinen Körper halb herumzuwerfen.

Die Tür zum Korridor war weit geöffnet, im Schloß steckte ein Schlüssel, und Cal stand auf der Schwelle, den Rücken an den Türrahmen gelehnt, ihre Hand am Lichtschalter. Sie keuchte, als ob sie rasch gelaufen wäre. Sie trug noch immer das weiße Abendkleid, das sie bei ihrem Konzert angehabt hatte, darüber einen schwarzen Samtmantel, der offen hing. Sie blickte über und hinter ihn, und auf ihrem Gesicht stand ein Ausdruck ungläubigen Entsetzens. Dann fiel ihre Hand vom Lichtschalter, ihre Knie knickten ein, und sie sank lautlos zusammen. Ihr Rücken blieb gegen den Türrahmen gelehnt, die Schultern zurückgenommen, das Kinn erhoben, und ihre von Angst gefüllten Augen blinzelten nicht ein einziges Mal. Als sie auf ihren Fersen hockte, wie ein afrikanischer Medizinmann, öffneten sich ihre Augen vor gerechter Wut noch weiter; sie nahm das Kinn an die Brust, ein harter, gehässiger Ausdruck trat auf ihr Gesicht, und sie sagte mit einer Stimme, wie sie Franz noch nie von ihr gehört hatte:

»Im Namen von Bach, Mozart und Beethoven, im Namen von Pythagoras, Newton und Einstein, bei Bertrand Russell, William James und Eustace Hayden, weiche! Alle unharmonischen und nichtgeordneten Gestalten und Kräfte, verschwindet sofort!«

Während sie sprach, hoben sich alle Papiere um Franz (jetzt konnte er sehen, daß sie *wirklich* zu Fetzen zerrissen waren) knisternd und raschelnd vom Boden auf, die harten Klammergriffe um seine Arme und Beine lösten sich, so daß er langsam auf Cal zukriechen konnte, wobei er mit seinen halbfreien Armen und Beinen um sich stieß. Mitten in Cals gewalttätigem Exorzismus begannen die fahlbraunen Papierfetzen plötzlich wild umherzuwirbeln und schienen sich zu verzehnfachen. Das Gewicht hob sich ganz von ihm, und er war frei, so daß er schließlich durch einen dichten Papier-Schneesturm auf Cal zukroch.

Die unzählig scheinenden Schnipsel sanken raschelnd um ihn herum zu Boden. Er legte den Kopf in Cals Schoß (sie saß aufgerichtet auf der Türschwelle) und lag eine Weile so, keuchend, einen Arm um ihre Taille geschlungen, und fühlte Cals Finger beruhigend über seine Wange streichen, während die andere Hand braune Papierschnipsel von seiner Jacke zupfte.

Franz hörte Gun aufgeregt rufen: »Cal, ist alles in Ordnung? Franz!«

Dann Saul: »Was, zum Teufel, ist mit seinem Zimmer passiert?«
Dann wieder Gun: »Mein Gott! Es sieht aus, als ob seine ganze Bibliothek durch den Destroysit gejagt worden wäre!«

Franz sah von den beiden nicht mehr als Schuhe und Beine. Komisch. Neben ihnen war noch ein drittes Paar – braune, ziemlich kleine Schuhe, darüber braune Denim-Hosenbeine. Natürlich Fernando!

Entlang dem Korridor wurden Türen aufgerissen, Köpfe herausgestreckt. Die Türen des Lifts glitten auf, und Dorotea und Bonita traten heraus; ihre Gesichter waren besorgt und gespannt. Doch was Franz bemerkte, und was seinen Blick und sein Interesse besonders fesselte, weil es ihn irritierte und wunderte, war ein Stapel verstaubter Wellpappkartons, der gegenüber vom Besenschrank entlang der Wand sauber aufgeschichtet war, und daneben standen drei alte Koffer und ein kleiner Schrankkoffer.

Saul hatte sich neben ihn gekniet, fühlte mit professioneller Kompetenz seinen Puls, zog ein Augenlid hoch und kontrollierte die Pupillenreflexe, ohne ein Wort zu sagen. Als er fertig war, nickte er Cal beruhigend zu.

Franz blickte ihn fragend an. Saul lächelte und sagte: »Weißt du, Franz, Cal ist nach dem Konzert hinausgestürmt wie eine Fledermaus aus der Hölle. Sie hat sich eben noch mit den anderen Solisten verbeugt und gewartet, bis auch der Dirigent seinen Diener gemacht hatte, aber dann riß sie ihren Mantel vom Haken – sie hatte ihn während der zweiten Pause hinter die Bühne gebracht, nachdem ich ihr deine Nachricht übermittelt hatte – und rannte einfach durch den Zuschauerraum nach draußen. Du hast vielleicht geglaubt, daß *du* die Leute geschockt hast, als du gleich nach Beginn des Konzerts aufgestanden und gegangen bist. Glaube mir, das war gar nichts im Vergleich dazu, wie Cal sie geschockt hat, als sie sich rücksichtslos zum Ausgang drängte! Als wir sie endlich wieder eingeholt hatten, hielt sie gerade ein Taxi an, indem sie einfach auf die Straße und vor den Kühler lief. Wenn wir nur um ein paar Sekunden langsamer gewesen wären, hätte sie uns glatt abgehängt. Aber da wir es gerade noch geschafft hatten, gönnte sie uns widerwillig die Zeit, die wir brauchten, um uns in das Taxi zu quetschen.«

»Und dann hängte sie uns wieder ab«, nahm Gun den Faden auf, »als wir vor dem Haus hielten und jeder von uns glaubte, der andere würde das Taxi bezahlen, und der Fahrer schrie hinter uns her, und wir beide gingen wieder zurück.« Er stand dicht hinter der Schwelle, am Rand der großen Wehe aus zerfetztem Papier. »Als wir ins Foyer kamen, hörten wir sie die Treppe hinauflaufen, weil es ihr zu lange dauerte, auf den Lift zu warten. Inzwischen war der Lift unten, und wir fuhren mit ihm hinauf, aber sie hatte uns trotzdem wieder geschlagen. Sag mal, Franz« – er deutete mit dem Finger auf die Wand – »wer hat den großen Stern dort gemalt?«

Bei diesen Worten sah Franz, wie die kleinen, braunen Schuhe mit festen Schritten vortraten und Papierschnipsel zur Seite stießen. Wieder schlug Fernando an die Wand über dem Bett, als ob er damit Aufmerksamkeit fordern wollte, und sagte dann mit Bestimmtheit: »*Hechiceria occultado en muralla!*«

»Hexenkunst, in der Wand versteckt«, übersetzte Franz, wie ein Kind, das beweisen will, daß es ihm wieder gut geht. Cal legte ihm einen Finger auf die Lippen, um ihm zu sagen, daß er sich ausruhen solle.

Fernando hob einen Finger, als ob er ankündigen wollte: ›Ich werde demonstrieren‹, kam zurück und ging an Cal und Franz vorbei aus der Tür. Er ging rasch den Korridor entlang, an Dorotea und Bonita vorbei, blieb vor der schwarzen Tür der Besenkammer stehen und wandte sich um. Gun, der ihm neugierig gefolgt war, blieb ebenfalls stehen.

Der dunkelhaarige Peruaner deutete auf die verschlossene Tür, dann auf die sauber aufgeschichteten Wellpappkartons, und dann machte er ein paar Schritte mit vorgestreckten Armen und leicht angewinkelten Knien (›Ich habe sie herausgeholt. Ich bin dabei sehr leise gewesen.‹), zog einen Schraubenzieher aus der Hosentasche, steckte ihn in das vierkantige Loch, in dem früher der Drücker gewesen war, drehte ihn ein wenig, riß die Tür auf und trat mit einem triumphierenden Grinsen zur Seite.

Gun trat neben ihn, blickte in den kleinen Raum und berichtete Cal und Franz: »Er hat ihn völlig ausgeräumt. Mein Gott, der Staub liegt hier fingerdick. Da ist sogar ein winziges Fenster. Jetzt kniet er auf der anderen Seite der Wand, gegen die er eben mit der Faust geschlagen hat. Ich sehe eine kleine Nische, eine rechteckige Vertiefung im unteren Teil der Wand. Mit einer Tür verschlossen. Ein Sicherungskasten? Eine Ablage für Reinigungsmittel? Ich weiß es nicht. Jetzt versucht Fernando, sie mit dem Schraubenzieher aufzubrechen. Verdammt!«

Er trat zurück, um Fernando Platz zu machen, der mit einem triumphierenden Grinsen heraustrat, ein ungewöhnlich großformatiges, ziemlich dünnes, graues Buch an die Brust gedrückt. Er kniete sich neben Franz auf den Boden, schlug es mit einer dramatischen Geste auf und streckte es ihm entgegen. Eine kleine Staubwolke wirbelte auf.

Die beiden Seiten, die Fernando rein zufällig aufgeschlagen hatte, waren vom oberen bis zum unteren Rand Zeile an Zeile mit einer sauberen, doch verworrenen Schrift bedeckt: astronomische und astrologische Zeichen und andere kryptische Symbole, erkannte Franz.

Er streckte seine leicht zitternde Hand danach aus, riß sie dann aber wieder zurück, als ob er Angst hätte, sich die Finger zu verbrennen.

Er hatte erkannt, daß die schwarze Tinte und die Handschrift die gleichen waren, die den Fluch geschrieben hatten.

Es mußte das Fünfzig-Buch sein, die Grand Cipher, die in *Megapolisomancy* und in Smiths Journal (B) erwähnt wurde – die Kladde, die Smith einmal gesehen hatte, und die ein wichtiger Bestandteil (A) des Fluchs war und vor fast vierzig Jahren von dem alten Thibaut de Castries versteckt worden war, um ihre Aufgabe zu erfüllen beim Drehpunkt (O) in – Franz erschauerte und warf einen raschen Blick auf die Nummer an seiner Wohnungstür – 607 Rhodes.

30

Am nächsten Tag verbrannte Gun die Grand Cipher auf Franz' hartnäckiges Drängen hin, dem sich Cal und Saul anschlossen, aber erst, nachdem er alle Seiten auf Mikrofilm abgelichtet hatte. Seitdem hat er sie immer wieder in seine Computer gesteckt und von mehreren Semantikern und Linguisten untersuchen lassen, ohne jedoch den geringsten Fortschritt beim Brechen ihres Code zu erzielen, falls es einen Code geben sollte. Vor kurzem hatte er den anderen erklärt: »Es hat fast den Anschein, als ob Thibaut de Castries hier eine Art mathematisches Irrlicht geschaffen hat – eine Zusammenstellung völlig unzusammenhängender Zahlen.« Es stellte sich heraus, daß das Buch genau fünfzig verschiedene Symbole enthielt. Cal wies darauf hin, daß fünfzig die Gesamtzahl der Gesichter aller fünf pythagoräischen oder platonischen Körper war. Aber als sie gefragt wurde, welche Bedeutung das im Zusammenhang mit de Castries Buch haben könnte, zuckte sie nur die Achseln.

Anfangs hatten Gun und Saul sich ernsthaft gefragt, ob Franz nicht vielleicht in einer Art vorübergehendem psychotischen Anfall seine Bücher und Papiere selbst zerrissen hatte. Aber dann sahen sie ein, daß das unmöglich war, vor allem in einer so kurzen Zeitspanne. »Das Zeug ist fast zu Konfetti zerfetzt worden.«

Gun hatte einiges von dem seltsamen Konfetti als Muster aufgehoben – ›unregelmäßig geformte Fetzen, durchschnittlicher Querschnitt drei Millimeter, nicht die geringste Ähnlichkeit mit dem Abfall aus einer Akten-Vernichtungsmaschine.‹ (Und das schien den Verdacht zu widerlegen, daß Guns Aktenfresser oder irgendein supersubtiles italienisches Modell irgendeine Rolle gespielt haben mochten.)

Gun nahm auch Franz' Fernglas auseinander (unter Hinzuziehung seines optisch versierten Freundes, der unter anderem den berühmten Kristall-Schädel untersucht und als Schwindel entlarvt hatte), doch sie konnten keine Spur irgendeiner Manipulation feststellen. Der einzige bemerkenswerte Umstand war die Gründlichkeit, mit der die Linsen und Prismen zertrümmert worden waren.

Gun fand einen Fehler in dem detaillierten Bericht, den Franz ihm übergeben hatte. »Man kann im Mondlicht keine Spektralfarben sehen«, korrigierte er. »Die Retina des menschlichen Auges ist dazu nicht empfindlich genug.«

Franz erwiderte ein wenig scharf: »Die meisten Menschen können auch niemals den grünen Blitz der untergehenden Sonne sehen. Aber doch ist er manchmal da.«

Sauls Kommentar war: »Ihr könnt mir glauben, daß in jeder Bemerkung von Verrückten ein Körnchen Wahrheit steckt.«

»Von Verrückten?«

»Wir alle sind verrückt.«

Er und Gun leben nach wie vor in 811 Geary Street. Sie haben keine weiteren paramentalen Phänomene erlebt – jedenfalls bis jetzt nicht.

Auch die Luques leben noch dort. Dorotea bewahrt die Existenz der Besenkammern als streng gehütetes Geheimnis, besonders vor dem Eigentümer von 811. »Er versuchen, sie zu vermieten, wenn davon wüßte.«

Fernandos Schilderung, wie sie schließlich von ihr und Cal interpretiert und übersetzt wurde, war enttäuschend einfach: Er hatte die verschlossene Nische im unteren Wandteil der Besenkammer entdeckt, als er die dort abgestellten Kartons umgeräumt hatte, um Platz für weitere zu schaffen, und diese Entdeckung war fest in seiner Erinnerung haften geblieben *(misterioso!)*, so daß sie ihm sofort wieder einfiel, als ›Mistah Juestón‹ von Spuk heimgesucht wurde und er einfach einer spontanen Eingebung folgte. In der Nische waren, wie er an mehreren Flecken an ihren Rändern festgestellt hatte, Putzmittel für Möbel und Messing und Schuhcremes aufbewahrt worden, doch seit fast vierzig Jahren allein das Fünfzig-Buch.

Die drei Luques und die anderen (zusammen mit Guns und Sauls Freundinnen waren es neun – genau die richtige Zahl für eine römische Party, bemerkte Franz) unternahmen schließlich den lange geplanten Picknick-Ausflug nach Corona Heights. Gunnars Freundin Ingrid war genauso groß und so blond wie er, arbeitete bei der Umweltschutz-Gesellschaft und behauptete, von dem Junior-Museum stark beeindruckt zu sein. Sauls Mädchen hieß Joey und war eine kleine, zierliche Rothaarige, die am Stadttheater arbeitete. Die Corona Heights sahen jetzt völlig verändert aus, nachdem die Winterregen die kahlen Hänge mit frischem Grün bedeckt hatten. Und doch gab es eine überraschende Erinnerung an Franz' frühere Besuche: Sie entdeckten die beiden kleinen Mädchen mit ihrem Bernhardiner. Franz wurde bei der unverhofften Begegnung ein wenig blaß, fing sich aber rasch wieder. Bonita spielte eine Weile mit ihnen und behauptete höflicherweise, daß es ihr Spaß mache. Alles in allem wurde es ein hübscher Nachmittag, aber niemand setzte sich auf den Bischofssitz oder suchte zu seinen Füßen nach Spuren einer alten Begräbnisstätte. Franz bemerkte später: »Manchmal glaube ich, daß die strikte Anweisung, alte Knochen nicht wieder auszugraben, die Wurzel aller übersinn... aller übernatürlichen Phänomene ist.«

Er versuchte, sich erneut mit Jaime Byers in Verbindung zu setzen, doch er war telefonisch nie erreichbar, und Franz' Briefe blieben unbeantwortet. Später erfuhr er, daß sich der wohlhabende Dichter und Essayist zusammen mit Fa Lo Suee (und wahrscheinlich auch Shirley Soames) auf eine ausgedehnte Weltreise begeben hatte.

»Irgend jemand tut das immer nach dem Ende einer übernatürlichen Horror-Story«, bemerkte er trocken, mit etwas gezwungenem Humor. »*Der Hund von Baskerville*, et cetera, et cetera. Ich hätte wirklich gerne gewußt, wer seine Quellen waren, ich meine außer Klaas und Ricker. Aber vielleicht ist es besser, wenn ich meine Nase nicht mehr in diese Sache stecke.«

Er und Cal teilen sich jetzt ein Apartment auf dem Nob Hill, und obwohl sie nicht verheiratet sind, schwört Franz, daß er nie wieder allein leben würde. Er hatte nach jenem entsetzlichen Erlebnis nie wieder in Apartment 607 geschlafen, nicht eine einzige Nacht.

Was Cal in jener Nacht hörte und sah (und tat), beschrieb sie so: »Als ich die Treppe hinauflief und den dritten Stock erreichte, hörte ich Franz schreien. Ich hatte den Schlüssel zu seinem Apartment schon in der Hand. Als ich die Tür aufstieß, sah ich all diese Papierschnitzel um ihn herumwirbeln, wie in einer Windhose. Und im Zentrum dieses Wirbels umklammerten sie ihn und bildeten eine Art rohen, dünnen Pfahl mit einer grauenhaften Spitze. In meiner Angst sagte ich irgend etwas, das mir gerade einfiel. Der Pfahl zerplatzte wie eine mexikanische *piñata* und wurde Teil des Papierwirbels, der dann sehr rasch in sich zusammenfiel. Die Schnitzel lagen in einer mehrere Zoll dicken Schicht auf dem Boden. Sobald ich Franz' Nachricht von Saul erhalten hatte, wußte ich, daß ich so rasch wie möglich zu ihm mußte, aber ich konnte erst nach dem Brandenburgischen fort.«

Franz ist überzeugt, daß das Fünfte Brandenburgische Konzert ihn irgendwie gerettet hat – Bachs Konzert und Cals rasches Handeln. Aber über das Wie hat er nicht einmal eine plausible Theorie. Cal sagte nur: »Ich glaube, es ist ein Glücksumstand, daß Bach einen mathematischen Verstand hatte, und daß Pythagoras musikalisch war.«

Einmal, in einer nachdenklichen Stimmung, spekulierte sie: »Weißt du, die vielen Gaben und Talente, die man der Geliebten von de Castries' Vater (und auch Thibauts verschleierter Lady) zugeschrieben hat, würden ziemlich genau denen eines Wesens entsprechen, das zur Gänze aus zerfetzten, vielsprachigen, okkulten Büchern bestünde: ein erstaunlich großes Repertoire von Sprachen, ein fast unbegrenztes Wissen um alles Übernatürliche, Unheimliche, gründliche sekretariale Fähigkeiten, die Tendenz, auseinanderzubersten wie eine Papierpuppe, und die Instinkte eines erbarmungslosen nächtlichen Raubtiers, jedoch mit einem Wissen, das bis in die Zeit des alten Ägypten zurückreicht, erotische Virtuosität (darauf bin ich ein wenig eifersüchtig), fundierten Kenntnissen in Kultur und Kunst...«

»Viel zu viel für meinen durchschnittlichen Verstand«, unterbrach sie Franz schaudernd.

Aber Cal sprach unbeirrt weiter, ein wenig maliziös. »Und dann deine Angewohnheit, sie sehr zärtlich von Kopf bis Fuß zu streicheln und ihr vor dem Einschlafen Liebesworte zuzuflüstern. Kein Wunder, daß sie Feuer fing!«

»Ich habe immer gewußt, daß man uns eines Tages miteinander erwischen würde.« Er versuchte, das Gespräch mit einem Scherz zu entschärfen, doch seine Hand zitterte ein wenig, als er sich eine Zigarette anzündete.

Eine ganze Weile achtete Franz sehr genau darauf, kein einziges

Buch und keine Zeitschrift oder Zeitung auf dem Bett liegen zu lassen. Neulich jedoch entdeckte Cal drei Bücher, die in einer unordentlichen Reihe hintereinander auf der linken, der Wand zugekehrten Seite des Bettes lagen. Sie nahm sie nicht fort, doch sie sprach mit ihm darüber.

»Ich weiß nicht, ob ich es noch einmal schaffen würde«, sagte sie. »Also sieh dich vor!«

Paul Walker

INTERVIEW MIT FRITZ LEIBER

Mir kommen die Geschichten von Fritz Leiber, wie etwa *The Hound*, so vor wie ein Rosinenplätzchen, bei dem ich vermute (es ist nur ein Verdacht), daß die Rosinen darin nicht sind, was sie zu sein scheinen. Kein anderer Interviewpartner hatte auf mich eine solch hypnotische Ausstrahlung wie Fritz Leiber. Obwohl er bislang so viele Geschichten geschrieben hat, gute und schlechte, ist jede neue Geschichte von ihm eine weitere unberechenbare und unbekannte Größe. Warum? Nun, weil Fritz Leiber, wenn er gut schreibt, einzigartig ist. Und eigenartig ist er selbst dann noch, wenn er schlecht schreibt.

Fritz Leiber wurde 1910 in Chicago als Sohn von zwei Shakespeare-Schauspielern, Fritz und Virginia Bronson-Leiber, geboren. Er graduierte an der Universität von Chikago mit summa cum laude zum Magister in Psychologie. Er besuchte das Theologische Seminar in New York City und war 1935 Mitglied der Schauspieltruppe seines Vaters. Fritz Leiber war Herausgeber des *Science Digest* und lehrte Schauspielkunde am Abendgymnasium in Kalifornien. Als Autor hat er bislang sechs Romane geschrieben, darunter das einmalige *The Green Millennium*[1], *The Big Time*[2], das mit dem Hugo Gernsback Award ausgezeichnet wurde, und das Mammutwerk *The Wanderer*[3], für das er ebenfalls diesen begehrten Preis erhielt. Das größte Ansehen genießt er aber für einige wirklich hervorragende Kurzgeschichten, die auf ein Dutzend verschiedener Anthologien verteilt sind. Dazu gehören: *Coming Attraction*[4], *The Hound, A Pail of Air*[5] und *Gonna Roll the Bones*[6].

FRITZ LEIBER: Fakten, Fakten. In der Tat beklage ich mich darüber, wie viele Dinge es gibt, die man lernen muß, und wie wenig Zeit mir bleibt, um nur die notwendigsten davon zu erlernen. Aber was stört mich am meisten, von all den Dingen, die mir das Leben beigebracht hat? In bezug auf die USA und die anderen demokratischen Demagogien bereitet es mir im Moment den größten Ärger, daß der höchst zweifelhafte Anspruch auf Leben, Freiheit und auf Streben nach Glück um die Forderung nach der Schönheit eines Superstars und nach dem Genie eines Einstein für jedermann erweitert wurde (oder bald erweitert wird). Die Politiker werden dahingehend ihre Versprechungen machen, und die Wissenschaftler, und was noch so dazu gehört, müssen es mal wieder ermöglichen.

Diese Entwicklung ist nicht neu. Schon Robert Heinleins *Methu-*

selah's Children basiert auf einem ähnlich militant vorgebrachten Anspruch des Volkes auf Unsterblichkeit.

Übrigens ist Heinlein mit Abstand mein Lieblings-SF-Autor, gefolgt von H. G. Wells, Herbert Best, Joanna Russ, Olaf Stapledon, Theodor Sturgeon und Cyril Kornbluth, die ich alle für sehr gut halte. Heinlein behauptet die Spitze – zumindest was die Häufigkeit angeht, mit der ich einzelne seiner Bücher gelesen habe.

Nun, das hört sich seltsam an, da meine Geschichten meist einen pazifistischen, pessimistischen Anti-Establishment-Charakter haben, während Heinleins Werke vor Optimismus überquellen, besonders, was die Fähigkeiten des Menschen angeht. Vielleicht ist er mein Antipode, der mich immer wieder an die Argumente der Gegenseite erinnert. Möglicherweise ist er aber für mich so eine Art Vaterfigur, mit der der Sohn in einem Autoritätskonflikt steckt, obwohl beide sich immer noch mögen. Wahrscheinlich hat mir sein *I Will Fear No Evil* besser gefallen als sonst jemandem – obwohl es sicher sein miserabelstes Buch ist.

Mein Leben wurde sicher am meisten von der Tatsache beeinflußt, daß ich zwei Shakespeare-Schauspieler als leibliche Eltern hatte. Es war ein Glück für mich, in meiner frühesten Jugend immer wieder die Sprache von einem Dutzend Shakespeare-Stücken zu hören, während meine Eltern auf der Bühne standen und probten. Man sagte mir, daß ich den Part meines Vaters in *Hamlet* mit auswendig lernte, als ich vier Jahre alt war. Und einen großen Teil von *Macbeth* kann ich heute noch aus dem Stegreif rezitieren. Diese frühe Schulung hat sich sicher positiv auf meinen Schreibtisch ausgewirkt. Es gibt Autoren, die von einem früheren intensiven Verhältnis zur Sprache der Bibel profitiert haben. Als große Hilfe erwies sich bei der Schriftstellerei auch die intime Kenntnis des Dramas, da ich ja quasi auf der Bühne aufgewachsen bin.

Da wir gerade von Glück usw. sprechen: es hat mir auch viel eingebracht, daß ich sehr intensiv mit H. P. Lovecraft in den letzten acht Monaten seines Lebens korrespondiert habe. Er hämmerte mir ein, daß man beim Schreiben auf Ehrlichkeit, Überzeugung, Sorgfalt, Vollkommenheit und Wissenschaftlichkeit achten muß.

Welches Faktum meine Phantasie am meisten angeregt hat?
SEX.

Meine Kindheit drehte sich um deutsche U-Boote, Weihnachten, den 4. Juli (als Knallkörper noch frei zugänglich waren) und die nordischen Götter. Natürlich ändert sich alles einmal. Mittlerweile betrachte ich den Sex als den gröbsten und witzigsten Scherz, den Gott sich mit uns erlaubt hat. Und mit den deutschen U-Booten ist es vorbei; doch noch heute habe ich eine Schwäche für die Tiefe des Meeres und für die *Nautilus* (natürlich für die von Nemo).

Ich weiß nicht, wieso die nordischen Götter mich so fesselten, interessierten, mich mehr *überzeugten* (sogar da schon, als ich sie in Kinderbüchern kennenlernte, bevor ich später die *Edda* und andere *Sagas* las) als die griechischen oder die Hindu-Götter, ja mehr noch als der Gott der Juden, der Christen und der des Islams. (Hier haben wir also wieder das pessimistische Element, diesmal im Bild einer Welt, die sich auf eine endgültige, totale Vernichtung im Ragnarök zubewegt. Lesen Sie dazu einmal meine Kurzgeschichte *Myths My Grand-Granddaughter Taught Me.*)

Pessimismus, hm. Ich wuchs in der Überzeugung auf, daß der Erste Weltkrieg ein furchtbares, dummes und sinnloses menschenverschlingendes Unterfangen war, und daß alles andere einem weiteren solchen Krieg vorzuziehen sei. Letzteres war so lange richtig, bis der Beweis für den Völkermord der Deutschen an den Juden mich davon überzeugte, daß der Zweite Weltkrieg notwendig war. Ich war nie ein aktiver Pazifist, nicht mehr jedenfalls, als ich aktiv gegen das Establishment eingetreten bin. Es geht eben eigentlich um Gemeinplätze wie Bürgerrechte, wie die Sorge um die Umwelt und die Komplizierung des Lebens durch die Erweckung künstlicher Bedürfnisse. Ich habe mich zu der allgemeinen Furcht bekannt, daß ein Atomkrieg die Menschheit ausrotten und die Welt zerstören wird. Mittlerweile bin ich wie die meisten anderen zu der Überzeugung gekommen, wir müssen »mit der Bombe leben«. Mein Pessimismus ist daraus erwachsen, aber jetzt ist es bei mir nicht mehr so schlimm, wie es einmal war. Werke wie die Storysammlung *Night of the Wolf, Coming Attraction, Poor Superman, The Green Millennium* und *The Creature from Cleveland Depths*[7] machen, neben manch anderem, diesen Gesinnungswechsel deutlich.

Dann hatte ich auch eine Zeit, in der ich fast nur Übersinnliches und Horror geschrieben habe. Dieses Genre ist besonders pessimistisch, da sich hier alles um Verderben oder zumindest um Leute dreht, die in Todesangst versetzt werden. Bestenfalls beschäftigen sich die Leute in Horrorgeschichten mit metaphysischen Problemen, statt sich ihren wirklichen zu stellen und sie zu lösen, wie es in der guten Science Fiction gemacht wird.

Meine SF-Geschichten neigen dazu, zu warnen oder prophetisch zu sein, eben diese ›Wenn das hier nicht aufhört...‹-Art. Sie gehören weniger zu der Problemlösungs-Sorte. Die Geschichten aus meinem ›Change-War‹-Zyklus, etwa *The Big Time* und *No Great Magic*[8], strahlen Pessimismus aus, weil sie von einem sinnlos scheinenden kosmischen Krieg berichten. Dann gibt es aber noch meine ›Fafhrd-Mouser‹-Saga[9], wo es nicht um Optimismus oder Pessimismus geht.

Welche Dinge ich gerne wüßte?

Das ist schwer, weil es Zillionen Fakten gibt, die ich nicht kenne. Für heute will ich es bei der Frage belassen: Gibt es PSI?

PAUL WALKER: *Sie erwähnen eine ›Komplizierung des Lebens durch die Erweckung künstlicher Bedürfnisse‹. Können Sie das einmal erläutern?*

FRITZ LEIBER: Es gibt ein künstliches Bedürfnis nach Formularen wie: Steuererklärungen, Gepäckkarten, Rezepte, Kreditkarten, Copyright-Erneuerungen etc. Dann gibt es Statistiken für die Zahl der Parker, die Begrenztheit der städtischen Parkplatzfläche, die Überbevölkerung der Städte etc. Und dieses ganze Übel mit der ›Verschleißproduktion‹, anstatt Kleider herzustellen, die einfach schön und praktisch sind und ein Leben lang halten. Und dann versuche ich die künstlich hervorgerufenen Modeströmungen zu ignorieren.

PAUL WALKER: *Davon abgesehen haben Sie auch die Weltkriege, die Atombombe, die Überbevölkerung und so weiter als Quellen Ihres Pessimismus angeführt. Sie scheinen sich schon immer auf die Pessimisten-Position zurückgezogen zu haben, nicht nur in Ihrem Werk, sondern auch in Ihrem Leben. Ich frage mich, ob Sie nicht aus Prinzip jeden Morgen beim Lesen der Zeitung in finsteres Brüten geraten; ist dieser Rückzug in den Pessimismus nicht eine Art Bequemlichkeit? Ich frage mich auch oft, ob der Witz in Ihrem Werk mehr eine Reflexion Ihres Pessimismus als einer genialen Geistesgabe ist?*

FRITZ LEIBER: Ja, ich habe mich schon immer um Schwarzen Humor bemüht. Irgendwie war ich schon als Kind auch von einem naiven Glauben an die nordischen Götter befallen, aber das habe ich bereits erwähnt. Ich war ein viel alleingelassenes Einzelkind; dieses Gefühl des ›Am-Rande-des-Abgrunds-Stehens‹ war zwischen den Weltkriegen sehr verbreitet. Es war desillusionierend, daß der Wells'sche Glaube an die Wissenschaften und die Erziehung so offensichtlich *nicht* den Frieden bewahren konnte. Es war ein Zurückschrecken vor den extrovertierten, ›geradlinigen‹ oder selbstbezogenen Leuten, verbunden mit einem starken Gefühl für die Unglücklichen. Ich hatte den Wunsch, das Leid anderer Leute zu hören – meine erste und immer noch wichtigste Methode, einen sozialen Kontakt herzustellen. Eine naturgegebene Melancholie. Wie heißt es in *Richard II.*: ›Laßt uns Platz nehmen und traurige

Geschichten vom Tod der Könige erzählen.‹ Ich hatte eben einen frühen Kontakt zu *Hamlet, Macbeth, Othello* etc. Wenn ich unvermittelt vor einer wirklichen Gefahr stehe, beginne ich manchmal zu lachen. Eine Sache wie etwa ein Krieg entwickelt sich zu etwas Irrsinnigem, so daß man nicht anders kann, als hin und wieder zu protestieren und in der Zwischenzeit irre zu kichern.

PAUL WALKER: *Jemand sagte einmal, daß eine Vorliebe für die Klassische Fantasy (H. P. Lovecraft, Lord Dunsany etc.) sich in dem Wunsch ausdrückt, die Zeit anzuhalten; also, die Gegenwart abzulehnen, der Zukunft zu entfliehen und in die Vergangenheit zurückzukehren. Warum glauben Sie, daß übersinnliche Horrorgeschichten dem Publikum gefallen?*

FRITZ LEIBER: Übernatürliche Horrorgeschichten enthalten, wenn sie ordentlich geschrieben sind, genauso viele tiefe menschliche Erkenntnisse wie jede andere fantastische Literatur. – Ein Wunsch, die Zeit anzuhalten? Hm, das spielt sicher eine Rolle, aber nur eine unter vielen. Ein Wunsch zu entfliehen? Das gilt wohl für *jede* fantastische Literatur, ohne Ausnahmen; jede phantastische Literatur ist auch Fantasy, angefangen von Marcel Proust bis zu Edgar Rice (und auch William) Burroughs. Die Leute mögen das angenehme Gruseln gerade, wenn sie sich in Sicherheit fühlen. Es ist genau wie die Versuchung, die von Drogen oder von Sex ausgeht (ob nun aktiv oder nur voyeurhaft). Da wir gerade von ›Klassischer‹ (ein Wort, das viel zu leichtfertig gebraucht wird) Fantasy reden, ich bin ein besserer Schriftsteller als H. P. Lovecraft und viel gewandter im Stil als Lord Dunsany – und es ist mir immer verdammt ernst.

Ich sollte hier wohl einfügen, daß nur zweit- oder drittrangige Autoren SF, Horror, Schwert-und-Magie etc. als *eigenständige Genres ansehen* – Wortspielereien, die man in müßigen Augenblikken mit gebremster Kreativität und ebensolcher Sorgfalt anstellt. Fragen Sie doch einmal Theodor Sturgeon, Robert A. Heinlein oder Philip K. Dick.

PAUL WALKER: *Wo wir schon bei den tiefen menschlichen Einsichten in den übersinnlichen Horrorgeschichten sind: Sie vermitteln in Ihrem Werk, besonders in* The Hound *und in* The Warlock, *einige interessante Einblicke. In* The Hound *sprechen Sie von einer neuen Umgebung für den Horror:* ›Alle Arten von unterdrückten Emotionen akkumulieren. Die Angst wird aufgespeichert. Die Furcht häuft sich an. Eine neue Art von Scheu vor den Geheimnissen des Universums akkumuliert. Ein psychologisches Umfeld konstituiert sich neben dem physischen...‹ *Und in* The Warlock *stellen*

Sie einen Bewohner dieses neuen Umfelds vor, den ›Träger von Geisteskrankheiten‹, der andere Wesen infiziert.
Standen Sie oder stehen Sie immer noch zu diesen Aussagen?
FRITZ LEIBER: In meiner Teenagerzeit und in den frühen Zwanzigern faszinierten mich nicht nur die Naturwissenschaften und die Mathematik, sondern auch die Grenzwissenschaften, wie PSI, Astrologie, die Bücher von Charles Fort usw. Später betrachtete ich den ganzen paranormalen Kram mit immer größer werdender Skepsis. Ein Grund dafür liegt sicher darin, daß ich in den acht Jahren von 1924 bis 1932 an der Lake View High School (im Norden Chicagos) war und an der dortigen Uni hauptsächlich Vorlesungen in den Naturwissenschaften, Mathematik, Psychologie, Physiologie und Philosophie hörte. Das ist wohl dem Einfluß zuzuschreiben, den H. P. Lovecraft auf mich ausübte, ein Materialist und Meister der streng wissenschaftlichen Verfahrensweise: Auch ein Grund waren die Bücher von Martin Gardner, vor allem das ausgezeichnete *Fads and Fallacies in the Name of Science*. Letztendlich ist für meine Abkehr wohl auch der Umstand verantwortlich zu machen, daß mir nie ein paranormales Ereignis widerfuhr – obwohl ich mein Leben lang darauf gewartet habe.

Heutzutage glaube ich nicht mehr an die Existenz von Dämonen, Kobolden und Geistern, die die Wege des Menschen beeinflussen sollen. Aber ich weiß, daß wir nicht einmal den milliardsten Bruchteil dessen verstehen, was im Kosmos vor sich geht. Da gibt es natürlich jede Menge Platz für alle Arten von Spekulationen, besonders in den Gefilden der Phantastik. Eine Kurzgeschichte oder ein Roman mögen auf der Prämisse beruhen, daß der Autor die Realität seines täglichen Lebens anzweifelt. Aber wenn seine Charaktere so angelegt sind, daß sie für den Autor real und dreidimensional sind, und wenn er die Geschichte mit seinem Herzblut schreibt, dann kann er auf so viele tiefe Einblicke in das Wesen des Menschen stoßen wie jeder andere Autor jeder Art von Fantastik; der Sache nach sind diese Einsichten identisch. Somit ist die Form, wie jede Generation ihre eigenen übernatürlichen Geheimnisse entwickelt, nicht aus einer metaphysischen, sondern aus einer psychologischen oder soziologischen Einsicht geboren – zumindest stellt es sich mir heute so dar.

PAUL WALKER: *Obwohl Sie einige sehr gute Romane geschrieben haben, liegt Ihr größter Erfolg bei Ihren Kurzgeschichten, wie* Space Time for Springers[10] *und* Ship of Shadows[11]. *Haben Sie eine besondere Vorliebe für Kurzgeschichten? Und wenn ja, warum?*
FRITZ LEIBER: Es ist sehr schwierig, die Stimmung von über-

natürlichem Horror über die Länge eines Romans aufrechtzuerhalten. Mir will auch kein Beispiel für einen gelungenen Versuch einfallen. Und seit die SF sich für Ideen, Meinungen und Spekulationen interessiert (und das, was unmöglich scheint, möglich macht), ist sie ebenfalls mehr für Kurzgeschichten geeignet – wahrscheinlich aber nicht in dem Maße wie das Horror-Genre.

So in der Mitte meiner Schriftstellerlaufbahn bemühte ich mich, meine Geschichten komprimierter zu schreiben. Daraus entstanden z. B. folgende Kurzromane: *The Creature from Cleveland Depths*, *The Night of the Long Knives*, *Poor Superman* und *The Silver Eggheads*. Aus allen hätte ich auch einen Roman machen könnten (zumindest bei *Eggheads* habe ich das auch getan[12]).

Damals hatte ich eben diesen Drang, Geschichten mit so wenig Worten wie möglich zu schreiben. Außerdem hatte ich keine Lust mehr, die ganzen Notizen und Vorarbeiten zu machen, die für einen Roman notwendig sind. Das ist mir bewußt geworden, als ich versuchte, einen Kriminalroman zu schreiben. Ich mag diese Literatur, aber ich kann so etwas (wie es scheint) nicht schreiben. Überhaupt verlangen Kriminalromane eine exaktere Planung als andere Sachen.

PAUL WALKER: *In* The Silver Eggheads *schildern Sie Schreibautomaten und einen Einfaltspinsel, der große Ähnlichkeit mit Hemingway hat. Im Nachhinein erscheint mir diese Geschichte fast so, als wollten Sie Ihren ganzen Groll loswerden, den Sie damals gegen die Fantastik hegten. Ist das richtig? Um was ging es da im einzelnen?*

FRITZ LEIBER: Nein, ganz bestimmt war es nicht so. *Alle* Einheitsschreiber (eigentlich wirkliche Fließbandschreiber) in *The Silver Eggheads* haben sich selbst mit Kombinationen aus den Namen bedeutender Schriftsteller geschmückt. Homer Hemingway zum Beispiel hat *keine* Ähnlichkeit mit Ernest Hemingway und stand auch *nicht* für Hemingway. Ich hege genauso wenig Groll gegen Hemingway wie gegen Homer oder gegen die anderen Autoren, aus deren Namen ich einen Mischmasch gemacht habe – wie zum Beispiel die Ibsen-Frau. Gerade Henrik Ibsen ist einer meiner Lieblings-Dramatiker. Ich habe Hemingways *The Sun Also Rises*, *For Whom the Bell Tolls*, *A Farewell to Arms* etc. sehr genossen. Genauso erging es mir bei vielen seiner Kurzgeschichten. Sie kreisen immer wieder um das Thema, wie ein Mensch seinen Mut erprobt. Das ist ein sehr interessantes Gebiet und vielleicht Hemingways Spezialität. Auf jeden Fall aber war er sensibel genug, um seinen Geschichten Tiefe zu verleihen.

Nein, *Eggheads* entstand aus der Kombination und dem gegenseitigen Durchdringen von zwei Vorhaben: einmal die Bradbury-ähnliche Idee, das Schriftstellertum werde vollständig den Maschinen überlassen; zum anderen der Tag der Abrechnung, an dem die lebendigen Autoren die Maschinen zerstören, um danach festzustellen (und das ist sicher *kein* Bradbury-Finale, weil es ironisch ist), daß sie die Kunst des Schreibens vergessen oder sie nie erlernt haben.

Das kommt in der Kurzgeschichte, die im *Magazine of Fantasy and Science Fiction* abgedruckt wurde, stärker zum Ausdruck.

Wenn ich schon Kollegenschelte betreiben soll, dann den einfältigen Leuten gegenüber, die noch nie eine vernünftige Zeile geschrieben haben, aber von sich glauben, daß sie das eines Tages könnten, wenn bloß ›ihr Unterbewußtsein sich ihnen öffnet‹ – also ohne Anstrengungen, Überlegungen, Erfahrungen und Lehrzeit. Die Idee von den Schreibautomaten, die nur von den Herausgebern programmiert zu werden brauchen, damit etwas Ordentliches herauskommt, ist auch ein Seitenhieb gegen die Herausgeber. Vor allem gegen die, die meinen, ein Autor sollte sich unbedingt an Vorschriften halten, die sie ihm machen. Die Geschichte enthält auch die amüsante Idee, welchen Gefallen diese Herausgeber wohl daran finden würden, über die Gehirne von Autoren in Dosen abrufbereit zu verfügen. Sie brauchten sie dann nur irgendwo anzuschließen, und wenn die Geschichte fertig ist – zurück ins Regal. Die Idee mit den Gehirnen in Behältern mit drei Anschlüssen kam mir nach der Lektüre von Lovecrafts *The Whisperer in Darkness*.

PAUL WALKER: *Welche Intentionen verfolgten Sie bei* The Wanderer*? Wollten Sie eine Satire schreiben? Sie scheinen es wirklich darauf angelegt zu haben. Warum? Was wollten Sie damit zum Ausdruck bringen?*

FRITZ LEIBER: *The Wanderer* eine Satire? Niemals! Was den Humor angeht, so glaube ich, ihn immer im Hinterkopf zu haben, bei allem, was ich schreibe. Ich versuche ihn meinen Geschichten, Charakteren und auch mir selbst unvoreingenommen zu verleihen. Aber eine Satire ist *The Wanderer* deswegen nicht.

Ich habe viel Aufwand für diesen Roman betrieben und für meine Verhältnisse eine Menge Nachforschungen angestellt. Daß das Buch so dick geworden ist, liegt wohl daran, daß ich, ermutigt von meiner Kurzgeschichte *Deadly Moon*[13] (sie ist der Keimträger für den Roman), einen langen Science-Fiction-Roman schreiben wollte. Ich wollte diesen aufdringlichen Planeten so real wie möglich beschreiben. Vor allem brauchte ich lebendige Beobachter, die auf der ganzen Erde verstreut waren. Ich habe beträchtliche Zeit auf die astronomischen Eigenarten dieses Wanderplaneten verwendet und noch mehr für die Gezeitenwirkung. Ich habe sogar Gezeitenkarten von allen Orten auf der Erde studiert, die im Roman erwähnt werden. (Zwei Jahre, bevor ich das Manuskript fertiggestellt hatte, habe ich im *Science Digest* den Artikel *The Mighty Tides* veröffentlicht und darin meine Vorstudien zusammengefaßt.) Ich beschloß, alle meine Ansichten ›kleinen Leuten‹ in den Mund zu legen, und habe auf Wissenschaftler, Ingenieure, Politiker etc. verzichtet. Der Roman erzählt von den individuellen Anstrengungen oder denen von kleinen Gruppen, mit dem fertigzuwerden, was da (zumindest aus der Sicht der Erde) als kosmische Katastrophe droht. Auch wollte ich den fremdartigen Wanderplaneten emotional so realistisch wie möglich gestalten. Das ist zum Beispiel der langsame atmosphärisch-dichte Aufbau, da ist die Erfindung Tigerishkas (einer Person, die sich im Nachhinein als ziemlich unwichtig erweist), da ist der Besuch des irdischen Raumfahrers auf dem *Wanderer*, der nahezu ohne Dialoge verläuft, etc. Ich fürchtete, die Handlung auch aus der Sicht eines Herren von dem *Wanderer* darzustellen, würde die ganze Atmosphäre zerstören.

Nein, mein Vorhaben bei diesem Roman war es, eine Katastrophe darzustellen, und zwar genauso einfach und gleichzeitig genauso komplex wie es zum Beispiel Jack London in *To Build a Fire* getan hat.

PAUL WALKER: *Katzen spielen in Ihren Geschichten eine große Rolle. Halten Sie eigentlich selbst Katzen?*

FRITZ LEIBER: O ja, ich habe viele Katzen gehabt. Einmal sogar zwei, nachdem meine Frau gestorben war. Obwohl ich geschworen hatte, nie wieder eine Katze aufzunehmen. Aber eines Tages fand ich einen halbverhungerten Kater zwischen den Müllcontainern. Er stand auf einem toten Kameraden und knurrte die Welt an. Er ist in *Space Time for Springers* literarisch verewigt worden. Und dann gab es bis vor kurzem noch Psycho, die ich fand, nachdem eine Gruppe von Kindern sie mit ›wissenschaftlichen‹ Experimenten bis zum Wahnsinn gequält hatte. Milch, Vitamine und eine geborgene Umgebung heilten sie innerhalb von sechsunddreißig Stunden von ihrer Psychose. Es hat ziemlich lange gedauert, bis ich für sie ein neues Zuhause gefunden hatte. Bei einem Freund im Palmdale in der Wüste habe ich dann eine Bleibe für sie gefunden. Dort lebt sie einträchtig mit einem großen Hund zusammen und heißt jetzt Ginger.

Mein Nachbar hat zwei siamesische Katzen. Eine ist die Mutter, zwölf Jahre alt und heißt Fatimah. Und dann gibt es noch ihren fünfjährigen Sohn, Kim, der alles andere als ein kleiner Liebling ist. Kim ähnelt mit seinen plötzlichen Attacken mit Krallen und spitzen Eckzähnen eher einer meiner Romanfiguren, dem ›Grauen Mausling‹.

PAUL WALKER: *Hat Ihre Frau Sie beim Schreiben sehr beeinflußt?*

FRITZ LEIBER: Meine Frau hatte großen Einfluß auf meine Schriftstellerei. Unser beider Interesse an der fantastischen Literatur hat uns eng miteinander verbunden. Auch hatten wir beide eine Vorliebe für die elisabethanische Literatur und die der Romantik. Und für Geschichte interessierten wir uns: die Polexpeditionen, der Bürgerkrieg, die Zeit der Restauration, die Edwardianische Epoche und Rom bis zum Ende des Imperiums. Sie hatte Talent zum Schreiben, aber sie hatte immer Schwierigkeiten, ihre Jugend in England mit ihrem späteren Leben in Amerika in Einklang zu bringen. Sie hatte damit begonnen, eine Biographie von Abbot Kinney, dem Gründer von Venice/Kalifornien zu schreiben. Dort lebten wir auch bis zu ihrem Tod. Jetzt liegt sie auf demselben Friedhof wie Kinney.

Aus dem Amerikanischen übersetzt von Marcel Bieger

ANMERKUNGEN

1 dt. als: *Das grüne Millennium;* Heyne SF-TB 3611.
2 dt. als: *Eine tolle Zeit;* Fischer Orbit 41.
3 dt. als: *Wanderer im Universum;* Heyne SF-TB 3096 (gekürzt); ungekürzte Neuveröffentlichung als Heyne SF-TB 3628.
4 dt. als: *Hinter der Maske;* in: Ullstein Stories-Band 5; als: *Der Ringer;* in: Goldmann SF-TB 229.
5 dt. als: *Das Nest;* in: Goldmann SF-TB 229.
6 dt. als: *Würfelspiele;* in: Heyne-Anthologie Band 34.
7 dt. als: *Die Geschöpfe von den Cleveland Depths;* in: Goldmann SF-TB 253.
8 dt. als: *Macbeth und Queen Elizabeth;* in: Goldmann SF-TB 229.
9 in sechs Bänden in der Reihe Heyne SF:
   - *Schwerter und Teufelei* (*Swords and Deviltry*); Band 3307.
   - *Schwerter gegen den Tod* (Ausw. aus *Swords Against Death*); Band 3315.
   - *Schwerter im Nebel* (Ausw. aus *Swords Against Death* und *Swords in the Mist*); Band 3323.
   - *Schwerter gegen Zauberei* (*Swords Against Wizardry*); Band 3331.
   - *Die Schwerter von Lhankmar* (*The Swords of Lhankmar*); Band 3339.
   - *Schwerter im Kampf* (Ausw. aus *Swords in the Mist*); Band 3501. Eine Kurzgeschichte aus diesem Zyklus erschien in Ullstein SF-Stories Band 23 als: *Der König der Meere* (*When the Sea King's Away*).
10 dt. als: *Raum-Zeit-Sprünge;* Heyne SF-TB 3507.
11 dt. als: *Das Schiff der Schatten;* in: Heyne SF-TB 3219; unter gleichem Titel in: Ullstein Stories-Band 38.
12 dt. als: *Die programmierten Musen;* Fischer Orbit 8.
13 dt. als: *Tödlicher Mond;* in: Pabel Utopia-Heft 445.

HEYNE SF-BÖRSE

Immer wieder erreichen uns – und seit Erscheinen des
LEXIKONS DER SCIENCE FICTION-LITERATUR verstärkt –
Anfragen wegen älterer und vergriffener SF-Titel.
Stets wird die Frage gestellt, wo man sich hinwenden könne.
Wenden Sie sich an uns! Wir haben eine

HEYNE SF-BÖRSE

eingerichtet und bieten Ihnen folgenden Service:
Sie schicken Ihre Suchanzeigen, Tausch- und Verkaufs-
angebote an uns.
Es kostet Sie nur DM 2,– (in Briefmarken) Schutzgebühr.
Wir veröffentlichen sie nach Eingang im zweimonatlich
in einer Auflage von 25 000 Exemplaren erscheinenden

ISAAC ASIMOV'S SCIENCE FICTION MAGAZIN
dem größten SF-Magazin im Taschenbuch

Damit erreichen Sie den größten Kreis von regelmäßigen
SF-Lesern und SF-Sammlern.

Optimal – billig – bequem

HEYNE SF-BÖRSE

Wir helfen Ihnen weiter